Janina Lorenz

Der kleine Brunnen der guten Wünsche

Janina Lorenz

Der kleine Brunnen der guten Wünsche

Roman

PIPER

Mehr über unsere Autoren und Bücher:
www.piper.de

Wenn Ihnen dieser Roman gefallen hat, schreiben Sie uns unter Nennung des Titels »Der kleine Brunnen der guten Wünsche« an *empfehlungen@piper.de*, und wir empfehlen Ihnen gerne vergleichbare Bücher.

Von Janina Lorenz liegen im Piper Verlag vor:
Willkommen in Herzbach
Band 1: Der kleine Ort zum Glücklichsein
Band 2: Der kleine Chor der großen Herzen
Band 3: Der kleine Brunnen der guten Wünsche
Band 4: Der kleine Garten zum Verlieben

FSC www.fsc.org
MIX
Papier aus verantwortungsvollen Quellen
FSC® C083411

Originalausgabe
ISBN 978-3-492-31528-9
März 2021

Satz: Satz für Satz, Wangen im Allgäu
Gesetzt aus der Plantin
Druck und Bindung: CPI books GmbH, Leck
Printed in the EU

Für Leo.

1

Amelie Es war Irene, die die Nachricht überbrachte. Ausgerechnet Irene. Natürlich erkannte ich zu diesem Zeitpunkt weder die Ironie dahinter noch ahnte ich, welche schicksalhafte Kette von Ereignissen durch das Erscheinen meiner Nachbarin in Gang gesetzt wurde, die meine beschauliche Welt schon bald aus den Angeln heben sollte. Und so sah ich arglos lächelnd auf, als das Glöckchen über dem Eingang der *Büchertruhe* erklang, der kleinen Buchhandlung am Herzbacher Marktplatz, die ich mit meinem Großvater gemeinsam führte, und Irene hereinlugte.

Es war ein sonniger Donnerstagmorgen im Juli, und ich hatte gerade das Paket geöffnet, auf das ich schon sehnsüchtig gewartet hatte. Drei Jahre war es her, seit der berühmte Bestsellerautor Henry Miles seinen letzten Thriller veröffentlicht hatte, und nun hielt ich sein neues, druckfrisches Werk in den Händen. Das Cover war ganz in Schwarz gehalten. Nur der Titel leuchtete in blutroten Lettern: *Dark Secrets*. Dunkle Geheimnisse … wenn das nicht vielversprechend klang! Ich fühlte einen wohligen Schauer meinen Rücken hinunterlaufen. Gleich nach

Ladenschluss heute Abend würde ich es mir mit dem Buch und einer extragroßen Portion Karamelleis mit Sahne auf dem Sofa gemütlich machen. Voller Vorfreude legte ich den Roman zurück zu den anderen in die Kiste und begrüßte Irene, die zögerlich näher getreten war. Trotz der sommerlichen Temperaturen draußen trug die Neunundsechzigjährige eine hochgeschlossene, langärmelige weiße Bluse und einen knöchellangen Rock aus dunkelblauer Wolle, der ihre rundlichen Formen betonte.

»Guten Morgen, Irene«, sagte ich herzlich. »Was kann ich für dich tun? Bist du wegen des neuen Romans von Henry Miles da? Ich habe eigentlich noch gar nicht geöffnet, aber für dich mache ich eine Ausnahme.«

Einen Wimpernschlag lang stand sie unbeweglich da, dann schüttelte sie langsam den Kopf. »Ich möchte keinen Schauerroman kaufen, Amelie«, erwiderte sie in dem leidenden Tonfall, der ihr eigen war. »Davon bekomme ich Albträume, das weißt du doch. Ich bin hier, um dir Nachricht von deinem Großvater zu bringen, von Sebastian.« Ihre Schultern sackten herab. Mit ihren ein Meter fünfzig und den blonden Löckchen, die ihr rundes Gesicht umrahmten, sah sie aus wie ein Weihnachtsengel. Ein sehr trauriger allerdings.

Geduldig wartete ich darauf, dass Irene fortfuhr. Ich konnte mir denken, worum es ging. Mein Großvater hatte letzte Nacht stark gehustet, und es hatte mich sämtliche Überredungskünste gekostet, damit er heute zu Hause blieb, anstatt mich in die *Büchertruhe* zu begleiten. »Du willst doch nicht unsere Kunden anstecken«, hatte ich an ihn appelliert, als ich mit meiner Bitte, er möge sich schonen, nicht weitergekommen war. Dieses Argument hatte schließlich den Ausschlag gegeben. Sein Verantwortungsgefühl und seine Fürsorglichkeit waren nur zwei der vielen Eigenschaften, die ich an meinem Großvater liebte.

Unvermittelt begann Irenes Kinn zu zittern. Bestimmt machte sie sich furchtbare Sorgen um ihn. Irene war immer über die Maße beunruhigt, das lag in ihrer Natur, sie konnte nicht anders. Mitfühlend ergriff ich ihre Hand, die klein und rund war wie die eines Kindes.

»Es ist nur eine Erkältung«, versuchte ich ihr Mut zu machen. »Großvater ist bald wieder auf den Beinen, versprochen.«

Irene blinzelte. Ich konnte ihr ansehen, dass sie mir kein Wort glaubte. »Sebastians Stirn fühlte sich ganz heiß an, als ich vorhin bei ihm war«, widersprach sie. »Genau wie bei meinem Bruder damals!« Sie erschauderte. Dann suchte sie erneut meinen Blick und hielt ihn fest. »Dein Großvater hat hohes Fieber, Amelie«, sagte sie beschwörend. »So hat es bei Johannes auch angefangen …«

Statt einer Antwort zog ich sie tröstend in meine Arme. Irene war ein herzensguter Mensch, doch ihr Urteilsvermögen war, gelinde gesagt, getrübt. Jeder im Ort kannte ihre Geschichte: Vor über vierzig Jahren war ihr Verlobter Hans in der Nacht vor der Hochzeit ohne ein Wort des Abschieds verschwunden. Sie hatte nie wieder von ihm gehört. Und als ob das nicht tragisch genug gewesen wäre, verletzte sich einige Jahre darauf ihr Bruder Johannes, der damals Pfarrer in Herzbach war, beim Heckenschneiden an einem Dorn und verstarb kurze Zeit später an den Folgen einer Blutvergiftung. Diese Ereignisse hatten dazu geführt, dass Irene in jeder Situation mit dem Schlimmsten rechnete und ihre unheilvollen Gedankengänge nicht etwa für sich behielt, sondern, so wie jetzt, offen kundtat. Zum Glück trafen ihre Befürchtungen nur selten ein, und wenn doch, dann weitaus weniger dramatisch.

Von daher war ich nicht beunruhigt, was Großvaters Gesundheitszustand anging. Zumal ich mich erst vor zwei Stunden von ihm verabschiedet hatte, und da war es mir kaum gelungen, ihn zur Bettruhe zu überreden. Doch Irenes Sorgen ignorieren wollte ich auch nicht. In ihren braunen Augen spiegelte sich die Angst, dass es mit meinem Großvater zu Ende ging. Also musste ich ihr demonstrieren, dass dies mitnichten der Fall war. Ich strich sanft über ihren Rücken und erwiderte: »Wenn das so ist, wollen wir besser nach ihm schauen.«

Irene seufzte vor Erleichterung laut auf und nickte, dann löste sie sich von mir und tippelte mit schnellen Schritten zum Ausgang. Ich verkniff mir ein Lächeln, holte den Ladenschlüssel aus dem Fach hinter dem Verkaufstresen und folgte ihr nach draußen.

Als ich die *Büchertruhe* von außen abschloss, ertönte hinter mir eine enttäuschte Stimme: »Wo willst du denn hin, Amelie? Bei aller Liebe, aber du kannst doch jetzt nicht gehen! Es ist gleich zehn Uhr! Ich warte schon den ganzen Morgen darauf, dass euer Geschäft endlich öffnet.«

Jascha Löwenstein, der in der Geigenbau-Meisterwerkstatt schräg gegenüber am Marktplatz arbeitete und seit Kurzem mit meiner besten Freundin Nadine zusammen war, verzog in gespielter Verzweiflung das Gesicht. »Bitte sag mir, dass du dir nur schnell in der Bäckerei ein Brötchen besorgst und anschließend sofort wiederkommst, um mir *Dark Secrets* zu verkaufen.« Er schaute mich so flehentlich an, dass ich lachen musste.

»Ich werde leider etwas länger weg sein. Ich muss zu

meinem Großvater, und das kann ein wenig dauern. Aber wenn du kurz wartest, hole ich dir schnell ein Exemplar.«

Irenes Lippen bebten. Ihren stummen Protest weglächelnd verschwand ich in der Buchhandlung und kehrte eine halbe Minute später mit dem heiß ersehnten Thriller zurück. Ein freudiges Strahlen ging über Jaschas Gesicht.

»Du bist die Beste, Amelie.«

Er machte Anstalten, seine Brieftasche zu zücken, doch ich winkte ab. »Das erledigen wir später. Jetzt entschuldige uns bitte, wir sind in Eile.«

Irene nickte heftig, um meine Worte zu untermalen. »Es ist nämlich so, dass Sebastian im Sterben liegt«, teilte sie Jascha mit Grabesstimme mit.

Erschrocken riss der Geigenbauer die Augen auf. Sein Blick glitt hektisch von Irene zu mir. Als ich unmerklich den Kopf schüttelte, um ihm klarzumachen, dass Irene maßlos übertrieb, entspannten sich seine Züge. »Äh, dann bestellt ihm mal gute Besserung«, stotterte er und wurde im selben Moment rot, weil nur ein grausamer Mensch jemandem gute Besserung wünschen würde, der angeblich im Sterben lag, und Jascha war alles andere als das.

Mit einem Achselzucken signalisierte ich ihm, dass er sich keine Gedanken machen sollte. Ich wohnte seit achtundzwanzig Jahren, also mein gesamtes Leben, Tür an Tür mit Irene und war schon in so viele Fettnäpfchen hineingetreten, dass ich es längst aufgegeben hatte, sie zu zählen.

Nachdem wir uns von Jascha verabschiedet hatten, gingen wir los. Es war ein traumhafter Sommermorgen. Über uns spannte sich ein tiefblauer Himmel, die Sonne schien angenehm warm, und die Luft war erfüllt von Vogelgezwitscher und dem sanften Plätschern der Stever, die an Herzbach vorbeifloss. Unterwegs kamen uns immer wieder Grüppchen von Spaziergängern und Radfahrern entgegen. Dank der malerischen Fachwerkhäuser, des reizvollen Marktplatzes mit dem schönen alten Brunnen und der historischen Wassermühle am Flussufer war unser Dorf bei Touristen sehr beliebt. Die Attraktivität wurde noch dadurch gesteigert, dass Herzbach autofrei war. Seit nunmehr drei Jahren bat ein großes Schild vor dem Ortseingang darum, den Wagen auf dem anliegenden, kostenfreien Parkplatz abzustellen, für den Bauer Westkamp eine seiner Wiesen gestiftet hatte. Zwar war der Verzicht auf das Auto freiwillig, doch hielt sich jemand nicht daran, musste er feststellen, dass ihm die ansonsten viel gerühmte Gastfreundschaft der Herzbacher verwehrt blieb. Betrat ein solch uneinsichtiger Zeitgenosse zum Beispiel das Restaurant *Kiepenkerl* oder das Eiscafé am Marktplatz, dann waren leider alle Tische reserviert. Und wollte er in einem Geschäft etwas kaufen, so konnte man davon ausgehen, dass just in diesem Moment die Kasse ihren Geist aufgab. Natürlich gab es hin und wieder Leute, die sich lautstark darüber beschwerten, dass sie in ihrem Recht auf Mobilität beschnitten wurden, aber sie waren in der Minderheit. Denn es war einfach zu schön, frei und unbekümmert über das Kopfsteinpflaster zu schlendern, ohne nervigen Motorenlärm in den Ohren und den Gestank von Abgasen in der Nase. Ich hakte mich bei Irene unter, was gar nicht so einfach war, weil ich ein gutes Stück größer war als sie, und machte sie auf die prachtvollen Stockrosen aufmerksam, die in den Vorgärten ringsherum blühten. Doch Irene hatte kein Auge für die Schönheit der Natur und zog mich unablässig weiter.

Fünf Minuten später erreichten wir das schmucke Fachwerkhaus, in dem ich aufgewachsen war und bis heute wohnte. Meine Mutter Marlene hatte mit sechzehn Jahren an einem Schüleraustausch in Paris teilgenommen und war, wie sich wenige Wochen später herausstellte, schwanger zurückgekehrt. Auch wenn ich nicht geplant war, sondern das Ergebnis einer romantischen, sternenfunkelnden Sommernacht, wie meine Mutter mir später mit einem Lächeln verriet, war für sie von Anfang an klar, dass sie mich behalten wollte. Von meinem Vater, von dem ich nach ihrer Erzählung meine haselnussfarbenen Augen und meine wilden, dunkelbraunen Locken geerbt hatte, die ich kinnlang trug, weil sie anders nicht zu bändigen waren, wusste sie nur den Vornamen – Philippe – und dass er aus dem Süden Frankreichs stammte. Deswegen konnte sie ihn nicht kontaktieren und ihm von mir erzählen, doch das bereitete ihr keine schlaflosen Nächte. Meine Mutter war der unbeschwerteste und optimistischste Mensch, den es gab. Zukunftsängste waren ihr fremd.

Nach meiner Geburt kümmerten sich meine Großeltern um mich, damit meine Mutter die Schule abschließen konnte. Tagsüber nahmen sie mich mit in die *Büchertruhe*, wo ich, sobald ich krabbeln konnte, zwischen den Kunden umherflitzte. Mein Mittagsschläfchen hielt ich auf dem gemütlichen Sofa am Fenster, eingerollt wie eine Katze. Als ich zwei Jahre alt war, schloss sich meine Mutter mit dem Abitur in der Tasche einer Gruppe von Backpackern an, die auf dem Weg nach Goa waren. Eigentlich wollte sie nur »ein Stück von der Welt sehen«, bevor sie in Herzbach ihre Ausbildung zur Bürokauffrau begann, doch dann gefiel ihr das Reisen so gut, dass sie ihre Pläne kurzerhand änderte. So war meine Mutter: Sie handelte aus dem Bauch heraus, ohne sich Gedanken über die Konsequenzen zu machen. Sie tat, was sich gut anfühlte, und das mit einer Ausschließlichkeit, die man ihr leicht als Egoismus auslegen konnte. Dabei lag es meiner Mutter fern, jemanden zu verletzen. Ihr Verhalten barg keinen Vorsatz. Sie war wie ein Schmetterling im Sommer, der von Blüte zu Blüte tanzte, fröhlich im Moment verloren.

Marlene blieb nicht lange in Goa. Eine Zeit lang kamen die Postkarten, die sie mir jede Woche schrieb, von den Philippinen, danach aus Indonesien, Vietnam, Sri Lanka, Nepal und schließlich aus Thailand. Zweimal im Jahr kam sie auch nach Hause: zu Weihnachten und zu meinem Geburtstag. Dann brachte sie exotische Geschenke mit, umarmte und küsste mich und erzählte spannende Geschichten von ihren Reisen und den Menschen, denen sie dabei begegnete.

Die Herzbacher nahmen ihr furchtbar übel, dass sie fortgegangen war, anstatt sich ihrer Verantwortung zu stellen, doch ich empfand das anders. Auch wenn es Marlene meinen Großeltern überließ, mich aufzuziehen: Ich hatte keinen Zweifel, dass sie mich liebte, und ich hatte sie ebenfalls lieb. Nicht wie eine Mutter, sondern eher wie eine um Jahre ältere Schwester, mit der einen keine gemeinsamen Kindheitserlebnisse verbinden. Und so freute ich mich jedes Mal über ihren Besuch und war nur kurze Zeit traurig, wenn sie wieder abreiste.

Dank meiner Großeltern vermisste ich nicht das Geringste in meinem Leben. Sie waren bei meiner Geburt selber kaum über vierzig gewesen und boten mir den liebevollsten Elternersatz, den ein Kind sich wünschen konnte. Sie hüllten mich in einen Kokon aus Glück und

Geborgenheit, und ich erwiderte ihre Liebe, indem ich ihnen in der *Büchertruhe* half, die seit der Feier zum Abschluss meines Germanistikstudiums vor vier Jahren nun offiziell mir gehörte.

»Das hat steuerliche Gründe«, hatte mein Großvater verlegen geantwortet, als ich ihn mit der Urkunde in der Hand fassungslos angesehen hatte. Er wirkte so glücklich in dem Moment, dass ich ihm nichts von dem Jobangebot des Hamburger Verlags erzählte, für den ich während der Semesterferien regelmäßig gearbeitet hatte. Wie konnte ich auch nur eine Sekunde von einem Volontariat in der Hansestadt träumen, wenn meine Großeltern mir ihr Lebenswerk vermachten? Kurz darauf wurde bei meiner Großmutter Nierenkrebs festgestellt, und als sie sechs Monate später starb, rückte jeder weitere Gedanke an eine Karriere im Verlagswesen in den Hintergrund. Mein Großvater brauchte mich hier. In Herzbach.

»Großvater?«, rief ich, nachdem ich die Haustür geöffnet hatte. Mein Großvater wohnte im Erdgeschoss, ich in den Räumen darüber. Wir hatten diese Aufteilung bewusst gewählt, für den Fall, dass er im Alter keine Treppen mehr steigen konnte. Doch noch war er mit seiner schlanken Figur, den geraden Schultern und dem aufrechten Gang weit davon entfernt. Das einzige Zugeständnis ans Älterwerden war eine Lesebrille, die er sich im letzten Herbst zugelegt hatte und die ihm das Aussehen eines Gelehrten verlieh.

Mit Irene dicht hinter mir ging ich zu seiner Schlafzimmertür und klopfte. Als abermals keine Antwort ertönte, drückte ich die Klinke herunter. Halb erwartete ich, das Zimmer leer vorzufinden. Bestimmt war es meinem Großvater im Bett zu langweilig geworden, sodass er es sich mit einem dicken Schmöker auf der Terrasse gemütlich gemacht hatte. Denn fast ebenso wie seine Bücher liebte er den Garten, der sich mit seinem üppigen grünen Rasen, den Brombeer- und Johannisbeersträuchern und den Apfel- und Kirschbäumen bis zum Ufer der Stever erstreckte. Dahinter lag der Wald, der jetzt im Juli unwiderstehlich nach Sommer duftete.

Aus dem Halbdunkel des Raumes vernahm ich ein schwaches Stöhnen. Mit zwei Schritten war ich am Bett und erschrak zutiefst, als ich das schweißglänzende Gesicht meines Großvaters erblickte. Ihm schien es deutlich schlechter zu gehen als heute Morgen. Seine Augen waren geschlossen, doch die Lider zuckten, und seine Stirn war vor Anstrengung verzogen. Die Decke lag zusammengeknäult auf dem Boden. »Großvater«, flüsterte ich. Statt einer Antwort wälzte er sich herum und stöhnte abermals.

»Oje, oje«, jammerte Irene in meinem Rücken.

Ich warf ihr einen Blick über meine Schulter zu. »Er träumt nur«, erklärte ich betont zuversichtlich. »Wärst du dennoch so lieb, ins Wohnzimmer zu gehen und Dr. Kreutzer anzurufen? Seine Nummer findest du in dem Büchlein neben dem Telefon. Es kann sicher nicht schaden, wenn er nach Großvater schaut.« Dankbar, dass sie etwas tun konnte, nickte sie und verließ den Raum. Natürlich hätte ich unseren Hausarzt auch schnell mit meinem Handy erreichen können, doch so war Irene ein paar Minuten beschäftigt, und ich gewann Zeit, um mir in Ruhe ein Bild von Großvaters Gesundheitszustand zu machen. Als Erstes hob ich die Decke vom Fußboden auf, breitete sie über ihm aus und strich sie glatt. Dann setzte ich mich auf den Rand des Bettes und befühlte vorsichtig seine glühende Stirn. Bei der Berührung öffnete mein Großvater die Augen. Eine Welle der Erleichterung durchströmte mich, doch sie verpuffte, als er den Mund öffnete und mich Irene nannte.

»Ich bin es, Amelie«, erinnerte ich ihn und streichelte seine von der Gartenarbeit schwielige Hand. »Irene war vorhin bei dir und ist anschließend in die *Büchertruhe* geeilt, um mich zu holen. Es konnte ihr gar nicht schnell genug gehen. Sie hat ständig von ihrem Bruder gesprochen«, erklärte ich. »Ich fürchte, du hast ihr einen ganz schönen Schrecken eingejagt«, fügte ich liebevoll hinzu.

Nichts in seinem Gesicht deutete darauf hin, dass er mich gehört hatte, doch dann murmelte er: »Es tut mir so leid. So furchtbar leid.« Seine Augen füllten sich mit Tränen. Sprachlos und bestürzt starrte ich ihn an. Ich hatte meinen Großvater erst zweimal weinen sehen: an dem Tag vor dreieinhalb Jahren, als meine Großmutter starb und in der Woche darauf, als wir sie zu Grabe trugen. »Es … so schnell«, stammelte er und starrte mit glasigen Augen durch mich hindurch. Die Tränen rannen nun unaufhaltsam über seine Wangen. »Ich wollte nicht … Es war … sie hätte nie … Unfall …«

Ein Unfall? Meine Kehle wurde eng, und ich spürte, wie sich ein unbestimmtes Gefühl der Angst in mir regte. Wovon um alles in der Welt sprach mein Großvater da? Mechanisch fuhr ich fort, seine Hand zu streicheln. Er schluckte schwer, schloss erneut die Augen und warf seinen Kopf auf dem Kissen hin und her. »Wald … weiter … zur Lichtung …«, presste er hervor. Sein Atmen kam jetzt stoßweise. »Beeil dich … nie erfahren … Marlene … so klein.«

Verwirrt versuchte ich das Gehörte zu verarbeiten. Marlene war der Name meiner Mutter. »So klein«, hatte er gesagt, was wohl bedeutete, dass die Szene, die er gerade durchlebte, vor vielen Jahren stattgefunden hatte. Wenn sie denn tatsächlich passiert war und nicht nur einer Fieberfantasie entsprang. Vorsichtig strich ich meinem Großvater das feuchte Haar aus der Stirn. Seine Lippen, die ganz trocken waren, bewegten sich.

»Ich habe dich nicht verstanden«, entschuldigte ich mich und brachte mein Ohr ganz nah an seinen Mund. »Was hast du gesagt?« Zuerst begriff ich nicht, was er murmelte, aber dann fügten sich die geflüsterten Laute zu einem Namen zusammen: Hansi … Hans? Verständnislos blickte ich ihn an, aber er sagte nichts mehr, und ein paar Sekunden später verrieten mir seine gleichmäßigen Atemzüge, dass er in einen tiefen Schlaf geglitten war.

In diesem Moment kehrte Irene zurück. Als ich den Kopf drehte und sie im Türrahmen stehen sah, umrahmt vom hellen Licht aus dem Flur, traf mich die Erkenntnis wie ein Blitz: Die Entschuldigung meines Großvaters hatte *ihr* gegolten.

2

Amelie

»Amelie? Amelie, ist alles in Ordnung?«

Irenes sorgenvolle Stimme drang wie aus weiter Ferne zu mir. In meinen Ohren rauschte das Blut, und mir war eiskalt. Mein Puls raste, und die Gedanken in meinem Kopf überschlugen sich. Vor über vierzig Jahren war Irenes Verlobter verschwunden. Keiner hatte je wieder von ihm gehört. Sein Name war Hans gewesen. Derselbe Name, den mein Großvater soeben erwähnt hatte, zusammen mit den Worten »Unfall« und »nie erfahren«! Ein grauenvoller Verdacht stieg in mir auf. War es das, was er gemeint hatte? Dass er für Hans' Verschwinden verantwortlich war? Dass er Irenes Verlobten auf dem Gewissen hatte? Ich spürte einen unangenehmen Geschmack im Mund. Nein!, schalt ich mich selbst. Das war ausgeschlossen. Vollkommen unmöglich. Oder etwa doch nicht? Benommen schüttelte ich den Kopf.

»Amelie? Der Doktor ist unterwegs. Er wird gleich hier sein.«

Es dauerte ein paar Sekunden, bis ich begriff, dass Irene mit mir sprach. Ich öffnete die Lippen, um etwas zu erwidern, doch es kam kein Ton aus meiner Kehle. Irene schaute mich ängstlich an. Wie in Trance erhob ich mich vom Rand des Bettes. Dabei schwankte ich so stark, dass ich mich an der Wand abstützen musste. Irene wurde bleich. Sie schlug sich eine Hand vor den Mund. »O Gott. Du hast dich angesteckt! So schnell …«

Für einen kurzen Moment schloss ich die Augen und versuchte, mich auf die Atemtechniken zu besinnen, die mir Sara, meine Yogalehrerin, beigebracht hatte. Ich sog die Luft tief durch die Nase ein und ließ sie langsam wieder entweichen. Nachdem ich die Übung zweimal wiederholt hatte, spürte ich, wie mein Sichtfeld klarer wurde und meine Panik allmählich nachließ. »Es geht schon wieder«, murmelte ich. »Mir war nur … schwindelig.«

Um Irene nicht weiter zu beunruhigen, zwang ich mich zu einem Lächeln, das reichlich schief geriet. In dieser Sekunde klingelte es an der Haustür. Meine Nachbarin zuckte zusammen. Doch schon in der nächsten Sekunde entspannten sich ihre Gesichtszüge wieder. »Das wird der Doktor sein«, bemerkte sie erleichtert und fügte hinzu: »Ich gehe schon. Ruh du dich nur aus, mein Kind.«

Ohne meine Antwort abzuwarten, wandte sie sich um und eilte davon. Dankbar, dass ich einen Moment für mich gewonnen hatte, drehte ich mich erneut zu meinem Großvater um. Sein Gesicht sah jetzt im Schlaf ganz friedlich aus, und ein überwältigendes Gefühl von Liebe durchströmte mich. Hier lag der Mann, der mich großgezogen hatte. Der dabei war, als ich meine ersten wackeligen Schritte unternommen und mein erstes Wort gesprochen hatte. Er hatte mir Radfahren und Schwimmen beigebracht und mich Lesen gelehrt, lange bevor ich in die Schule kam. Mach dir keine Sorgen, sagte ich in Gedanken zu ihm. Ich bin für dich da, egal, was passiert. Stimmen aus dem Flur kündigten Irene in Begleitung des Doktors an. Wild entschlossen, mir nichts anmerken zu lassen, hob ich das Kinn und sah ihnen entgegen.

Unser Hausarzt Dr. Georg Kreutzer hatte seine Praxis am Ortseingang von Herzbach. Er war ein kleiner Mann mit einem freundlichen Gesicht, der mit seiner Halbbrille, dem schütteren weißen Haar und dem runden Bäuchlein an den liebenswerten Erfinder *Doctor Snuggles,* den Helden aus einer alten Kinderserie, die ich früher gern gesehen hatte, erinnerte. Schon als kleines Mädchen war mir Dr. Kreutzer steinalt vorgekommen, und obwohl er mittlerweile um die siebzig sein musste, machte er keine Anstalten, in den Ruhestand zu gehen. Nicht, weil er nicht loslassen konnte, darin waren sich alle im Dorf einig, sondern weil er keinen Nachfolger für seine Praxis fand und Herzbach und die umliegenden Ortschaften nicht ohne ärztliche Versorgung zurücklassen wollte.

Nachdem wir uns begrüßt hatten, stellte Dr. Kreutzer seine ausgebeulte Arzttasche auf Großvaters Schreibtisch, die er schon hatte, als ich ein Kind war, und ließ mit einer routinierten Bewegung die Verschlüsse aufspringen.

»Was fehlt ihm denn?«, erkundigte er sich.

Irene öffnete den Mund zu einer Antwort. Eilig kam ich ihr zuvor und berichtete in möglichst sachlichem Tonfall von den Hustenanfällen, die meinen Großvater letzte Nacht wach gehalten hatten. »Fieber hat er auch, denke ich«, ergänzte ich meine Ausführungen.

Irene warf mir einen ungläubigen Blick zu. »*Natürlich*

hat er Fieber.« Ihre Stimme klang entrüstet. »Genau wie mein Bruder damals. Genau wie Johannes, nachdem er sich an diesem unheilvollen Dorn verletzt hat.«

Der Doktor bedachte Irene mit einem verständnisvollen Blick. In seinen Zügen meinte ich Bedauern zu erkennen. Bestimmt betrübte es ihn noch heute, dass er den Pfarrer nicht hatte retten können. Aber Johannes hatte partout nicht zum Arzt gehen wollen. Und als Irene es irgendwann nicht mehr aushielt und nach Dr. Kreutzer rief, war es bereits zu spät. Es ist, wie es ist, hörte ich die Stimme meines Großvaters in meinem Kopf.

Entschieden legte ich Irene eine Hand auf den Arm. »Komm, wir lassen den Doktor in Ruhe seine Arbeit machen und kochen ihm einen Kaffee. Trinken Sie ihn immer noch schwarz mit drei Stückchen Zucker?«, wandte ich mich an den Arzt und erhielt ein dankbares Nicken. Eine widerstrebende Irene hinter mir herziehend, machte ich mich auf den Weg in Großvaters Küche. Dort angekommen, drückte ich sie sanft auf die gepolsterte Bank am Esstisch nieder. »Möchtest du auch eine Tasse?«, erkundigte ich mich.

»Mhm«, murmelte sie, was ich als Zustimmung deutete. Froh über die Beschäftigung, griff ich nach der Dose mit den Kaffeebohnen, die mein Großvater im Regal neben dem Kühlschrank aufbewahrte. Er liebte guten Kaffee und war stolz auf seine chromblitzende Siebträgermaschine, die er vor Jahren aus einem Urlaub in Mailand mitgebracht hatte. Routiniert mahlte ich die Bohnen, stampfte das Pulver im Sieb fest und hakte den Einsatz in die Maschine. Ich stellte zwei Tassen unter und legte den Schalter für das heiße Wasser um. Während der dampfende Kaffee in die Tassen floss und dabei sein köstliches

Aroma verbreitete, dachte ich an das, was mein Großvater im Fieber gesagt hatte. Seinen Worten zufolge hatte es vor langer Zeit einen Unfall gegeben, für den er sich die Schuld gab, und den er offenbar verschleiert hatte. Um meine Mutter zu schützen, die damals noch sehr klein war? Hatte er befürchtet, man könne sie ihm wegnehmen? Oder war es die Angst, dass das Ereignis ihr Leben für immer überschatten könnte? Wenn dem so war, musste es ein dramatischer Unfall gewesen sein. Und das zu einer Zeit, in der Irenes Verlobter Hans wie vom Erdboden verschwunden war.

Ich biss mir auf die Lippen und atmete tief durch. Jetzt mal ganz langsam, sagte ich zu mir selbst. Es ist überhaupt nicht bewiesen, dass es diesen Unfall tatsächlich gegeben hat. Nüchtern betrachtet war es sogar eher unwahrscheinlich. Hätte ich es nicht bemerken müssen, wenn mein Großvater eine solche Schuld mit sich herumschleppte? Er war der anständigste Mensch, den ich kannte. Ein Geheimnis dieses Ausmaßes hätte ihn zwangsläufig verändert. Ich versuchte mich zu erinnern, ob es in der Vergangenheit irgendwelche Anzeichen gegeben hatte. Eine Stimmung, die wie aus dem Nichts umschlug, eine Stirn, auf der plötzlich Sorgenfalten erschienen, ein Blick, der von einem Moment auf den nächsten ins Leere ging. Nein, nichts dergleichen. Da war nur Liebe und Freude und Lachen.

Dr. Kreutzer betrat die Küche und riss mich aus meinen Gedanken. Hastig gab ich drei Stückchen Zucker in seinen Kaffee, rührte um und reichte ihm die Tasse. Die andere stellte ich vor Irene auf den Tisch, die mit trübseliger Miene zu unserem Hausarzt hochsah. Ich selbst fühlte mich auch ohne Koffein schon aufgewühlt genug.

Der Doktor trank einen Schluck, dann ergriff er das Wort: »Sebastian ist jetzt wach. Ihr müsst euch keine Sorgen um ihn machen. Es ist nur ein harmloser Infekt. Ich habe ihm etwas gegen das Fieber gegeben. Alles, was er nun braucht, ist ein bisschen Ruhe und Schlaf, dann ist er bald wieder der Alte.«

Immer noch besorgt runzelte Irene die Stirn. »Und du verheimlichst uns auch nichts, Georg?«, verlangte sie zu wissen.

Er schüttelte den Kopf. Genau wie ich wusste er um Irenes Angewohnheit, die Dinge aus der schlechtmöglichsten Perspektive zu betrachten, und nahm ihr das Misstrauen nicht übel. »Keinesfalls. Ihr werdet sehen, spätestens am Montag schleppt Sebastian schon wieder Bücherkisten herum. Apropos Bücher ... sollte nicht heute der neue Henry Miles erscheinen?« Er sah mich über den Rand seiner Tasse hoffnungsvoll an.

»Ich lege Ihnen ein Exemplar zur Seite«, versprach ich ihm.

Ein Lächeln erhellte das Gesicht des Arztes. »Du bist ein Schatz, Amelie, danke schön. Ich hole das Buch dann nachher bei dir im Laden ab.« Er trank seinen Kaffee aus und stellte die leere Tasse auf die Arbeitsplatte neben der Spüle. »Jetzt muss ich mich leider verabschieden. Ich habe noch einen Hausbesuch im Seniorenstift in Mondstein.«

Irene schloss sich ihm an. Sie würde am Abend noch einmal nach meinem Großvater schauen, stellte sie in Aussicht.

Nachdem beide gegangen waren, klopfte ich erneut an Großvaters Tür. »Herein«, hörte ich ihn mit schwacher Stimme rufen. Er saß nun aufrecht im Bett und lächelte mir entgegen. Seine Augen wirkten glasig, aber nicht mehr ganz so fiebrig wie vorhin.

»Wie fühlst du dich?«, erkundigte ich mich, nachdem ich mich zu ihm auf die Matratze gesetzt hatte.

»Wie ein junger Gott«, erwiderte er, und wir mussten beide grinsen, weil es eine so offensichtliche Lüge war. Er griff nach dem Wasserglas auf seinem Nachttisch und nahm einen Schluck. Dabei verzog er das Gesicht. Offenbar bereitete ihm das Trinken Schmerzen. »Seit wann bist du schon hier?«, fragte er, nachdem er das Glas zurückgestellt hatte, und ich erzählte ihm, wie Irene mich im Buchladen aufgesucht und zu ihm geführt hatte. Mein Großvater lachte heiser, wobei sein Lachen nach ein paar Sekunden in einen Hustenanfall überging. Alarmiert betrachtete ich sein gerötetes Gesicht.

»Bitte, schau mich nicht so an, meine Kleine«, meinte er, als er wieder sprechen konnte. »Egal, was Irene behauptet hat, ich werde heute nicht sterben. Das verspreche ich dir hoch und heilig.«

Ich drückte seine Hand. »Als ich vorhin zu dir ins Zimmer kam«, tastete ich mich behutsam vor, »hast du etwas zu mir gesagt.«

»Ach ja?«, erwiderte mein Großvater überrascht. »Daran kann ich mich gar nicht erinnern. Was denn?«

Mein Mund wurde trocken, und ich fuhr mir mit der Zunge über die Lippen. »Du hast von einem Unfall gesprochen.«

Ein ratloser Ausdruck legte sich auf seine Züge. »Ein Unfall?«

Ich nickte, und mein Herz klopfte schneller. »Ein Unfall zu einem Zeitpunkt, als meine Mutter noch ein Kind war. Das Ganze hörte sich ziemlich dramatisch an.« In einer Mischung aus Aufmerksamkeit und Angst beobachtete ich sein Gesicht. Mein Großvater kniff nachdenklich die Augen zusammen. Auf einmal meinte ich eine Veränderung in seinem Blick zu sehen. Ein kurzes Flackern nur, das so schnell wieder verschwand, dass ich mich fragte, ob mir meine Einbildung einen Streich gespielt hatte.

Schließlich schüttelte er entschieden den Kopf. »Es tut mir leid, Amelie, aber ich erinnere mich nicht. Das war vermutlich das Fieber, das aus mir gesprochen hat.« Er hustete erneut, und als der Anfall vorüber war, wirkte er so erschöpft, dass ich beschloss, ihn nicht länger zu quälen. »Ich lass dich jetzt ein wenig schlafen.« Langsam stand ich auf und wies mit dem Kinn auf sein Handy, das neben dem Wasserglas auf dem Nachttisch lag. »Ruf mich an, wenn du etwas brauchst.«

Mein Großvater blickte zu mir hoch. »Du hast nicht zufällig Henrys neuen Thriller dabei?«, fragte er.

Gegen meinen Willen musste ich lächeln. »Du sollst dich doch ausruhen.«

Ein verschmitztes Grinsen erschien um seinen Mund. »Was könnte mich mehr entspannen als das Buch eines alten Freundes?«

Vor vielen Jahren war mein Großvater auf der Frankfurter Buchmesse mit einem jungen Autor namens Henry Miles ins Gespräch gekommen. Aus einem spontanen Impuls heraus lud er den damals noch unbekannten Schriftsteller nach Herzbach ein, um in der *Büchertruhe* eine Lesung zu halten. Mein Großvater war der erste Buchhändler, der Henry Miles diese Chance gab, und das vergaß der Mann ihm nie. Und er hatte eine außergewöhnliche Art, meinem Großvater seine Dankbarkeit zu zeigen. Nachdem Henry Miles zu dem internationalen Bestsellerautor geworden war, als den man ihn heute kannte und bewunderte, beschränkte er den Vertrieb seiner Werke in Deutschland auf ausgewählte Buchhandlungen. Eine davon war unsere.

Plötzlich musste ich daran denken, welche Schlange sich bereits vor dem Laden gebildet haben musste, und sah auf meine Armbanduhr. Es war Viertel vor elf. Mein Großvater, der mir meine innere Unruhe anzumerken schien, wedelte auffordernd mit der Hand. »Na, geh schon«, meinte er. »Unsere Kunden warten auf dich. Ich komme ausgezeichnet allein zurecht.«

Draußen war es inzwischen noch wärmer geworden. Ich zog die dünne Strickjacke aus, die ich über meinem knöchellangen Sommerkleid trug, und hängte sie mir über den Arm. Auf dem kurzen Fußweg zurück zum Marktplatz ließ ich unser Gespräch Revue passieren. Großvaters Überraschung war echt gewesen. Das Wort *Unfall* hatte keine unheilvollen Erinnerungen in ihm hinaufbeschworen. Was auch immer Großvater im Schlaf vor sich hingemurmelt hatte – er hatte lediglich schlecht geträumt. Hans' Verschwinden war niemals aufgeklärt worden. Die Herzbacher rätselten noch heute, vierzig Jahre später, was in jener Nacht passiert war. Als Irenes Nachbar hatte mein Großvater die Geschichte hautnah miterlebt. Sie war ihm nahegegangen. Bestimmt hatte er sich schrecklich gefühlt, weil er nicht hatte helfen können und stattdessen tatenlos zusehen musste, wie Irene danach mehr und mehr in Melancholie versank. Da war es doch eigentlich kein Wunder, dass er von jener Zeit träumte und ihm seine Fantasie dabei Dinge vorgaukelte, die niemals passiert waren. Tiefe Erleichterung erfüllte mich, und ich schüttelte den Kopf, verwundert über mich selbst, dass ich für einen Moment etwas anderes hatte annehmen können.

Als ich den Marktplatz erreichte, hatte sich bereits eine Schar von ungefähr zwanzig Menschen vor der *Büchertruhe* eingefunden. »Das wurde aber auch Zeit«, begrüßte mich Johanna Schulze-Zumkley, die ganz hinten stand, spitz. »Ich habe wahrlich Besseres zu tun, als hier in der Sonne auf dich zu warten.«

Mit ihren zwei Schwestern bewirtschaftete die Einundachtzigjährige einen Bauernhof. Trotz ihres Alters legte sie dabei ein Arbeitspensum an den Tag, das viele der jüngeren Landwirte wie Müßiggänger aussehen ließ. Johanna beobachtete mich unter schweren Lidern. Ihre Mundwinkel waren kaum merklich nach unten gezogen, was jedoch ausreichte, um mich das ganze Ausmaß ihrer Missbilligung spüren zu lassen. Ich wollte gerade zu meiner Verteidigung ansetzen, als Stella, deren Mutter das Blumengeschäft neben der Metzgerei gehörte, mir zur Hilfe eilte. »Sebastian ist krank«, informierte sie Johanna. »Amelie war nur kurz zu Hause, um nach ihm zu sehen.«

Überrascht und auch belustigt schaute ich das Mädchen an. Es war immer wieder erstaunlich, wie schnell sich Neuigkeiten in unserem Dorf verbreiteten. Ich erwartete, dass Johanna das Mädchen mit einem ihrer gefürchteten, messerscharfen Blicke bedachte, und ihm sagte, es solle sich um seine eigenen Angelegenheiten scheren. Doch stattdessen wurden die Züge der alten Frau weich, und das, was um ihren Mund erschien, hatte Ähnlichkeit mit einem nachsichtigen Lächeln, was natürlich unmöglich war, da Johanna niemals lächelte und schon gar nicht nachsichtig. Staunend rief ich mir ins Gedächtnis, dass die beiden gemeinsam in dem Chor sangen, den es seit letztem Sommer in Herzbach gab. Offenbar war etwas dran an dem, was immer behauptet wurde: Musik verband die Menschen.

Inzwischen waren auch die übrigen Wartenden auf mich aufmerksam geworden. Ich entdeckte ein paar vertraute Gesichter, doch die meisten waren mir unbekannt. Es waren Fremde, die gekommen waren, weil die *Büchertruhe* die einzige Buchhandlung in der näheren Umgebung war, die Henry Miles' Romane verkaufen durfte.

Wie immer, wenn ich an diesen wundersamen Umstand dachte, überkam mich tiefe Dankbarkeit. Während so viele andere Buchläden ihre Pforten schließen mussten, weil sie der Konkurrenz der großen Ketten und des Internethandels nichts entgegenzusetzen hatten, sicherte die *Büchertruhe* meinem Großvater und mir ein gutes Auskommen. Das lag nicht allein an Henry Miles, er war nur der prominenteste in einer Reihe von erfolgreichen Autoren, die meinem Großvater freundschaftlich verbunden waren. Viele von ihnen schauten regelmäßig vorbei, um Signierstunden abzuhalten, weil er sie unterstützt hatte, bevor sie bekannt wurden.

Es war in der Literaturbranche kein Geheimnis, dass mein Großvater ein Herz für unbekannte Schriftsteller hatte. Wenn ihm die Werke gefielen, mit denen sie ihn überhäuften, lud er sie ein, in der *Büchertruhe* zu lesen. Und weil Großvater ein untrügliches Gespür für gute Geschichten besaß, waren diese Lesungen nicht nur jedes Mal innerhalb weniger Stunden ausgebucht, sie brachten die Karrieren der Autoren auch oft entscheidend voran.

Denn unter den Besuchern waren stets Literaturagenten und Verlagsvertreter, die weite Anfahrtswege in Kauf nahmen, um Großvaters Schützlinge kennenzulernen. Ja, in den vierundvierzig Jahren, in denen es die kleine Buchhandlung am Herzbacher Marktplatz nun gab, war mein Großvater auf seine bescheidene Art zu einer Berühmtheit in der Welt der Bücher geworden, und ich war sehr stolz auf ihn.

Grüßend ging ich an den Wartenden vorbei, und als ich an der Ladentür angekommen war, hob ich beide Hände, um mir Gehör zu verschaffen. »Liebe Gäste«, sagte ich freundlich. »Ich entschuldige mich dafür, dass Sie warten mussten. Normalerweise öffnen wir pünktlich um zehn, doch heute ist mein Großvater krank, deswegen ist es leider später geworden. Nichts Ernstes«, fügte ich schnell hinzu, als ich in dem ein oder anderen Gesicht einen Ausdruck von Besorgnis erkannte. »Wie auch immer: Ich vermute, Sie alle sind genauso gespannt auf *Dark Secrets* wie ich.« Ein zustimmendes Gemurmel erklang, in dem Aufregung und Vorfreude lag. »Heute Morgen sind die Romane eingetroffen«, fuhr ich fort. »Ich bin noch nicht dazugekommen, sie auszupacken, aber ich denke, das sollte kein Problem darstellen.«

Während ich sprach, eilten ein paar Herzbacher über den Marktplatz herbei, die meine Ankunft beobachtet hatten, und ich winkte ihnen zu. »Jetzt möchte ich Sie und euch nicht länger auf die Folter spannen. Kommt herein, und fühlt euch wie zu Hause.« Ich öffnete die Tür und ließ sie einrasten, damit die Menschen, die so geduldig ausgeharrt hatten, eintreten konnten.

In den folgenden drei Stunden verließ ich nicht ein einziges Mal meinen Platz hinter der Kasse. Ich tippte Zahlen ein, bis mir die Fingerspitzen wehtaten, und erst als die Kirchturmuhr von St. Andreas vierzehn Uhr schlug, ließ der erste Andrang ein wenig nach, sodass ich schnell die beiden Brote mit Frischkäse und Tomaten essen konnte, die ich mir von zu Hause mitgebracht hatte.

Kurz vor Ladenschluss wurde der Druck auf meine Blase unerträglich. Ich wollte gerade die Toilette im ersten Stock aufsuchen, als Jaschas Schwester Sophie, die Journalistin war und außerdem den hiesigen Chor leitete, mit einem Exemplar von *Dark Secrets* auf mich zukam. »Ich bin sofort wieder da«, versprach ich ihr und flitzte über die Holztreppe nach oben.

Bei meiner Rückkehr war Sophie bereits so in den Thriller vertieft, dass sie mich zuerst gar nicht bemerkte. Erst als ich mich räusperte, sah sie auf. Ihre Augen glänzten. »Der Prolog ist so spannend, Amelie«, rief sie begeistert. Sie hielt mir einen Fünfzigeuroschein hin. »Hier, schnell, ich muss sofort nach Hause und weiterlesen.«

Marvin Westkamp, Sophies Freund, der soeben hereingekommen war und ihre Worte gehört hatte, trat zu ihr und drückte ihr einen Kuss auf die Wange. »Das heißt dann wohl, dass ich für die nächsten Tage abgemeldet bin«, scherzte er.

Sophie lächelte ihn verliebt an. »Sobald ich das Buch ausgelesen habe, gehöre ich wieder ganz dir, mein Schatz. Es dauert auch nicht lange, versprochen.« Sie wandte sich mir zu. »Kann dein Großvater Henry Miles nicht fragen, ob er hier im Laden eine Signierstunde gibt? Die beiden kennen sich doch ewig, und ich würde den Autor so gerne mal persönlich treffen.«

Bedauernd schüttelte ich den Kopf. »Die Idee hatte ich auch schon, aber Großvater meint, da sei nichts zu machen. Seit Henry so berühmt ist, legt er großen Wert auf seine Privatsphäre. Er meidet die Öffentlichkeit, gibt keine Interviews und geht auch nicht zu Veranstaltungen. Nicht einmal zu den Premierenfeiern der Filme, die auf Basis seiner Romane entstanden sind. Wie es ausschaut, müssen wir leider ohne ihn auskommen.«

»Wie schade!«, seufzte Sophie. »Das wäre doch mal was gewesen. Seit Ava von ihrer geheimnisvollen Reise zurückgekehrt ist, hat sich hier nichts Aufregendes mehr ereignet.«

Ava war eine gute Freundin meines Großvaters, weshalb ich sie von Kindesbeinen an kannte. Mit der ihr eigenen Mischung aus Charme, Einfallsreichtum und Beharrlichkeit löste sie alle Probleme, selbst jene, vor denen jeder andere kapituliert hätte. Dass Herzbach autofrei war, hatten wir ihr zu verdanken.

Letztes Jahr im Mai war Ava überraschend verreist, was nicht weiter erwähnenswert gewesen wäre, wenn sich ihre Abwesenheit nicht über mehrere Monate hingezogen hätte. Und das, obwohl sie ihre Großnichte Ellie aus Düsseldorf eingeladen hatte, ihr Sabbatical bei ihr in Herzbach zu verbringen. Ellie war sehr erstaunt, als sie bei ihrer Ankunft statt ihrer Großtante nur eine Postkarte vorfand, auf der stand, sie solle sich keine Sorgen machen.

Inzwischen war Ava wieder da. Ihre Ankunft im letzten Jahr war einer Sensation gleichgekommen, wochenlang hatte es in Herzbach kein anderes Gesprächsthema gegeben. Natürlich wollte jeder wissen, wo sie gesteckt hatte, doch Ava hüllte sich in Schweigen. Bis heute waren keine Informationen über ihre Reise zu mir durchgedrungen, was in unserem Dorf einem Wunder gleichkam.

Ich drückte Sophie das Wechselgeld in die Hand. »Du könntest ein Konzert geben«, schlug ich vor. »*Das* wäre aufregend. Ich sehe die Schlagzeile schon vor mir: Sophie Löwenstein – das Comeback des Musikwunderkindes.«

Grinsend winkte Sophie ab. »Das *ehemalige* Musikwunderkind Sophie Löwenstein hat schon genug mit dem Chor zu tun. Am liebsten würde Pfarrer Bertelsbeck uns einsperren, damit wir jede Woche in seiner Kirche singen. Der Gottesdienst war noch nie so gut besucht. Am Sonntag ist es übrigens wieder so weit. Nur falls du noch nichts vorhast.«

Nun schaltete sich Marvin in unser Gespräch ein. »Es könnte sein, dass doch noch etwas Aufregendes passiert. Im Hofladen habe ich eben gehört, dass die Kinder der Steverdings heute beim Spielen im Wald eine goldene Münze gefunden haben. Sie soll von den Römern stammen.«

Sophie sah ihren Freund neugierig an. »Ach, wirklich? Wie interessant! Römer in Herzbach … vielleicht ist das eine neue Story für unseren *Münsterlandspiegel.*«

»Vielleicht könnt ihr zwei auch einfach mal Platz machen. Hier sind noch andere Menschen, die bezahlen möchten«, beschwerte sich eine rundliche Frau um die sechzig mit pechschwarzem, nach außen geföhntem Bob. Es war Elisabeth Große Brummel, die wegen ihres Nachnamens von allen im Dorf nur Biene genannt wurde. Vielsagend hielt die Friseurin ihre Ausgabe von *Dark Secrets* in die Höhe.

»Aber sicher doch, wenn du mich so nett bittest«, antwortete Sophie mit einem Schmunzeln. »Nur vergiss nicht, liebste Biene, dass wir am Sonntagmorgen in der Kirche singen müssen. Am besten liest du das Buch vorher aus, sonst kann du dich nachher nicht losreißen.«

Biene kicherte, was ihre strengen Worte von eben Lügen strafte. »Keine Sorge, Frau Chorleiterin. Ich bin am Sonntagmorgen pünktlich zur Stelle. Den Gottesdienst zu schwänzen, würde ich mich niemals trauen. Pfarrer Bertelsbeck würde es mir bis zum Sankt-Nimmerleins-Tag vorhalten und danach persönlich dafür sorgen, dass ich in die Hölle komme.«

Wir lachten herzlich, dann verabschiedeten sich Sophie und Marvin und schlenderten Hand in Hand Richtung Ausgang. Versonnen schaute ich den beiden hinterher, während sich ein leises Gefühl der Sehnsucht in mir regte. Meine letzte Beziehung lag bereits zwei Jahre zurück. Dennis, den ich während meines Studiums in Münster kennengelernt hatte, wollte, dass ich mit ihm nach Berlin ging, wo er einen Job bei einem angesagten Medien-Start-up ergattert hatte. Doch dazu war ich nicht bereit gewesen. »Ich kann meinen Großvater nicht alleinlassen«, hatte ich zu ihm gesagt, und das war der Anfang vom Ende unserer Beziehung gewesen. Es war auch nicht so, dass ich Dennis vermisste. Ich vermisste vielmehr das Gefühl, verliebt zu sein. Besonders jetzt, wo der Sommer in Herzbach Einzug gehalten hatte und die warmen Abende Lust auf romantische Spaziergänge an der Stever machten.

»Die beiden sind so süß zusammen«, unterbrach Bienes Stimme meine Gedanken. Sie sah mich unverwandt an. »Was ist eigentlich mit dir, Amelie? Du bist so hübsch.

Die jungen Männer müssen doch Schlange stehen, um mit dir auszugehen.« In ihre dunklen Augen trat ein sensationslüsternes Funkeln, das ich nur zu gut kannte. Biene war Dreh- und Angelpunkt des Dorfklatsches, und dabei schneller und zuverlässiger als jeder Enthüllungsreporter. Wenn jemand wollte, dass sich eine Nachricht in Windeseile in Herzbach verbreitete, dann musste er nur zu Biene gehen und um absolute Diskretion bitten.

Ich lächelte schelmisch. »Wenn ich irgendwann mal wieder einen Freund haben sollte, bist du die Erste, die es erfährt.«

Biene lachte spitzbübisch. »Natürlich bin ich das. Und wenn nicht von dir, dann von jemand anderem.«

3

Hannah »Willst du schon los?«

Ertappt wandte ich den Kopf und entdeckte Aaron, der mit verschränkten Armen im Türrahmen des Badezimmers lehnte und mich beobachtete, wie ich mich im Flur seiner Altbauwohnung in Windeseile anzog. Abgesehen von einem Handtuch um seine Hüften, war er nackt. Mit einiger Mühe löste ich meine Aufmerksamkeit von seinem durchtrainierten Bauch und dem muskulösen Oberkörper und begegnete seinem Blick. Aaron wirkte verwirrt und enttäuscht. Sofort überkam mich ein schlechtes Gewissen. Natürlich wäre ich nicht gegangen, ohne ihm Auf Wiedersehen zu sagen, doch ich musste zugeben, dass man die Situation durchaus so interpretieren konnte.

»Und du?«, fragte ich betont leichthin und setzte ein Lächeln auf, von dem ich hoffte, dass er es charmant fand. »Wolltest du nicht eigentlich duschen?« Ich zog den Reißverschluss meiner Jeans zu, schaute mich nach meinem zweiten Turnschuh um und erspähte ihn halb unter seinem T-Shirt, das zerknäult auf dem Boden lag, an der Stelle, an der er es sich vorhin hastig über den

Kopf gestreift hatte. Schnell bückte ich mich danach und schlüpfte hinein.

»Ich habe mich beeilt«, erwiderte Aaron. Seine Stimme hatte wieder diesen sexy Klang angenommen, der mir jedes Mal wohlige Schauer über die Haut jagte.

Ich dachte daran, wie er mich vor einer Woche an der Europabrücke am Regensburger Ring angesprochen hatte, als ich gerade meine übliche Joggingrunde in Bamberg entlang des Main-Donau-Kanals beginnen wollte. Am Ende waren wir die Strecke gemeinsam gelaufen, und es hatte mir imponiert, wie mühelos er sich meinem schnellen Tempo anpasste, ohne dabei auch nur ansatzweise außer Atem zu geraten. Wie sich herausstellte, war Aaron Schriftsteller. Ein Beruf, der mich schon immer fasziniert hatte. Ich las für mein Leben gern, und auch, wenn mir sein Name als Autor nichts sagte, fand ich es spannend, dass er Krimis schrieb. Aufgrund meiner Leidenschaft für Geschichte waren mir zwar historische Romane lieber, doch gleich an zweiter Stelle kamen Detektivgeschichten. Dazu fand ich Aaron mit seinem sportlichen Körper, dem zerzausten braunen Haar und dem breiten Lächeln äußerst attraktiv. Der dunkle Bart verlieh seinem Gesicht etwas Verwegenes, und die breite Brust schrie geradezu danach, sich anzulehnen. Wenn man denn der Typ Frau war, der sich gerne anlehnte. Außerdem war er witzig. In der guten Stunde, die wir gemeinsam liefen, brachte er mich mehrfach so zum Lachen, dass ich Seitenstiche bekam.

Als er mich nach einer Verabredung zum Abendessen fragte, zögerte ich keine Sekunde und stimmte zu. Gestern war es so weit. Wir trafen uns in einem kleinen italienischen Restaurant, das versteckt in einem idyllischen, mit Efeu bewachsenen Innenhof lag. Es gab nur fünf Tische, und diese standen so weit auseinander, dass man das Gefühl hatte, vollkommen für sich zu sein. Die Stunden mit Aaron flogen nur so dahin. Wir unterhielten uns über Gott und die Welt, lachten miteinander, bis uns die Tränen kamen, und als seine Hand nach dem Dessert wie zufällig über meine strich, schoss ein Kribbeln durch meinen Körper. So köstlich und intensiv, dass mir schwindelig wurde.

Nach dem Essen gingen wir in der warmen Sommernacht spazieren. Aaron nahm meine Hand, und irgendwann zog er mich an sich und küsste mich. Zunächst war der Kuss sanft und langsam. Doch dann gab Aaron seine Zurückhaltung auf und erkundete meinen Mund mit seinen Lippen und seiner Zunge, bis sich alles in mir zu drehen begann und ich am ganzen Körper bebte. Ich presste mich an ihn, seine Hände gruben sich in mein Haar, und als er mit rauer Stimme sagte, er wohne in der Nähe, nickte ich voller Verlangen. Schon im Flur rissen wir uns gegenseitig die Kleider vom Leib.

Hinterher lagen wir auf seinem Bett, außer Atem und verschwitzt. Als Aaron sich auf die Seite drehte und mir in einer liebevollen Geste eine Strähne aus dem Gesicht strich, kam mir zum ersten Mal der Gedanke, dass ich mich in ihm geirrt hatte. Sein gutes Aussehen und das herausfordernde Funkeln in seinem Blick hatten mich zu der Einschätzung verleitet, dass er – genau wie ich – an einem schönen Abend interessiert war, nach dem jeder wieder seiner Wege ging. Fröhlich und ohne Groll. Jetzt war ich mir nicht mehr sicher, ob ich mit meiner Einschätzung richtig lag. Noch während ich darüber nachsann, beugte sich Aaron zu mir herüber und küsste mich sanft auf die Lippen. Unter seiner federleichten Berührung verflüchtigte sich der Gedanke. Ich erwiderte seinen Kuss, und wieder fühlte es sich vollkommen natürlich an, mich an ihn zu schmiegen. Er legte einen Arm um mich, und ich bettete meinen Kopf auf seine Brust, lauschte seinem Herzschlag und kämpfte gegen das übermächtige Bedürfnis an, die Augen zu schließen. Aaron streichelte über meine Wange. »Schlaf ein wenig, Liebling«, sagte er leise. »Ich gehe unter die Dusche. Und morgen früh serviere ich dir das beste Frühstück, das du jemals probiert hast. Ich mache fantastische Pancakes. Du wirst danach nie wieder etwas anderes essen wollen.«

Behutsam löste er sich von mir und stand auf. Wie erstarrt blickte ich ihm hinterher. *Schlaf ein wenig, Liebling.* Die Zärtlichkeit, die in seinen Worten mitschwang, führte dazu, dass ich mit einem Schlag hellwach war. Mein Verdacht war also doch richtig gewesen: Aaron dachte keinesfalls wie ich! Er war nicht nur an ein paar schönen Stunden interessiert. Er wollte Zeit mit mir verbringen. Mich näher kennenlernen. Und deshalb musste ich so schnell wie möglich Abstand zwischen uns bringen. Es war meine Verantwortung, ihn zu schützen. Und mich. Und so war ich wie von der Tarantel gestochen aufgesprungen und in den Flur geeilt, um in meine Kleidung zu schlüpfen, die dort überall zerstreut auf dem Boden lag.

Mit einer geschmeidigen Bewegung löste sich Aaron vom Türrahmen des Badezimmers und trat hinter mich. Als ich seine Hände auf meinen Schultern spürte, begannen meine Nervenenden zu vibrieren. »Es ist mitten in der Nacht«, flüsterte er. Sein Atem strich über mein

Ohr. »Lass uns wieder ins Bett gehen und dort weitermachen, wo wir aufgehört haben.« Seine Fingerspitzen glitten so aufreizend langsam über meinen Nacken, dass ich genussvoll aufseufzte. Ein paar Sekunden lang gab ich mich seinen Berührungen hin. Aarons warme, starke Hände wanderten über mein Schlüsselbein, glitten in mein Top und streichelten über den spitzenbesetzten Stoff meines BHs. Ich sah mich selbst, wie ich mich zu ihm umdrehte und mich erneut in seinem Kuss verlor. Die Vorstellung, noch einmal mit Aaron zu schlafen, war so berauschend, dass mein Herz wie wild zu klopfen begann. Und genau deshalb durfte ich ihr nicht nachgeben. Mit aller Willenskraft, die ich aufbieten konnte, streckte ich den Rücken durch, entwand mich seiner Umarmung und sah zu ihm hoch. Ein Gefühl, das ich aufgrund meiner Größe von einem Meter achtundsiebzig nicht häufig erlebte und darum umso mehr genoss.

»Es tut mir leid, Aaron, wirklich«, sagte ich und atmete tief durch. »Aber ich kann nicht bleiben. Ich schlafe zu Hause, in meinem eigenen Bett. Das tue ich immer. Außerdem muss ich morgen früh raus. Meine Vorlesung beginnt um acht. Es ist die letzte, die ich vor den Semesterferien gebe, da möchte ich ausgeruht sein. Das bin ich meinen Studenten schuldig.« Um meine Worte zu bekräftigen, griff ich nach meiner Handtasche, die auf dem Boden lag, und hängte sie mir über die Schulter. Ein halb belustigter, halb frustrierter Zug erschien um Aarons Mund und lenkte meine Aufmerksamkeit auf seine sinnlichen Lippen, die mich in den letzten Stunden schier um den Verstand gebracht hatten. Bei der Erinnerung spürte ich erneut Hitze in mir aufsteigen.

»Ich schlafe zu Hause«, wiederholte Aaron leise. »Ich

dachte, so etwas sagen sonst nur Männer.« Er legte den Kopf schief und fixierte mein Gesicht. »Dann war das mit uns nur ein One-Night-Stand, Hannah? Ist es das, was du mir sagen möchtest?«

Ich schwieg, weil ich nicht wusste, was ich darauf erwidern sollte. Wie sollte ich Aaron das erklären? Ich mochte Männer, die aus der Masse hervorstachen, die etwas Interessantes an sich hatten. Ich unterhielt mich gerne mit ihnen, ging mit ihnen essen oder ins Theater, wobei ich jedes Mal streng darauf achtete, meine Rechnung selbst zu bezahlen. Manchmal, eher selten, wenn der Abend besonders schön war, schlief ich auch mit ihnen, so wie mit Aaron. Doch an einer festen Beziehung hatte ich kein Interesse. Mein Beruf als Archäologin und Professorin an der Uni hier in Bamberg hatte für mich oberste Priorität. Er bildete die Konstante in meinem Leben und war alles, was ich zu meiner Zufriedenheit brauchte. Die Liebe dagegen war eine Seifenblase, ebenso schillernd wie fragil, und ich glaubte nicht an sie. Das war einmal anders gewesen, doch damals war ich jung und naiv, und ich hatte teuer dafür bezahlt. Schnell schob ich den unangenehmen Gedanken beiseite und konzentrierte mich wieder auf Aaron, der noch immer auf meine Antwort wartete. Wir würden uns nicht wiedersehen, deshalb konnte es mir egal sein, was er von mir dachte. Nur, dass es das nicht war.

»Also?«, fragte Aaron.

Ich räusperte mich, weil mir das Sprechen auf einmal schwerfiel. »Ich habe den Abend mit dir sehr genossen, das musst du mir glauben«, begann ich schließlich. »Aber ich bin niemand, der zum Frühstück bleibt. Ich dachte, du siehst das genauso, sonst wäre ich gar nicht mit zu dir gekommen. Es tut mir leid, wenn ich dir falsche Hoffnungen gemacht habe.« Weil mir unerwartet Tränen in die Augen stiegen, wandte ich mich abrupt um und ging zur Wohnungstür. Auf einmal fühlte es sich so an, als würde ein zentnerschweres Gewicht meine Schultern herunterdrücken.

»Hannah, jetzt warte doch mal«, sagte Aaron. »Ich will dich ja nicht gleich zum Traualtar schleppen. Aber da ist etwas zwischen uns, das spüre ich, und ich glaube, du empfindest es ebenfalls.«

Ich holte tief Luft. Er hatte recht. Und genau das war der Grund, warum ich schleunigst fortmusste. Denn diese Anziehung hatte ich schon einmal erlebt. Ich hatte mich darauf eingelassen und war bis ins Mark verletzt worden. Danach hatte ich mir geschworen, mich niemals wieder dem Risiko auszusetzen, mich zu verlieben. Seitdem verabredete ich mich immer nur einmal mit demselben Mann. Und ich machte einen großen Bogen um diejenigen, die sich mehr von mir ersehnten als das wenige, das ich zu geben bereit war …

»Es tut mir leid«, wiederholte ich, ohne mich umzudrehen. Mein Mund fühlte sich mit einem Mal staubtrocken an. »Du bist wundervoll, Aaron. Du verdienst eine Frau, die besser zu dir passt.« Ich streckte die Hand nach der Klinke aus und öffnete die Tür. Mit einem Schritt war ich im Flur.

»Hannah«, rief Aaron mir hinterher, als ich, immer zwei Stufen auf einmal nehmend, die Treppe heruntersprang. »Wovor hast du solche Angst?«

Im Erdgeschoss angekommen, blieb ich ein paar Sekunden lang stehen. Mein Herz klopfte hart gegen meine Rippen. Ein plötzlicher Anflug von Wut wallte in mir auf.

Aaron kannte mich überhaupt nicht, wie konnte er sich ein Urteil über mich erlauben? Ich hatte keine Angst, ich wollte mein Leben nur so gestalten, wie ich es für richtig hielt. Und für einen Mann war darin eben kein Platz. Nicht mehr. Ich lauschte auf Aarons Stimme, doch im Treppenhaus blieb es still. Mit zitternden Händen holte ich mein Handy hervor, um mir ein Taxi zu rufen. Während ich wartete, schlang ich fröstelnd die Arme um meinen Oberkörper. In der Eile hatte ich meinen Pullover in Aarons Wohnung liegen lassen, den ich für den Fall mitgenommen hatte, dass mir im Laufe des Abends kalt wurde. Auf den muss ich nun wohl verzichten, schoss es mir durch den Kopf, und die Traurigkeit, die mich bei dem Gedanken überfiel, hatte nichts mit dem Verlust des Kleidungsstücks zu tun.

4

Hannah »Und für alle, die sich zu unserer diesjährigen Lehrgrabung in Xanten angemeldet haben: Freuen Sie sich auf eine spannende, wundervolle Zeit! Sie werden schaufeln, was das Zeug hält, Befunde fotografieren, zeichnen und vermessen, ein wissenschaftliches Tagebuch führen ... Es gibt keine bessere Möglichkeit, um den Arbeitsalltag eines Archäologen im Gelände hautnah zu erleben. Genießen Sie es! Ich wünsche Ihnen ganz viel Spaß!« Mit diesen Worten beendete ich meine letzte Vorlesung vor den Sommersemesterferien. Doch nicht alle Studenten hatten es eilig, den Saal zu verlassen. Wie immer kamen ein paar der jungen Leute nach vorne, um mich mit Fragen zu löchern, und ich nahm mir die Zeit, sie alle zu beantworten. Ich selbst war ebenfalls eine wissbegierige Studentin gewesen und freute mich, wenn ich bei meinen Schützlingen denselben Eifer entdeckte.

Außerdem lenkte mich die Arbeit vom Grübeln ab. Ich musste ständig an Aaron denken, und das gefiel mir überhaupt nicht. Ich wollte ihn nicht wiedersehen. Und nach allem, was ich letzte Nacht zu ihm gesagt hatte, war er bestimmt auch nicht mehr sehr erpicht darauf, nur schien das meinem Unterbewusstsein egal zu sein. Wie sonst war es zu erklären, dass ich permanent Aarons Gesicht vor Augen hatte? Und schlimmer noch, dass ich dabei gegen meinen Willen lächeln musste? Es war zum Haareraufen.

Nachdem die letzten Studenten gegangen waren, packte ich mein Vorlesungsskript in meinen Rucksack. Die meisten meiner Professorenkollegen bevorzugten Aktentaschen, aber ich fand es so praktischer. Da ließ ein anerkennender Pfiff aus dem hinteren Teil des Hörsaals mich innehalten. Ich hob den Kopf und erblickte einen großen, schlanken Mann mit dunklem Haar, der an der Wand neben der Tür lehnte. Meine Augen weiteten sich vor Überraschung und Freude.

»Kai? Was machst du denn hier? Ich dachte, wir treffen uns am Dienstag in Tunis?«

Kai Behrends, Chef eines archäologischen Grabungsunternehmens und mein bester Freund, stieß sich von der Wand ab und kam mit federnden Schritten auf mich zu. »Ich habe dich eben vermisst.«

Jauchzend sprang ich vom Rednerpodest, lief ihm entgegen und fiel ihm um den Hals. Es tat so gut, ihn zu sehen. Gerade nach dem Erlebnis mit Aaron hatte ich eine Umarmung bitter nötig. Das wurde mir bewusst, als ich mich wie eine Ertrinkende an ihn klammerte.

»Sachte«, lachte Kai. »Willst du mich erwürgen?«

Ich ließ ihn los, und wir grinsten einander an. Während meines Studiums in München hatte ich mir eine Wohnung mit einer Jurastudentin geteilt. Als Melanie nach ihrem Abschluss nach Berlin ging, vermietete sie ihr Zimmer kurzerhand an ihren jüngeren Bruder. Auch wenn ich mich mit dem Arrangement einverstanden erklärte, war ich anfangs wenig begeistert, mein Zuhause nun mit einem männlichen Studenten zu teilen. Noch dazu mit einem Erstsemester. Doch mit seiner Intelligenz, seiner Liebenswürdigkeit und seinem unaufdringlichen Charme hatte Kai mich in Nullkommanichts für sich eingenommen. Nachdem er eingezogen war, bekam ich plötzlich auffallend oft Besuch von Freundinnen, die gerade »zufällig« in der Gegend waren. Es dauerte eine Weile, bis ich begriff, dass mein neuer, unverschämt gut aussehender Mitbewohner der Grund war.

Ich selbst fühlte mich nicht auf diese Weise zu ihm hingezogen – er war für mich wie ein jüngerer Bruder – und da Kai mir gegenüber ebenso wenig amouröse Ambitionen an den Tag legte, konnte sich zwischen uns eine tiefe Freundschaft entwickeln, die bis heute Bestand hatte. Zwei Jahre nach Abschluss seines Archäologiestudiums, das er als Jahrgangsbester beendete, ging Kai zurück nach Köln, wo er geboren und aufgewachsen war, und gründete dort eine private Grabungsfirma. Wobei die Bezeichnung »Grabungsfirma« in seinem Fall irreführend war, da er sich mit seinem Team, zu dem neben Archäologen und Geologen auch Softwareentwickler und Mathematiker gehörten, auf digitale Hightech-Archäologie spezialisierte, die weitgehend ohne Bagger und Spaten auskam. Kai besaß einen Flugschein und hatte mich einmal mitgenommen, als er im Auftrag einer staatlichen Forschungsinstitution ein Waldgebiet in Österreich untersuchte. Das kleine Flugzeug war vollgestopft mit Technik. Mithilfe eines speziellen Lasers erzeugte Kai ein Bild, aus dem er hinterher am Laptop die Bäume einfach herausrechnete. Zu meiner Verblüffung und meinem Entzücken entstand daraus eine Karte, auf der man den Untergrund mit all seinen Einzelheiten genau erkennen konnte. Anhand der Verfärbungen im Boden war es für uns ein Leichtes, die Stellen zu markieren, die eine weitergehende archäologische Untersuchung lohnenswert erscheinen ließen.

Wie überall sonst war auch in der Archäologie die Digitalisierung auf dem Vormarsch, sodass sich Kais Firma vor Aufträgen kaum retten konnte. Seine Arbeit führte ihn in alle Ecken der Welt und brachte ihm in Wissenschaftskreisen höchste Anerkennung ein. Denn eine Ausgrabung bedeutete zwangsläufig auch immer eine Zerstörung der Fundstelle, und Kais Methoden und seine ausgeklügelten Softwarelösungen halfen dabei, diese auf ein Minimum zu beschränken.

Trotz seines vollen Terminkalenders nahm Kai sich die Zeit, um regelmäßig Gastvorträge an der Universität zu Köln zu halten. Seine Vorlesungsreihe »Archäologie 2.0« war bei den Studenten so beliebt, dass sie bereits ins dritte Jahr ging.

Und in diesen Sommersemesterferien würden wir erstmals zusammenarbeiten. Seit nunmehr über einem Jahr fieberte ich der Ausgrabung entgegen, zu der uns die Universität Tunis eingeladen hatte. Es war eine Premiere, dass ausländische Wissenschaftler das gut erhaltene römische Militärlager am sogenannten *limes tripolitanus,* der ehemaligen Reichsgrenze, untersuchen durften, und ich konnte nicht erwarten, dass es losging.

Kai musterte mich von oben bis unten. »Du siehst müde aus«, stellte er fest, und ich stöhnte frustriert auf, weil ich direkt wieder an Aaron denken musste.

»Ich weiß«, antwortete ich nach einer kleinen Pause. »Die Nacht war ziemlich kurz.«

Fragend hob er eine Augenbraue. »Das muss ja nicht

unbedingt schlecht sein … Andererseits wirkst du nicht besonders glücklich. Willst du darüber sprechen?«

»Später«, wich ich aus. »Jetzt verrate mir erst mal, warum du hier bist. Du fährst doch nicht in aller Herrgottsfrühe vierhundert Kilometer von Köln nach Bamberg, nur weil du mich vermisst hast. Okay«, korrigierte ich, als er Anstalten machte, mir zu widersprechen, »das würdest du natürlich schon tun, und dafür liebe ich dich. Aber doch nicht, wenn wir uns vier Tage später sowieso sehen. Also erzähl, was steckt dahinter?«

»Hältst du es noch einen Moment aus?«, erwiderte Kai und rieb sich die Augen. »Ich bin mitten in der Nacht aufgestanden und brauche dringend einen Kaffee. Vorher bin ich zu keinem vernünftigen Gespräch in der Lage.«

Ich kannte Kai gut genug, um zu wissen, dass dies nicht den Tatsachen entsprach. Während seines Studiums hatte er die Nächte durchgelernt und war dann am nächsten Morgen fröhlich pfeifend in die Uni marschiert, ohne die geringsten Anzeichen von Müdigkeit erkennen zu lassen. Offenbar wollte er Zeit gewinnen, bevor er mit seinen Nachrichten herausrückte, was meine Neugier noch zusätzlich entfachte. Denn Kai war kein Geheimniskrämer. Wenn er herumdruckste, musste es wichtig sein. Also schlug ich ein Café in der Nähe vor, zu dem wir zu Fuß gehen konnten.

5

Hannah Amüsiert registrierte ich die begehrlichen weiblichen Blicke, die uns auf unserem Weg zum Café folgten, und die Kai nicht einmal zu bemerken schien. Trotz seiner freundlichen Art und seines guten Aussehens war mein bester Freund unverheiratet. In der Vergangenheit hatte er zwei längere Beziehungen gehabt, doch als die Frauen anfingen, von Hochzeit und Kindern zu sprechen, hatte er sich getrennt. Eines Abends in unserer WG, als wir zum Essen zwei Flaschen Rotwein geleert hatten, eröffnete er mir, dass er auf die wahre Liebe wartete. »Ich weiß, dass es sie gibt«, sagte er schlicht. »Und wenn sie vor mir steht, werde ich sie erkennen.«

Voller Inbrunst stimmte ich ihm zu, denn ich hatte mich gerade unsterblich verliebt und sah den Himmel voller Geigen hängen. Wenige Wochen später musste ich auf die harte Tour lernen, dass ich mich geirrt hatte. So etwas wie die wahre Liebe gab es nicht. Zumindest nicht für mich.

Plötzlich begann mein Handy zu klingeln. Ich hielt das Display ein Stück von mir weg. Seit ich vierzig war, war ich ein wenig weitsichtig, konnte mich aber nicht dazu durchringen, die Lesebrille aufzusetzen, die sich in meinem Rucksack befand. Als ich Aarons Namen las, setzte mein Herz für einen Moment aus, nur um dann rasend schnell weiterzuschlagen. Hastig lehnte ich das Gespräch ab und steckte das Smartphone zurück in meine Hosentasche. Kai sah mich von der Seite an, hakte aber nicht nach, wofür ich ihm dankbar war.

»Also?«, erkundigte ich mich neugierig, als wir uns zehn Minuten später bei Kaffee und ofenwarmen Croissants mit Erdbeermarmelade gegenübersaßen, die eine Spezialität des Hauses waren. Durch die bodentiefen Fenster des kleinen Cafés schien die Sonne herein und wärmte die Gesichter der Gäste, die sich an den runden Tischen ihr Frühstück schmecken ließen. »Was wolltest du mit mir besprechen? Und warum hatte das keine Zeit bis Tunis?« Plötzlich kam mir ein Gedanke. »Sag nicht, du hast endlich die Frau deines Lebens getroffen?« Kai erwiderte meinen Blick, und seine tiefblauen Augen erinnerten mich an den Sommerhimmel über Herzbach, dem kleinen Dorf im Münsterland, in dem ich aufgewachsen war.

Ein Schatten legte sich über seine Züge. »Es ist wegen der Ausgrabung, Hannah.«

Ruckartig richtete ich mich auf. Ein eisiger Schrecken durchfuhr meine Glieder. »Bitte sag mir nicht, dass du nicht mitkommst!« Kai schüttelte den Kopf, und ich spürte eine Welle der Erleichterung durch mich hindurchströmen. »Gut«, erwiderte ich und stieß den Atem aus, den ich unwillkürlich angehalten hatte. In den letzten zwanzig Jahren hatte ich an unzähligen Forschungsprojekten auf der ganzen Welt teilgenommen, hatte in Israel, Syrien und Jordanien unter den einfachsten Bedingungen in der Wüste gezeltet oder mir in Tunesien und Albanien beengte Unterkünfte mit Kolleginnen geteilt. Ich hatte keine Probleme, mit anderen Menschen in Kontakt zu kommen, und neben der Arbeit, die lang, hart und schweißtreibend war, auch die Gemeinschaft im Team genossen, doch es war etwas ganz anderes, diese Erfahrungen mit dem besten Freund zu teilen. Mit einem Mann, auf den ich mich zu hundert Prozent verlassen konnte. Tatsächlich konnte ich mich an keine Ausgrabung erinnern, auf die ich mich im Vorfeld so sehr gefreut hatte wie auf diese.

Ich griff nach einem Croissant und riss ein großes Stück davon ab. Ein köstlicher Duft stieg mir in die Nase, der meinen Magen augenblicklich zum Knurren brachte. »Was ist es dann?«, fragte ich, bestrich das Stück großzügig mit Erdbeermarmelade, steckte es mir in den Mund und kaute vor Wonne.

Kai, der mich sonst immer mit meiner Leidenschaft für Süßes aufzog, räusperte sich. »Wir können am Dienstag nicht starten, Hannah. Der Präsident der Universität Tunis hat mich gestern angerufen. Er wollte sich direkt danach bei dir melden, aber ich habe ihm gesagt, dass ich das übernehme.« Er holte tief Luft. »Auf dem Ausgrabungsgelände ist es zu einem Überfall gekommen. Zum Glück befanden sich keine Kollegen im Lager, sodass niemand verletzt wurde. Doch es hat Diebstähle gegeben. Der Präsident ist zuversichtlich, dass sich die Situation schnell aufklären wird, aber er muss jetzt erst mal die polizeiliche Untersuchung abwarten.«

Ich öffnete den Mund und schloss ihn direkt wieder. »Was bedeutet *verschieben,* von welchem Zeitraum sprechen wir?«, brachte ich schließlich hervor. »Mitte Oktober beginnt das neue Semester. Wenn wir nicht zeitnah mit der Ausgrabung anfangen, werde ich nicht bis zum Ende dabei sein können.« Bei dem Gedanken wurde meine Brust eng.

Kai trank einen Schluck von seinem Kaffee. »Ich weiß. Der Direktor hat mir versichert, dass er alles in seiner Macht Stehende unternimmt, um die Untersuchung der Polizei zu beschleunigen. Er meldet sich, sobald er Näheres weiß. Im Moment geht er davon aus, dass wir in zwei, höchstens drei Wochen loslegen können.«

Mein Puls, der sich bei Kais Eröffnung beschleunigt hatte, beruhigte sich wieder. Der erste Grabungsabschnitt, an dem Kai und ich teilnehmen sollten, war auf fünf Wochen ausgelegt. Selbst wenn wir erst im August beginnen konnten, blieb immer noch genügend Zeit, bis im Herbst die Vorlesungen anfingen. Die Verschiebung war zwar nicht schön – tatsächlich hatte ich mich schon aufs Packen heute Abend gefreut –, aber auch nicht zu ändern. Von daher konnte ich mich genauso gut wieder meinem Croissant widmen. »Und was machen wir jetzt mit der vielen Zeit?«, fragte ich Kai mit vollem Mund. Ich fühlte mich ein wenig ratlos. Mein Kalender war sonst immer Monate im Voraus verplant, und jetzt hatte ich plötzlich frei. Ich wollte die Arbeit der lokalen Polizei nicht infrage stellen, wusste aber aus eigener Erfahrung, dass sich derlei Untersuchungen ziehen konnten. Von daher hielt ich drei Wochen für realistischer als zwei, wobei ich insgeheim hoffte, dass es nicht noch mehr wurden.

Kai musterte mich aufmerksam und kam dabei offenbar zu der Überzeugung, dass ich den Schock über seine Neuigkeiten gut verkraftet hatte. Jedenfalls erhellte ein beruhigtes Lächeln seine Züge. Ich musste daran denken, dass er extra zu mir nach Bamberg gefahren war, um mir die schlechten Nachrichten persönlich zu überbringen. Wärme stieg in mir auf. Tatsächlich fiel mir nur eine Person ein, die in einem früheren Leben dasselbe für mich getan hätte. Jascha und ich waren zusammen in Herzbach aufgewachsen, Freunde seit dem Kindergarten, und in der elften Klasse war aus uns ein Paar geworden. Nach dem Abitur ging ich für ein Jahr als Au-pair nach Rom, während Jascha daheim den Wehrdienst absolvierte. Bei den Familienausflügen am Wochenende zeigten mir meine Gasteltern ihre Stadt, wie kaum ein Tourist sie zu sehen bekam. Ich war fasziniert vom Forum Romanum und den unterirdischen Kammern im Kolosseum, meinte fast das Gebrüll der Löwen zu hören, die darauf warteten, in die Arena gelassen zu werden. Einmal fuhren sie mit mir nach Pompeji, und spätestens als wir die Ruinen durchstreiften, stand mein Berufswunsch fest: Ich wollte Archäologin werden und die Geheimnisse der Antike erkunden, wollte erfahren, wie die Menschen früher gelebt hatten, was sie bewegt hatte, was ihnen Angst gemacht hatte und was ihre Träume gewesen waren.

Als mich Jascha nach meiner Rückkehr aus Rom vom Flughafen abholte, eröffnete ich ihm, dass ich zum Archäologiestudium nach München zöge und unsere Beziehung für beendet betrachtete. In Italien hatte ich die Erkenntnis gewonnen, dass es eine Welt außerhalb jener gab, in der ich aufgewachsen war, dass es noch so viel für mich zu entdecken gab und ich Herzbach verlassen musste, um glücklich zu werden. Anders als Jascha, der von klein auf davon träumte, einmal die väterliche Geigenbau-Meisterwerkstatt am Dorfplatz zu übernehmen.

Auch wenn ich meine Entscheidung niemals bereut hatte, verspürte ich bis heute Gewissensbisse, wenn ich daran dachte, wie lieblos ich Jascha damals behandelt hatte. Das Gefühl wurde noch dadurch verstärkt, das Jascha mich nicht etwa verteufelte, wie ich es verdient gehabt hätte. Im Gegenteil: Er wünschte mir alles Glück der Welt und bot an, mir bei meinem Umzug nach München zu helfen. Einfach so, ohne Hintergedanken und ohne eine Gegenleistung zu erwarten. Denn so war Jascha.

Was er wohl heute machte? Genau wie ich war er inzwischen vierzig Jahre alt. Bestimmt war er längst verheiratet und hatte eine Schar reizender Kinder. Es fiel mir leicht, ihn mir als liebevollen und fürsorglichen Familienvater vorzustellen, und ich freute mich für die Frau, die ihn bekommen hatte.

»Warum kommst du nicht einfach mit zu mir nach Köln?«, brachte mich Kai mit einem Ruck in die Gegenwart zurück. »Meine Wohnung ist groß genug. Du bekommst das Gästezimmer und darfst dich nach Herzenslust ausbreiten. Wir können ins Römisch-Germanische Museum gehen und uns die Gläsersammlung anschauen.« Plötzlich begann er zu schmunzeln und deutete vielsagend auf meinen Mund. Mit der Zungenspitze ertastete ich einen Klecks Erdbeermarmelade auf meiner Unterlippe.

So würdevoll wie möglich nahm ich die Serviette entgegen, die er mir hinhielt, und tupfte den Fleck weg. Die Vorstellung, Kai zu besuchen, gefiel mir ausnehmend gut. Das letzte Mal war schon wieder viel zu lange her. Außerdem würde ich dann nicht alleine zu Hause sitzen und krampfhaft versuchen, Aarons Bild aus meinem Kopf zu verscheuchen. »Römische Gläsersammlung klingt fantastisch. Es ist die weltweit größte, falls du das nicht gewusst haben solltest«, fügte ich neckend hinzu. Ich faltete die Serviette zusammen und legte sie auf den Tisch. »Und von Köln ist es auch gar nicht so weit bis nach Xanten. Einige meiner Studenten nehmen dort an einer Lehrgrabung teil. Wir könnten sie besuchen. Vielleicht haben sie ein wenig Zuspruch nötig, wenn sie erkennen, dass der Beruf des Archäologen weniger mit Indiana Jones und Lara Croft zu tun hat, als sie sich das vorgestellt haben …«

Kais Schmunzeln vertiefte sich. »Heißt das, du fährst nachher mit mir zurück?«

Ich nickte und schielte hoffnungsvoll zu seinem Teller. »Isst du das Croissant nicht mehr?«

Statt einer Antwort schob er das Gebäck zu mir herüber. »Ich hatte beinahe vergessen, wie es ist, mein Essen teilen zu müssen«, stellte er mit gespielter Resignation fest.

Ich lachte auf. »Dann wird es höchste Zeit, dass du dich wieder daran gewöhnst. Schließlich werden wir in den nächsten Wochen viel Zeit miteinander verbringen.«

Kai grinste, wurde dann aber wieder ernst. »Wer war das eigentlich vorhin am Telefon?«, fragte er so unerwartet, dass ich aufhörte zu kauen und ihn überrumpelt anschaute.

»Äh, ich weiß nicht, wovon du sprichst«, versuchte ich auszuweichen.

Kai lehnte sich zurück und verschränkte die Arme vor seinem Oberkörper. »Ich glaube, du weißt ganz genau, wovon ich spreche«, erklärte er belustigt. »Aber ich fasse meine Beobachtungen gerne für dich zusammen: Du siehst müde aus, du hattest eine kurze Nacht, du bekommst einen Anruf, wirst rot und drückst ihn weg. Ich möchte wetten, dahinter steckt ein Mann. War er es, der dich vorhin angerufen hat? Aber warum wolltest du nicht mit ihm sprechen? Doch nicht etwa, weil ich dabei war?« Plötzliches Begreifen zeigte sich in seiner Miene und er schlussfolgerte: »Warte … du warst letzte Nacht bei ihm, und nun möchte er dich wiedersehen. Obwohl du ihn über deinen Ein-Date-Grundsatz aufgeklärt hast.«

Himmel, dachte ich. Kai kannte mich wirklich in- und auswendig. »Ich bin nicht rot geworden«, entgegnete ich, weil es das Erste war, was mir einfiel.

Er gab einen ungläubigen Ton von sich. »Natürlich bist du das. Das Auto neben uns hat *abgebremst,* weil dich der Fahrer mit einer Ampel verwechselt hat. Es hätte fast eine Massenkarambolage gegeben.«

»Haha, sehr witzig.«

Kais Gesichtsausdruck wurde weich. »Warum erzählst du mir nicht einfach, was passiert ist. Ich bin dein Freund, schon vergessen? Und wenn es dir nicht gut geht, möchte ich für dich da sein.«

Ich spürte einen dicken Kloß im Hals. Er hatte recht. Das war es, was Freundschaft ausmachte. Ich gab mein Zaudern auf, und als ich einmal angefangen hatte, sprudelten die Worte nur so aus mir heraus. »Ich habe Aaron letzten Sonntag beim Joggen kennengelernt. Er hat etwas an sich, das mich sofort angesprochen hat. Nicht nur sein Aussehen – auch wenn er zugegebenermaßen ziemlich heiß ist –, sondern noch etwas anderes. Ich kann dir nicht genau sagen, was es ist: seine Stimme, sein Lächeln, der herausfordernde Blick, die Art, wie er mich zum Lachen gebracht hat … Jedenfalls habe ich ihm meine Nummer gegeben, und wir haben uns zum Essen verabredet. Das war gestern Abend. Nach dem Restaurant waren wir bei ihm und hatten umwerfenden Sex.« Ich schloss für einen kurzen Moment die Augen. »Danach bin ich gegangen. Er hat mir hinterhergerufen und mich gefragt, wovor ich solche Angst habe. In dem Moment bin ich richtig sauer geworden. Es ist mein Leben, und ich allein treffe darin die Entscheidungen. Und wenn ich ihn nicht wiedersehen möchte, dann muss er das akzeptieren.«

Kai schwieg eine Weile. Als er schließlich sprach, klang seine Stimme ganz sanft. »Willst du ihn denn wirklich nicht wiedersehen?«

»Du kennst meine Einstellung zu dem Thema.«

»Ja, aber vielleicht ist es an der Zeit, sie zu hinterfragen. Sieh mal: Ich weiß, wie dieser Kerl dich damals verletzt hat, ich war dabei, und wenn du mich gelassen hättest, hätte ich ihn windelweich geprügelt für das, was er dir angetan hat. Aber solche Typen sind die Ausnahme, Hannah, nicht die Regel. Du hattest einfach Pech, ihm über den Weg zu laufen und dich in ihn zu verlieben. Seitdem sind so viele Jahre vergangen, und trotzdem führst du dein Leben immer noch so vorsichtig, als hättest du danach noch eines in petto.«

»Mir gefällt mein Leben!«, entgegnete ich in einem Anflug von Trotz. »Es ist toll! Ich habe meinen Traumjob, eine schöne Wohnung, gute Freunde, genügend Geld, um mir all das leisten zu können, was mir wichtig ist. Und dazu niemanden, der mir reinredet. Ich kann jeden Tag Pizza essen, das ganze Wochenende im Schlafanzug verbringen oder dreimal am Tag heiß duschen, wenn ich will.« Letzteres tat ich tatsächlich hin und wieder. Vielleicht zog es mich auch deshalb immer wieder zu Ausgrabungen in südliche Gefilde, weil ich so eine Frostbeule war. »Und wenn mir nach männlicher Gesellschaft ist, gehe ich eben mit jemandem aus«, kam ich zum Ende meines Plädoyers.

»Was ist mit Nähe und Geborgenheit?«, gab Kai zu bedenken.

»Die bekomme ich von dir.«

Kai lächelte. »Es ist nicht so, dass ich der Experte in Beziehungsfragen wäre, aber ich könnte mir vorstellen, dass es einen Unterschied gibt zwischen der Intimität in einer Freundschaft und der in einer Partnerschaft.«

»Das stimmt. Die in einer Freundschaft führt selten dazu, dass man monatelang Taschentücher vollheult und keine Liebesszene im Fernsehen mehr sehen kann, ohne dass einem das Herz bricht.« Mein Kiefer verhärtete sich. »Du weißt, wie lieb ich dich habe, Kai, und es rührt mich, dass du dir Sorgen um mich machst. Aber das musst du nicht. Ich bin gerne Single, und zwar aus freien Stücken und mit voller Überzeugung.«

Die Bedienung, eine junge Frau mit hellrotem Pferdeschwanz und Sommersprossen auf der Nase, die an winzige Farbsprengsel erinnerten, kam an unseren Tisch, um uns zu fragen, ob wir noch Wünsche hätten. »Nein«, entgegnete ich, »aber bringen Sie uns doch bitte die Rechnung.« Ich zog mein Portemonnaie aus dem Rucksack und legte es auf den Tisch. »Das übernehme ich. Du bist das nächste Mal dran«, erklärte ich bestimmt, bevor Kai protestieren konnte.

»Ich habe noch keine Frau erlebt, die so sehr auf ihre Unabhängigkeit bedacht ist wie du«, seufzte er. »Als Mann finde ich das übrigens höchst einschüchternd, musst du wissen. Wenn Aaron dich trotzdem anruft, muss er ziemlich tapfer sein.«

Statt einer Antwort nahm ich das Töpfchen Marmelade zur Hand und tat so, als würde ich damit auf ihn zielen. Grinsend hob Kai beide Hände. »Nicht schießen! Ich ergebe mich.«

Sachte stellte ich das Gefäß wieder ab. »Ich nehme deine Kapitulation an. Und können wir jetzt bitte, bitte über etwas anderes reden.«

6

Amelie Am Samstagmorgen wachte ich noch vor dem Schellen des Weckers auf. Ich hatte schlecht geträumt, von einer rasenden Autofahrt auf regennasser Straße, und war erleichtert, als ich realisierte, dass ich wohlbehütet in meinem Bett lag. Neben mir auf dem Nachttisch lag der neue Thriller von Henry Miles, der sich als beinahe unerträglich spannend herausgestellt hatte. Die Handlung um einen jungen Mann, der seine Verlobte eines Mordes verdächtigte und sich in dem Versuch, sie zu schützen, immer tiefer in ein Geflecht aus Lügen, Täuschung und Gewalt verstrickte, hatte mich so in ihren Bann gezogen, dass ich bis halb zwei in der Früh gelesen hatte. Bei jedem Kapitel nahm ich mir vor, dass dieses nun wirklich das letzte sei, aber dann blätterte ich doch weiter. Henry Miles verstand es wie kein Zweiter, immer wieder überraschende Wendungen und Ereignisse in seine Geschichte einzubauen, sodass man gar nicht anders konnte, als immer weiterzulesen. Schließlich musste ich mich regelrecht zwingen, den Roman beiseitezulegen, damit ich vor der Arbeit wenigstens noch ein paar Stunden Schlaf bekam.

Nachdem ich geduscht und mich angezogen hatte, ging ich zum Frühstück herunter zu meinem Großvater. Auch wenn meine Wohnung eine eigene Küche besaß, benutzte ich sie nur selten. Als ich den hellen, freundlich eingerichteten Raum im Erdgeschoss betrat, saß Großvater bereits mit der Tageszeitung am Esstisch. Das Schlimmste seiner Erkältung hatte er überstanden.

»Hallo, meine Kleine«, begrüßte er mich gut gelaunt.

»Guten Morgen.« Ich beugte mich zu ihm hinunter und küsste ihn auf die frisch rasierte Wange. Stirnrunzelnd registrierte ich sein übliches Arbeitsoutfit aus bequemer Cordhose, Hemd und feinem Wollpullover. »Willst du wirklich mit in die *Büchertruhe* kommen?«, erkundigte ich mich besorgt. »Warum gönnst du dir nicht noch einen Tag Pause?«

Mein Großvater schenkte mir ein nachsichtiges Lächeln. »Mir geht es ausgezeichnet. Außerdem ist heute Samstag. Das halbe Münsterland wird anreisen, um Henrys Buch zu kaufen. Es ist schlimm genug, dass ich dir die letzten zwei Tage nicht helfen konnte. Also, keine Widerrede!«, fügte er gespielt streng hinzu, als ich ihn unterbrechen wollte. »Und jetzt setz dich zu mir und lass dir das Frühstück schmecken. Ich habe Rührei mit Kirschtomaten und frischen Kräutern aus dem Garten gemacht.«

Wie so oft sollte mein Großvater recht behalten. Wenn ich den Andrang am Donnerstag und Freitag schon als gewaltig empfunden hatte, so übertraf der heutige Besucherstrom diesen bei Weitem. Zeitweise tummelten sich so viele Kunden in der *Büchertruhe,* dass die Schlange vor der Kasse durch den kompletten Laden ging. Zum Glück war gestern Nachschub eingetroffen – anderenfalls wäre der Thriller längst ausverkauft gewesen. Erst am Nachmittag wurde es ein bisschen ruhiger. Gegen fünfzehn Uhr kam meine beste Freundin Nadine vorbei, um meinem Großvater und mir ein Stück selbst gebackenen Kirschkuchen vorbeizubringen.

»Köstlich«, lobte ich, nachdem ich den ersten Bissen probiert hatte. Mein Großvater übernahm meinen Platz an der Kasse, damit ich in Ruhe zu Ende essen konnte. Nadine strahlte über das ganze Gesicht, so sehr freute sie sich über mein Kompliment. Seit letzten Dezember besaß unser Dorf ein Veranstaltungszentrum, in dem allerlei Kurse angeboten wurden. Einmal in der Woche stand bei mir nun Yoga auf dem Programm, Nadine hatte sich für den Backkurs eingeschrieben. Mit den Ergebnissen entzückte sie nicht nur ihre Kolleginnen in der Apotheke, die sich direkt neben unserem Geschäft befand, sondern auch meinen Großvater und mich. Und natürlich ihren neuen Freund Jascha, in den sie bis über beide Ohren verliebt war. Ich gönnte Nadine ihr Glück von Herzen, auch wenn das bedeutete, dass wir uns in letzter Zeit nicht mehr so häufig sahen. Tatsächlich hatten wir uns kaum verabredet, seit sie mit ihm zusammen war, aber mir war klar, dass frisch verliebte Pärchen gerade in den ersten Wochen ihrer Beziehung nur wenig Zeit für anderes hatten. Dennoch vermisste ich meine Freundin und unsere gemeinsamen Abende, bei denen wir stundenlang reden und lachen konnten, ohne dass uns jemals der Gesprächsstoff ausging.

Ich hatte noch nicht einmal Gelegenheit gefunden, ihr von Großvaters Fieberfantasie zu erzählen. Auch wenn ich inzwischen davon überzeugt war, dass es sich um eine solche handelte, hätte ich mich gerne mit ihr ausgetauscht, schon aus Gewohnheit. In meinem Leben passierten keine Dinge, von denen sie nichts ahnte. So war Nadine auch die Einzige, der ich von dem erneuten Jobangebot des Hamburger Verlags vor ein paar Monaten erzählt hatte. Anders als ich war sie der Meinung gewesen, dass ich es diesmal annehmen sollte. Das schätzte ich ebenfalls an unserer Freundschaft, auch wenn es manchmal herausfordernd war: Wir sagten uns immer ehrlich, was wir dachten, und nicht nur das, was die andere hören wollte.

Nadines Smartphone klingelte, und an dem Leuchten, das auf einmal auf ihrem Gesicht lag, erkannte ich, dass der Anrufer Jascha sein musste. Ich wollte weghören, weil es nicht meine Art war, Gespräche anderer Leute zu belauschen, doch da meine beste Freundin nur einen halben Meter von mir entfernt stand, stellte sich das als ein Ding der Unmöglichkeit heraus. Als ich den zärtlichen Tonfall in ihrer Stimme wahrnahm, überfiel mich erneut die Sehnsucht, die ich neulich schon beim Anblick von Marvin und Sophie verspürt hatte. Ich wollte mich auch verlieben! Nur, wie sollte das funktionieren, wenn in Herzbach kein Mann für mich infrage kam und ich so selten ausging? Oder war ich zu festgefahren, wenn ich die hiesigen Männer von vornherein ausschloss, nur weil keiner von ihnen jemals ein Kribbeln in mir entfacht hatte? Nadine und Jascha hatten sich schließlich auch jahrelang gekannt, bevor der Funke übergesprungen war. Obwohl, um der Wahrheit die Ehre zu geben, war es eigentlich nur Jascha gewesen, der sich extrem viel Zeit gelassen hatte, um seine Gefühle zu entdecken, denn Nadine hatte schon als Teenager für ihn geschwärmt, allerdings nur aus der Ferne.

Jascha war ein gutes Stück älter als wir, und so freundlich und hilfsbereit er war, umgab ihn doch immer etwas Unnahbares. Wobei unnahbar das falsche Wort war. Es hieß, dass er noch immer seiner ersten Liebe Hannah hinterhertrauerte, die Herzbach vor zwanzig Jahren verlassen hatte, um Archäologin zu werden. Persönlich hielt ich das für Unfug. Auch wenn Hannah schön wie Grace Kelly war – daran erinnerte ich mich, obwohl ich bei ihrem Weggang noch ein Kind gewesen war –, konnte ich mir dennoch kaum vorstellen, dass Liebeskummer so lange andauerte. Schon gar nicht, wenn es stimmte, dass Hannah sich Jascha gegenüber äußerst egoistisch und rücksichtlos verhalten hatte.

Was die Geschichte ihrer Trennung anging, lagen die Sympathien der Herzbacher jedenfalls eindeutig auf Jaschas Seite. Manchmal hatte ich das Gefühl, dass unser Dorf über ein kollektives Gedächtnis verfügte, das über Jahrzehnte zurückreichte. Jedes Ereignis, das auch nur im Ansatz erzählenswert erschien, wurde so oft weitergegeben, bis man das Gefühl hatte, selbst dabei gewesen zu sein.

Ich konzentrierte mich wieder auf Nadine, die ihr Telefonat inzwischen beendet hatte und nun aufgeregt von ihren Plänen zu erzählen begann. Sie und Jascha wollten nachher Freunde in Köln besuchen und auch bei ihnen übernachten. Ich spürte, wie sich Enttäuschung in mir breitmachte. Also würden wir uns dieses Wochenende wieder nicht sehen. Andererseits, so tröstete ich mich, konnte ich dann ungestört mein Buch zu Ende lesen. Mir fehlten nur noch hundert Seiten, und ich wollte unbedingt erfahren, wie die Geschichte ausging. Außerdem konnte ich mal wieder in Ruhe mit meiner Mutter telefonieren. Seit nunmehr zwei Jahren lebte Marlene in einem Aschram in Indien, was für ihre Verhältnisse beinahe sesshaft anmutete.

»Ich gehe dann mal wieder«, meinte Nadine mit einem vielsagenden Blick auf die beiden älteren Frauen, die sich, mit einem Stapel Bücher bewaffnet, der Kasse näherten. Sie warf mir eine Kusshand zu und war im nächsten Moment in den sonnigen Nachmittag verschwunden.

Als wir die *Büchertruhe* um achtzehn Uhr schlossen – aufgrund des Andrangs hatten wir an diesem Samstag länger geöffnet –, fühlte ich jeden Muskel in meinem Körper. »Was meinst du, wollen wir heute im *Kiepenkerl* zu Abend essen?«, schlug mein Großvater spontan vor und wies mit dem Kinn auf die gut besuchte Terrasse vor dem Restaurant. »Da vorne stehen gerade Leute auf.« Seitdem Henning, ein ehemaliger Sternekoch aus Hamburg, das Lokal am Marktplatz übernommen hatte, kamen die Gäste von weit her, um hier zu essen. Henning setzte auf hervorragende Qualität und Produkte aus der Region. Dennoch bot er seine Speisen zu fairen Preisen an, weswegen auch viele Dorfbewohner regelmäßig bei ihm einkehrten. Inzwischen war er quasi selbst ein echter Herzbacher, denn er war mit Doro Westkamp zusammen, die mit ihren Eltern und ihren Brüdern Marvin und Christopher den größten Hof in der Umgebung bewirtschaftete. Ihr Vater, von allen respektvoll Bauer Westkamp genannt, war es, der die Wiese für den großen Parkplatz am Ortseingang zur Verfügung gestellt hatte, damit Herzbach autofrei werden konnte.

Mein Großvater und ich warteten, bis der Kellner Robert den Tisch mit einem feuchten Lappen abgewischt hatte, dann setzten wir uns und streckten die Beine aus. Es war ein traumhafter Abend. Die Sonne schien angenehm warm vom Himmel, und in der Luft hing ein Geruch nach Sonnencreme, der mich an Urlaub und Strand denken ließ. Um den alten Brunnen in der Mitte des Platzes spielten ein paar Kinder, die abwechselnd Münzen ins Wasser warfen und dann eilig die Augen zusammenkniffen, während die anderen ehrfurchtsvoll zusahen, wie die Centstücke zu Boden sanken. Ich stellte mir vor, wie sie im Wasser im Sonnenlicht funkelten. Früher hatte ich ebenfalls von meinen Großeltern glänzende Pfennige bekommen, um sie in den Brunnen zu werfen, der einer alten Legende nach Wünsche erfüllen konnte.

In einem Mädchen von etwa neun oder zehn Jahren mit dunklen Zöpfen erkannte ich Maja, die Kleine der Steverdings. Ihr Vater war Lehrer an der Grundschule, die Mutter arbeitete als Physiotherapeutin im Seniorenstift des Nachbarorts Mondstein. Dann war sie es also, die mit ihren Brüdern im Wald die römische Münze entdeckt hatte. Ich erkundigte mich bei meinem Großvater, ob er von dem Fund gehört habe, was er schmunzelnd bestätigte: »Ungefähr zehnmal heute.«

Der Besitzer des *Kiepenkerl,* der mit seinem blonden Schopf und der mächtigen Statur wie ein Wikinger aussah, schlenderte herbei. »Meine Leute haben mir berichtet, dass ihr hier seid«, verriet er augenzwinkernd. Dann wandte er sich meinem Großvater zu. »Wie geht es dir, Sebastian? Hast du dich erholt? Wie ich höre, bist du dem Tod gerade noch mal von der Schippe gesprungen.« Er lachte sympathisch, und mein Großvater stimmte mit ein. Wir plauderten kurz, bevor sich Henning wieder in die Küche verabschiedete.

Da ich mein ganzes Leben in Herzbach verbracht hatte, war ich daran gewöhnt, dass sich Nachrichten blitzschnell im Dorf verbreiteten. Doch aus unerfindlichen Gründen störte ich mich heute daran. »Du bist so still«, fand mein Großvater während des Essens. »Hat dich jemand geärgert?«

Ich musste lächeln, weil er eine Formulierung aus meiner Kindheit verwendete. »Nein«, antwortete ich. »Es ist nur, dass mir Herzbach heute irgendwie so, ich weiß nicht, so eng vorkommt. Du kannst keinen Schritt machen, ohne dass die anderen es mitbekommen. Und jeder scheint alles über jeden zu wissen. Stört dich das nie?« Aufmerksam blickte ich ihn an. Ich konnte mich nicht erinnern, dass wir jemals über dieses Thema gesprochen hatten, und nun wartete ich gespannt auf seine Antwort. Allein deshalb kann er nichts mit dem Verschwinden von Irenes Verlobten zu tun haben, war ich überzeugt. Niemals wäre es ihm gelungen, ein Geheimnis dieses Ausmaßes zu bewahren. Nicht an diesem Ort. Die Einzige, die das vielleicht zuwege brachte, war Ava. Doch auch wenn es höchst ungewöhnlich war, dass es keinerlei Informationen über ihre monatelange Abwesenheit im letzten Jahr gab, konnte man das Verheimlichen eines Reisegrunds wohl kaum mit dem eines Unfalls vergleichen, bei dem womöglich ein Mensch ums Leben gekommen war.

Ich konzentrierte mich wieder auf meinen Großvater, der eine Weile geschwiegen hatte. »Ich verstehe, was du meinst«, sagte er schließlich, »aber ich selbst habe es nie so empfunden. Natürlich können einem die Herzbacher manchmal ganz schön auf den Geist gehen, aber wenn es darauf ankommt, halten wir zusammen, und das ist es, was zählt. Ich für meinen Teil könnte niemals an einem

Ort leben, wo es normal ist, dass sich die Nachbarn untereinander nicht kennen.« Mein Großvater verzog das Gesicht, als bereite ihm allein die Vorstellung Schmerzen. Er nahm einen Schluck aus seinem Bierglas, und in seiner Stimme lag ein feierlicher Ernst, als er fortfuhr: »Für mich gibt es kein schöneres Fleckchen Erde auf dieser Welt als Herzbach. Hier habe ich alles, was ich zum Glücklichsein brauche. Dich, die *Büchertruhe,* Freunde, die das Prädikat verdienen, ein wunderschönes Zuhause, meinen geliebten Garten, an dem die Stever vorbeifließt … mehr kann ein Mensch nicht verlangen.«

Unwillkürlich musste ich wieder an das Jobangebot in Hamburg denken, das die Geschäftsführerin, für die ich bereits als Werkstudentin gearbeitet hatte, vor Kurzem erneuert hatte. Vielleicht reizte mich die Vorstellung, Lektorin zu werden, mehr, als ich mir eingestehen wollte. Doch meinen Großvater würde ich dafür nicht im Stich lassen. Mit seiner Ansprache hatte er mir wieder vor Augen geführt, wie wichtig ihm meine Nähe und unsere gemeinsame Arbeit in der Buchhandlung waren. Ich hob mein Weinglas und prostete ihm zu. »Auf das Glücklichsein«, sagte ich. Denn niemand konnte sich glücklicher schätzen als ich, einen solchen Großvater zu haben.

7

Hannah »Ich war schon mehrmals hier, aber ich bin jedes Mal aufs Neue überwältigt.« Ehrfurchtsvoll sah ich zu den Turmspitzen des Kölner Doms hoch, den Kai und ich soeben besichtigt hatten. Als Erzbischof Konrad von Hochstaden im August 1248 den Grundstein der Kathedrale legte, hatte er bestimmt nicht damit gerechnet, dass sie erst über fünfhundertfünfzig Jahre später, im Jahr 1880, vollendet werden sollte. Doch auch nach der offiziellen Fertigstellung gingen die Arbeiten jahrzehntelang weiter. Insbesondere bei der Vervollkommnung der Innenausstattung wurden keine Kosten und Mühen gescheut. Davon zeugte der prachtvolle, 1350 Quadratmeter große Mosaikfußboden im Chorbereich, den wir ausgiebig bewundert hatten. Im Zuge des Zweiten Weltkrieges wurden Teile des Kölner Doms zerstört. Der Wiederaufbau nahm Jahre in Anspruch, und bis heute konnte man am Gebäude kleinere Kriegsschäden ausmachen. Die Restaurierung eines so gewaltigen Bauwerks hörte nie auf. Heute galt sie insbesondere dem durch Verwitterung und Umwelteinflüsse geschädigten Steinwerk sowie den kostbaren historischen Fenstern.

Auf der Domplatte herrschte an diesem Sonntagmorgen reger Betrieb. Eine Gruppe japanischer Touristen, die von einer quirligen Reiseleiterin mit raspelkurzem schwarzem Haar und einem Piercingring in der Nase angeführt wurde, knipste aufgeregt Bilder. Familien mit Kinderwagen zogen ebenso vorbei wie Trauben von Jugendlichen, nicht wenige mit einem Skateboard unter dem Arm. Kai zückte seine Brieftasche, um einem Straßenmusiker einen Fünfeuroschein in den Gitarrenkoffer zu legen, worauf der junge Mann uns ein dankbares Lächeln schenkte.

»Ich möchte auch ein Eis«, befand ich, während ich einen kleinen Jungen beobachtete, der mit seligem Gesichtsausdruck an seiner Waffel schleckte. Bei dem älteren Paar, das ihn begleitete, handelte es sich vermutlich um seine Großeltern. Ich ging jede Wette ein, dass die Portion bei seinen Eltern deutlich kleiner ausgefallen wäre.

»Natürlich möchtest du das«, zog Kai mich auf und reihte sich mit mir in die lange Schlange vor dem Eiswagen ein. Das Paar ganz vorne hatte soeben bezahlt. Als der Mann über seine Schulter blickte, hielt ich überrascht die Luft an. Das freundliche Gesicht, das weizenblonde Haar, die Art, wie er den Kopf neigte … der Mann erinnerte mich an Jascha! Doch das war natürlich Unsinn. Seit unserer letzten Begegnung war eine halbe Ewigkeit vergangen. Ich hatte nicht die geringste Vorstellung, wie er heute aussah. Vielleicht hatte er dreißig Kilo zugenommen und eine Glatze. Ich schüttelte über mich selbst den Kopf. Da musste ich neulich einmal an Jascha denken, und schon bildete ich mir ein, ihn in der Menge zu entdecken. An einem Sonntagmorgen in Köln, über hundert Kilometer von Herzbach entfernt.

Kai knuffte mich in die Seite, um meine Aufmerksamkeit auf sich zu lenken. »Alles in Ordnung?«, fragte er. »Du siehst aus, als hättest du ein Gespenst gesehen.«

Ich zuckte mit den Schultern. »Es ist nichts. Ich dachte nur, ich hätte jemanden von früher entdeckt. Dort drüben. Aber ich muss ihn verwechselt haben.« Ich zeigte auf die Theke des Eiswagens, doch der Mann war verschwunden.

»Einen Freund?«, erkundigte sich Kai. So gut wir einander kannten, wusste er nur wenig über die Zeit vor meinem Studium. Die Art und Weise, wie ich Herzbach damals den Rücken gekehrt hatte, war nichts, worauf ich besonders stolz war. Deshalb redete ich nicht gerne darüber. Zu deutlich erinnerte ich mich daran, wie ich drei Monate nach meinem Umzug nach München meine Eltern zu Hause besucht hatte. Die Blicke, die mir durchs Dorf folgten, waren wie Nadelstiche gewesen. Ich hatte Jascha, dem gut aussehenden, freundlichen Jungen, dessen Familie seit Generationen die Geigenwerkstatt am Marktplatz betrieb, das Herz gebrochen. Ein Verbrechen, für das man zwar nicht ins Gefängnis kam, aber durchaus aus der Dorfgemeinschaft ausgeschlossen werden konnte. Nicht, dass ich mich jemals richtig zugehörig gefühlt hätte. Dazu war ich zu reserviert, zu sehr auf meine Privatsphäre bedacht. Wie sehr ich es gehasst hatte, wenn meine Eltern mit mir sonntags nach der Kirche zum Mittagessen in den *Dorfkrug* gingen und die Bedienung genau wusste, dass mir von Rosenkohl schlecht wurde und ich keine grünen Bohnen mochte, dafür aber Erbsen und Kroketten, solange sie schön knusprig waren.

»Jascha und ich waren Sandkastenfreunde«, erklärte ich Kai. »Später entwickelte sich mehr daraus. In der elften Klasse kamen wir zusammen und blieben es, bis ich anfing zu studieren. Für Jascha war immer klar, dass er in Herzbach bleiben wollte. Ich dagegen wollte die Welt sehen und Abenteuer erleben. Wir hatten keine gemeinsame Basis. Das bewies mir auch mein Jahr in Rom: Von Tag zu Tag dachte ich weniger an ihn. Deshalb machte ich nach meiner Rückkehr mit ihm Schluss und ging dabei nicht besonders feinfühlig vor, was mir die Dorfbewohner bis heute nachtragen.«

»Woher weißt du das?«

»Woher weiß ich was?«

»Dass die Herzbacher dir niemals verziehen haben.«

Es kam Bewegung in die Schlange, und Kai und ich rückten einen Meter vor. Nach kurzem Zögern erzählte ich ihm von meinen Erlebnissen im Dorf, als ich meine Eltern besucht hatte.

Kai runzelte ungläubig die Stirn. »Das ist zwanzig Jahre her, Hannah. Und du hattest damals ein schlechtes Gewissen, nehme ich an. Wahrscheinlich hast du dir die feindseligen Reaktionen nur eingebildet. Warum sollte es die Leute kümmern, dass du dich von Jascha getrennt hast? Selbst wenn du dich dabei nicht sehr diplomatisch verhalten hast. So etwas passiert Millionen Male jeden Tag, überall auf der Welt. Das ist der Lauf der Dinge.«

Ich rollte mit den Augen. »Daran merkt man, dass du ein Stadtkind bist. Du hast ja eine Ahnung, wie es auf dem Land zugeht.« Ich zog Kai zur Seite, um einem blonden Mädchen auf einem Tretroller Platz zu machen, das sich für den kürzesten Weg entschieden hatte, anstatt wie seine Eltern die Schlange zu umrunden. Die Mutter, eine hübsche Frau mit Brille, rief uns eine verlegene Entschuldigung zu, worauf ich gutmütig abwinkte.

Plötzlich klingelte mein Handy. Aaron, schoss es mir durch den Kopf. Mein Magen machte einen Hüpfer. Mit zittrigen Fingern zog ich mein Smartphone hervor und hielt es ein Stück von mir weg. Das Display zeigte eine mir unbekannte Nummer. Eine seltsame Mischung aus Enttäuschung und Erleichterung durchströmte mich. »Ja?«, meldete ich mich zaghaft.

»Hannah? Hier ist Alex. Alex Hoven … Hannah? Hallo? Bist du noch dran?«

Vor lauter Verblüffung über den Anrufer versagte mir meine Stimme den Dienst. Ich fing einen fragenden Blick von Kai auf und machte eine ratlose Geste mit den Schultern. Dann wandte ich mich wieder dem Gespräch zu. »Ja, ich bin noch dran«, sagte ich und räusperte mich. »Woher hast du meine Nummer?« Sofort tat mir meine Frage leid. Ich wollte nicht unfreundlich herüberkommen, ich war einfach nur so perplex, dass Alex mich anrief.

Doch er schien mir meine Bemerkung nicht übel zu nehmen, denn er lachte vergnügt: »Es gibt nichts, was meine Assistentin nicht zuwege bringt. Außerdem bist du nicht gerade eine Unbekannte. Frau Professorin … alle Achtung!«

Meine Mundwinkel bogen sich nach oben. In den Medien hatte ich verfolgt, dass aus meinem Klassenkamerad Alexander Hoven ein erfolgreicher und millionenschwerer Geschäftsmann geworden war. Meine private Handynummer herauszufinden gehörte sicher zu seinen leichtesten Übungen. »Was kann ich für dich tun?«, erkundigte ich mich, nachdem ich mich wieder ein Stück weit gefangen hatte. Was für ein verrückter Zufall, dachte ich. Erst bildete ich mir ein, Jascha zu sehen, und dann rief mich dessen bester Freund Alex an, den ich nicht mehr getroffen hatte, seit er nach dem Abi nach London gezogen war. Was nicht daran lag, dass wir uns nicht gemocht hätten, im Gegenteil. Alex war toll. Er hatte mir nie das Gefühl gegeben, mich zwischen ihre Freundschaft zu drängen, sondern mich weiterhin wie einen Kumpel behandelt. Nach der Trennung von Jascha hatte er mich sogar angerufen, um sich zu erkundigen, wie es mir ging. Das hatte ich ihm hoch angerechnet. Dennoch war unser Kontakt danach eingeschlafen. Er war in erster Linie Jaschas Freund, und ich wollte ihn nicht in einen Gewissenskonflikt bringen.

»Wie ich höre, kennst du dich mit römischen Fundstücken aus«, sagte Alex jetzt. »Deshalb hätte ich gerne deinen Rat als Expertin.« Er schilderte mir, wie Kinder im Wald bei Herzbach eine goldene Münze gefunden hatten, die nach seiner Vermutung einen römischen Kaiser zeigte.

Während er sprach, erfasste mich die freudige Aufregung, die ich immer verspürte, wenn von archäologischen Entdeckungen die Rede war. »Kannst du mir Fotos von der Münze schicken?«, bat ich ihn, nachdem er seine Ausführungen beendet hatte.

»Warte kurz«, erwiderte Alex. Wenige Sekunden später kündigte ein *Ping* den Eingang einer neuen Nachricht an.

»Ich rufe dich gleich zurück«, beendete ich das Gespräch. Ich nahm meine Lesebrille aus meinem Rucksack und setzte sie auf, dann betrachtete ich die beiden Fotos, die Alex mir geschickt hatte. Mein Puls schnellte in die Höhe. »Das gibt es doch nicht«, stieß ich hervor. Kai, der mich während meines Telefonats mit Alex nicht aus den Augen gelassen hatte, schaute mir über die Schulter.

»Ein Goldmultiplum«, stellte er fest, und wir wechselten einen vielsagenden Blick. Multipla waren kostbare Prägungen gängiger Münzen, die die römischen Kaiser zu besonderen Anlässen ausgaben und bedeutenden Persönlichkeiten im Rahmen feierlicher Zeremonien als Geschenk überreichten. Der Umstand, dass das Multiplum im Herzbacher Wald gelegen hatte, war bemerkenswert, da derlei Funde außerhalb des ehemaligen Römischen Reiches äußerst selten waren. Hinzu kam, dass die Münze das Konterfei von Konstantin dem Großen zierte, einer schillernden, aber auch umstrittenen Figur. Einem Kaiser, dem nachgesagt wurde, seine Ehefrau und seinen ältesten Sohn beseitigt zu haben, und der gleichzeitig als erster christlicher Herrscher in die Geschichte eingegangen war.

»Woher stammt die Münze?«, fragte Kai.

»Herzbach«, hauchte ich, während sich meine Gedanken immer schneller drehten. Die Fundstelle musste unbedingt näher untersucht werden. Vielleicht gab es dort noch mehr zu entdecken. Meine Handflächen wurden feucht, und meine Atmung beschleunigte sich. Im Landkreis Stade war unlängst ein Goldmultiplum des römischen Kaisers Constans, Konstantins jüngstem Sohn, aus dem vierten Jahrhundert nach Christus gefunden worden, was in Wissenschaftskreisen für eine Sensation sorgte, denn es war ein weltweites Unikat. Was, wenn es sich hier um einen ebenso bedeutsamen Fund handelte? Oder die Münze gar zu einem Schatz gehörte?

Mein Magen begann aufgeregte Purzelbäume zu schlagen. Jetzt dreh nicht durch, rief mich eine Stimme in meinem Kopf zur Ordnung. Als ich Alex zurückrief, ging er direkt ran. »Also?«, fragte er, und ich erklärte ihm, was es mit der Münze auf sich hatte. Alex schwieg einen Moment. »Könntest du vorbeikommen, um sie dir anzuschauen und mich bei den nächsten Schritten zu beraten? Schließlich gehört das Waldstück mir, und ich habe keinen Schimmer, was ich tun muss, wenn es sich wirklich um so ein Multidingsbums handelt. Muss ich irgendjemandem Bescheid sagen? Der Stadtverwaltung oder einem Museum vielleicht? Das Einzige, was ich bisher unternommen habe, ist, dich anzurufen. Ansonsten wissen nur die Herzbacher von dem Fund. Die allerdings inzwischen ohne Ausnahme, wie ich annehme.«

In meinem Nacken brach Schweiß aus. *Natürlich* wollte ich mir die Münze ansehen. Doch dazu musste ich nach Herzbach fahren, in ein Dorf, das mich zur *Persona non grata* erklärt hatte. Wie würden die Menschen reagieren, wenn ich nach zwanzig Jahren dort auftauchte? Aber es war eine Chance, die ich mir nicht entgehen lassen durfte. Das Goldmultiplum war für sich genommen schon spektakulär, und vielleicht schlummerten im Waldboden noch weitere Geheimnisse. Ein Schatz, von dem man sich noch in Hunderten von Jahren erzählen würde. Ich war Wissenschaftlerin, und es war meine Pflicht, dieser Frage nachzugehen.

»Wann soll ich da sein?«, hörte ich mich fragen.

»Wie wäre es mit morgen?«, erkundigte sich Alex. »Erinnerst du dich noch an Sara, die Tochter der Ellings? Sie ist meine Freundin. Wenn ich in Herzbach bin, wohne ich bei ihr.« Er nannte mir Saras Adresse, und nachdem wir uns für elf Uhr am nächsten Vormittag verabredet hatten, beendeten wir das Telefonat.

»Du musst sagen, was du haben möchtest«, bemerkte Kai und wies auf den Eisverkäufer, der mich fragend anblickte. In der Aufregung hatte ich gar nicht mitbekommen, dass wir an der Reihe waren, und so gab ich hastig meine Bestellung auf. Ich wählte Himbeere und Zitrone im Becher, während sich Kai für Schokolade und Tiramisu in der Waffel entschied. Mit dem Eis in der Hand setzten wir uns auf eine nahe gelegene Bank, und ich erzählte Kai im Detail von Alexanders Bitte.

»Was hältst du davon, wenn ich dich nach Herzbach begleite?«, fragte er, ehe er beiläufig hinzufügte: »Ich wollte schon immer mal ins Münsterland, um zu sehen, ob die Landschaft tatsächlich so schön ist, wie alle behaupten. Und zufällig habe ich gerade ein wenig Zeit.«

Ich spürte, wie sich ein Strahlen auf meinem Gesicht ausbreitete. Die Aussicht, meinen besten Freund an meiner Seite zu haben, wenn ich nach Herzbach zurückkehrte, stimmte mich so euphorisch, dass ich ihm aus einem spontanen Impuls heraus einen dicken Kuss auf die Wange drückte. Lachend rieb er sich die Eisspuren vom Gesicht, die meine Lippen darauf hinterlassen hatten. »Das deute ich mal als ein Ja.«

»Das deutest du ganz richtig«, lächelte ich. »Egal, wie lange die Sache mit Jascha jetzt schon her ist – mir ist mulmig bei dem Gedanken, nach Herzbach zu fahren. Ich weiß, du glaubst mir nicht, aber die Menschen vom Land können so gemein sein … Ich erinnere mich da besonders an eine Frau. Ihr Name ist Elisabeth Große Brummel, genannt Biene. Ich sage dir, wenn Blicke töten könnten, hätte ich es nach meinem Besuch bei meinen Eltern nie zurück bis nach München geschafft.«

»Ist sie die Mutter deines Freundes, den du damals verlassen hast?«, fragte Kai mitfühlend.

»Nein.«

»Seine Oma oder anderweitig mit ihm verwandt oder verschwägert?«

»Nein.«

Kai wirkte ratlos. »Warum war sie dann sauer auf dich?«

»Einfach so. Weil sie es konnte.«

Grinsend biss er von seiner Waffel ab. »Ich hoffe, ich lerne Biene bald kennen.«

Mit dem Löffel kratzte ich den Rest der Eiscreme in meinem Becher zusammen. »Ich schätze, das wirst du.«

8

Amelie Nachdem die letzten Töne des Herzbacher Chors verklungen waren, setzte tosender Applaus in der Kirche ein. Pfarrer Bertelsbeck stand mit vor Stolz gewölbter Brust am Altar. Mit seinem schütteren grauen Haar, das er stets nach hinten gekämmt trug, und dem Schnurrbart sah er aus wie Marlon Brando in *Der Pate*. Er klopfte Sophie in väterlicher Manier auf die Schulter, was diese mit einem leicht gequälten Lächeln über sich ergehen ließ. Es stimmte, was sie neulich in der *Büchertruhe* zu mir gesagt hatte: Wann immer der Chor im Sonntagsgottesdienst sang, war jeder Platz besetzt. Und nicht nur das: Im hinteren Teil des Kirchenschiffes standen sogar Leute, um der Musik zu lauschen. Dabei waren die Sängerinnen und Sänger alles andere als perfekt. Nicht jeder Einsatz saß, und es gingen auch immer mal wieder Töne daneben. Doch das tat dem Gesamterlebnis keinen Abbruch, denn der Chor verströmte bei seinen Auftritten so viel Energie, dass man gar nicht anders konnte, als zu lächeln und voller Freude mitzuwippen. Interessant war auch die bunte Zusammensetzung der Chorgruppe: Stella, deren Mutter das Blumengeschäft am Marktplatz gehörte, war mit ihren siebzehn Jahren die Jüngste, Johanna Schulze-Zumkley mit einundachtzig die Älteste. Dazu kamen ihre Schwestern Barbara und Marion Schulze-Zumkley, meine Yogalehrerin Sara, der Restaurantbesitzer Henning, Biene und ihr Ehemann Siggi, der ehemalige Kapitän Hermann, Lisa, die in der Bäckerei arbeitete, und schließlich Irene, deren Stimme sich beim Singen in ungeahnte Höhen schraubte. Mit Sophie als Leiterin und Marvin am Klavier war *Der kleine Chor der großen Herzen* komplett.

Nach der Messe blieben mein Großvater und ich noch eine Weile auf dem Hof vor der Kirche, um mit anderen Dorfbewohnern zu plaudern. Da ich ohne Eltern aufgewachsen war, standen die älteren Herzbacher in einem ganz besonderen Verhältnis zu mir. Sie hatten mich quasi adoptiert. In der ersten Zeit, nachdem meine Mutter mit ihrem Rucksack auf und davon war, so erzählte mein Großvater häufig, gab es keinen Tag, an dem er und meine Großmutter nicht eine Auflaufform mit Essen auf der Türschwelle vorgefunden hätten. Er musste beim Erzählen immer schmunzeln, weil er das Verhalten, auch wenn es gut gemeint war, als irrational empfand. Schließlich hatten meine Großeltern auch schon für mich gekocht, als meine Mutter noch da war, und ihre Fertigkeiten nicht plötzlich über Nacht eingebüßt.

Damit hatte er natürlich recht. Aber die Herzbacher versorgten uns auch nicht mit Essen, weil Sorge bestand, wir könnten verhungern. Die Aufläufe und Eintöpfe waren Ausdruck der Hilfsbereitschaft und Solidarität, die in unserer Dorfgemeinschaft herrschte. Wir sind für euch da, lautete die Botschaft, wir lassen euch nicht alleine.

Das helle Tageslicht blendete mich, und so nahm ich meine Sonnenbrille aus der Handtasche und setzte sie auf.

»Kommst du nächsten Dienstag zum Kurs?«, sprach Sara mich an, während sich ihr Freund Alexander mit meinem Großvater, Ava und Hermann unterhielt. Sara war von Haus aus Steuerberaterin, doch im letzten Jahr hatte sie eine Yogalehrerinnenausbildung absolviert, und seit Herzbach ein eigenes Veranstaltungszentrum besaß, unterrichtete sie an einem Abend in der Woche zusätzlich zu ihrem Job. Die Plätze waren sehr begehrt, sodass eine Warteliste bestand.

»Natürlich«, erwiderte ich voller Vorfreude. Als Yoganeuling war ich anfangs ohne große Erwartungen an die Sache herangegangen. Angemeldet hatte ich mich eher aus Neugier. Doch wie sich herausstellte, konnte ich in den Stunden wunderbar entspannen. Außerdem mochte ich Saras warmherzige und liebenswürdige Art, mit der sie Yoga vermittelte, ohne esoterisch zu wirken.

Während wir über die Meditation vom letzten Mal sprachen, hörte ich mit einem Ohr, wie Alexander Hoven den Fund der römischen Münze erwähnte. »Jedenfalls habe ich vor dem Gottesdienst meine alte Schulfreundin Hannah angerufen«, berichtete er gerade. »Sie ist Expertin auf dem Gebiet und kommt morgen Vormittag vorbei, um sich die Münze anzuschauen und mir zu sagen, was ich als Nächstes tun muss.«

Wie vom Donner gerührt, wandte ich den Kopf und starrte Alexander an. Hatte er Hannah gesagt? Die Frau, die aussah wie ein Filmstar und Jascha bei ihrem Weggang das Herz gebrochen hatte? Dem Jascha, der seit Kurzem mit meiner besten Freundin Nadine zusammen war, die ihn schon ihr halbes Leben lang anhimmelte? Alarmiert suchte ich in den Gesichtern der anderen nach Anzeichen dafür, dass Alexanders Verkündung bei ihnen ähnlich starke Emotionen hervorrief wie bei mir. Doch mein Großvater und Ava zeigten nur freundliches Interesse, während Sara gedankenverloren einen Arm um Alexanders Hüfte schlang und ihm mit der anderen Hand zärtlich über das Haar fuhr.

»Wer ist Hannah?«, erkundigte sich der ehemalige Kapitän Hermann, der erst nach seiner Pensionierung nach Herzbach gezogen war.

Ava schenkte ihm ein Lächeln. Die beiden waren gut befreundet. »Hannah ist hier aufgewachsen«, informierte sie ihn. »Ein Stück weiter unten bei der alten Mühle. Nach dem Abitur ist sie nach München gegangen, um Archäologie zu studieren. Das muss jetzt um die zwanzig Jahre her sein. Kurz darauf sind auch Hannahs Eltern weggezogen, in die Nähe von Karlsruhe, wo ihr ältester Sohn lebt. Leider sind sie inzwischen gestorben, wie ich gehört habe.«

Wie es Avas Gewohnheit war, fasste sie nur die Fakten zusammen. Hätte Hermann die Frage Herzbachs größter Klatschtante Biene gestellt, wäre die Antwort mit Sicherheit deutlich spitzer ausgefallen. Ich drehte mich zu Alexander und fragte: »Wie lange wird sie bleiben?« Zu hoffen, dass Nadine nichts von Hannahs Besuch erfahren würde, war aussichtslos – spätestens heute Nachmittag würden es die Spatzen von den Dächern pfeifen –, doch wenn es nur für einen Tag war, würde das meine Freundin mit Sicherheit beruhigen.

Alex zuckte mit den Schultern. »Ich habe nicht die geringste Vorstellung, wie lange so etwas dauert. Die Kinder haben die Münze in der Nähe des Sees gefunden. Das Land gehört mir, also hat sich ihr Vater, den ich noch von der Schule kenne, bei mir gemeldet. Und das Erste, was ich gemacht habe, als ich heute Morgen aus London hier ankam, war, Hannah anzurufen. Na ja, fast das Erste«, korrigierte er mit einem Lächeln in den Mundwinkeln und küsste Sara auf die Lippen, worauf ihr die Röte in die Wangen stieg, was sie noch bezaubernder aussehen ließ. »Von daher warten wir jetzt mal ab, was Hannah sagt«, nahm er den Faden wieder auf. »Wenn die Münze echt ist, könnte ich mir vorstellen, dass die Gegend genauer untersucht wird. Vielleicht kommt es zu einer Ausgrabung. Das wäre doch spannend! Besonders für die Kinder.«

Ich registrierte, wie mein Großvater und Ava einen schnellen Blick wechselten, und für einen Augenblick meinte ich so etwas wie Besorgnis in ihren Mienen zu lesen.

»Und wo genau haben die Kinder die Münze gefunden?«, erkundigte sich mein Großvater in einem so beiläufigen Ton, dass ich hellhörig wurde.

»Auf der kleinen Lichtung am linken Seeufer, da, wo die Anhöhe ist«, gab Alexander bereitwillig Auskunft.

Mein Großvater presste nervös die Lippen zusammen. Was hatte das zu bedeuten? Großvater war nie angespannt. Ava drückte kurz seinen Arm. Dabei schien es mir, als tauschten sie erneut eine stumme Botschaft. Verwirrt beäugte ich erst die eine, dann den anderen.

»Hallo!«, erklang plötzlich Irenes hohe Stimme hinter uns. Sie schnaufte schwer. »Ist es nicht unerträglich heiß heute? In der Kirche war es ja noch auszuhalten, aber hier draußen ist es wie in einem Backofen.« Mein Großvater und Ava fuhren gleichzeitig zu ihr herum, sodass sie einen Schritt zurückwich und erschrocken beide Hände hob. »Warum guckt ihr mich so an?«, jammerte sie. »Es stimmt doch. Noch so einen Sommer wie letztes Jahr, und von den Feldern der Bauern wird nicht genug übrig bleiben, um uns alle zu ernähren. Wir sollten besser anfangen, Vorräte anzulegen.«

»Da hast du bestimmt recht«, sagte mein Großvater, doch er wirkte abwesend. »Aber Ava und ich müssen jetzt leider los. Ava, kommst du?«

Wie in Zeitlupe sah Ava von Irene zu meinem Großvater. »Natürlich«, erwiderte sie dann. »Ihr entschuldigt uns?«

Stirnrunzelnd schaute ich den beiden hinterher, wie sie mit schnellen Schritten davoneilten. »Die haben gar nichts vor«, hörte ich Irene neben mir bekümmert sagen. »Ich habe sie vergrault!«

»Ach, papperlapapp!«, versuchte Sara sie zu trösten. »Sebastian und Ava lassen sich nicht so einfach vergraulen.«

Unter normalen Umständen hätte ich Sara zugestimmt. Doch irgendetwas war hier im Gange. Wenn ich nur wüsste, was. Es musste mit dem zu tun haben, was Alexander gesagt hatte, denn davor hatten sich beide ganz normal verhalten. Im Kopf ließ ich die letzten Minuten Revue passieren. Zum ersten Mal hatte mein Großvater merkwürdig reagiert, als es um den Fundort der Münze ging. Und als Alexander dann die kleine Lichtung am Seeufer erwähnte, waren er und Ava regelrecht blass geworden. Doch das war nichts im Vergleich zu ihrer Reaktion, als Irene plötzlich wie aus dem Nichts zu unserer Runde dazugestoßen war. Unwillkürlich kam mir in den Sinn, was mir gestern beim Abendessen im *Kiepenkerl* durch den Kopf gegangen war.

Niemals wäre es ihm gelungen, ein Geheimnis dieses Ausmaßes zu bewahren. Nicht an diesem Ort. Die Einzige, die das vielleicht zuwege brachte, war Ava.

Ava … Ich erstarrte. Was, wenn der Fiebertraum meines Großvaters doch real war und damit auch der Unfall, von dem er gesprochen hatte? Eine Beteiligung Avas ließ die Situation in einem neuen Licht erscheinen. Hatte sie meinem Großvater zur Seite gestanden und ihm geholfen, das Geschehene zu verheimlichen? Meine Hände begannen zu zittern, und Schwindel erfasste mich. Schwarze Flecken tanzten auf meiner Netzhaut, bis ich die anderen nicht mehr richtig erkennen konnte. Plötzlich spürte ich Arme um mich, die mich stützten und zu einer Bank im Schatten führten. Dankbar ließ ich mich darauf nieder. Jemand reichte mir eine Wasserflasche.

Wie aus weiter Ferne hörte ich Irene klagen. »Ich habe es euch gesagt: Es ist die Hitze. Aber ihr wolltet ja nicht auf mich hören. Jetzt hat Amelie einen Sonnenstich. Und der kann zu schrecklichen Komplikationen führen, habe ich gelesen. Sogar eine Gehirnhautentzündung und bleibende Hirnschäden sind möglich. Die arme Kleine, sie ist doch noch so jung.«

Nachdem ich vorsichtig ein paar kleine Schlucke getrunken hatte, wurde mein Blickfeld wieder klarer, und das Gefühl, in Ohnmacht zu fallen, verflüchtigte sich.

»Alles wieder okay?«, erkundigte sich Sara besorgt.

Ich nickte. Um sie und die Übrigen, die sich im Halbkreis um mich versammelt hatten, zu beruhigen, rang ich mir ein kleines Lächeln ab und behauptete: »Wahrscheinlich ist es wirklich nur das Wetter.«

Irene bedachte mich mit einem strengen Blick. »Unseretwegen musst du nicht die Tapfere spielen, Kind.« Hermann hakte sich bei ihr unter. »Sieh Amelie doch an, sie bekommt schon wieder Farbe im Gesicht. Es besteht kein Grund zur Sorge, Irenchen.«

Wie geheißen, unterzog sie mich einer genauen Musterung. »Vielleicht wirst du es doch überleben«, gestand sie nach einer kurzen Weile ein, was die anderen zum Lachen brachte. Ich trank noch einen Schluck Wasser.

»Sollen wir dich nach Hause begleiten?«, fragte Sara. Ich lehnte dankend ab. Was ich jetzt brauchte, war Ruhe, um meine wild durcheinanderwirbelnden Gedanken zu ordnen.

9

Amelie Ich schlug den Pfad entlang der Stever ein. An der alten Mühle überquerte ich den Fluss und trat in den Wald. Hier war es ein paar Grad kühler, und es duftete herrlich nach Moos und Harz. Eine leichte Brise fuhr durch die Baumkronen und brachte die Blätter über meinem Kopf zum Rascheln. Die Sonne, die durch das dichte Laubdach fiel, malte grün-goldene Tupfen auf den Waldboden. Ich verfiel in einen leichten Trab. Mein Tempo wurde immer schneller, bis ich beinahe rannte. Bald hatte ich die Lichtung erreicht, von der Alexander gesprochen hatte. Ich blieb stehen und hielt mir keuchend die Seiten. Nachdem ich wieder zu Atem gekommen war, hob ich das Kinn und lauschte. Abgesehen vom Gesang der Vögel und dem Summen der Insekten, war es friedlich und still. Ich ließ meinen Blick umherstreifen, und nun kam mir die Idee absurd vor, dass hier, unter meinen Füßen, ein Mensch begraben liegen sollte. Und noch absurder, dass mein Großvater und Ava für dessen Verschwinden verantwortlich sein sollten. Allein die Vorstellung, wie die beiden nachts im Wald ein Erdloch aushoben, war einfach nur lächerlich.

Dennoch hatte sie die Aussicht, jemand könne hier graben, nervös gemacht. Nur weshalb? Und warum waren sie nach Irenes Ankunft so überstürzt aufgebrochen? Je länger ich darüber nachsann, desto klarer wurde mir, dass es nur einen Weg gab, um die Wahrheit herauszufinden: Ich musste meinen Großvater fragen. Das war es, was er mir von klein auf beigebracht hatte: »Wenn dich etwas bedrückt, meine Kleine, sag es mir, denn ich kann deine Gedanken nicht lesen.« Ich holte noch einmal tief Luft, dann machte ich kehrt und schlug den Weg zurück ins Dorf ein.

Als ich nach Hause kam, fand ich meinen Großvater und Ava in der Küche. Sie saßen zusammen am Tisch, auf dem eine Vase mit prachtvollen Blumen aus dem Garten stand, und tranken Kaffee. Durch das geöffnete Fenster schien warm die Sonne und tauchte den Raum mit den gemütlichen Landhausmöbeln in ein freundliches Licht. Das Radio neben dem Herd spielte leise Musik. Ein paar Sekunden lang stand ich einfach nur da und ließ die Atmosphäre auf mich wirken. Die Stimmung zwischen den beiden wirkte so gelassen und harmonisch, als hätte die Szene vor der Kirche, die mich so beunruhigt hatte, niemals stattgefunden. Plötzlich überkamen mich heftige Zweifel, und mein Entschluss, Großvater mit meinen Beobachtungen zu konfrontieren, geriet ins Wanken. Was, wenn ich zu viel Henry Miles gelesen und in ihre Blicke und Gesten etwas hineininterpretiert hatte, was überhaupt nicht da war?

In diesem Moment wandte Großvater den Kopf und entdeckte mich. Sofort breitete sich ein Lächeln auf seinem Gesicht aus. »Amelie, was stehst du denn da in der

Tür, Liebes? Komm herein, setz dich zu uns. Möchtest du auch eine Tasse Kaffee?« Er machte Anstalten, sich zu erheben.

»Lass nur«, wehrte ich ab, um Zeit zu gewinnen. »Ich mache mir schnell selber einen.« Während sich der Duft frisch gemahlener Kaffeebohnen im Raum ausbreitete, dachte ich fieberhaft darüber nach, was ich als Nächstes tun sollte. Es gab keinen einfachen Weg, um meine Gedanken in Worte zu kleiden. Egal, wie vorsichtig ich mich ausdrückte oder wie sehr ich es auch verklausulierte – mein Großvater würde mir in die Augen sehen und erkennen, was ich ihm und Ava zugetraut hatte, und sei es auch nur für einen winzigen Moment. Und damit wäre der Schaden unwiderruflich angerichtet.

»Wir haben gerade über *Dark Secrets* gesprochen«, berichtete Ava, nachdem ich mich mit meiner Tasse zu ihnen an den Tisch gesetzt hatte. »Sebastian meinte, du hättest das Buch gestern Abend zu Ende gelesen. Wie hat es dir gefallen?«

Ich blinzelte ein paarmal. Über ein Buch zu plaudern, während sich mein Innerstes in Aufruhr befand, überforderte mich. »Das Ende hat mich überrascht«, erwiderte ich schließlich. »Es kommt nicht häufig vor, dass mich ein Schriftsteller dermaßen aufs Glatteis führen kann.«

»Ja«, pflichtete Ava mir bei. »So ging es mir auch.« Sie nippte an ihrem Kaffee. »Aber manchmal sind die Dinge eben anders, als sie scheinen.«

Der Blick aus ihren klaren, blauen Augen hielt mich gefangen, und plötzlich hatte ich den Eindruck, dass wir nicht länger über den Thriller sprachen. Ein jäher Schrecken durchfuhr mich: Erkannte Ava, was in mir vorging? Erahnte sie meine Gedanken? Unvermittelt stand sie auf, öffnete die Spülmaschine und stellte ihre Tasse hinein. »So, ihr beiden«, sagte sie, nachdem sie sich wieder zu uns umgewandt hatte, »ich mache mich jetzt auf den Weg. Es wird Zeit für Max' Spaziergang. Sonst macht er sich noch vor Langeweile über meine Lieblingssandalen her.« Ihre Worte wurden von einem liebevollen Lächeln begleitet. Max war ein goldfarbener Labrador, der Ava letztes Jahr zugelaufen war. Sie hatte es nicht übers Herz gebracht, den Hund ins Tierheim zu bringen, und ihn deshalb bei sich aufgenommen. Während ihrer Reise hatten ihre Großnichte Ellie und ihr guter Freund Hermann auf Max aufgepasst, doch jetzt lebte er fest bei ihr.

Ava legte meinem Großvater kurz eine Hand auf den Arm. »Vielen Dank für den Kaffee, Sebastian.« Danach wandte sie sich mir zu. »Auf Wiedersehen, Amelie. Hab noch einen schönen Sonntag.«

»Warte, ich bringe dich zur Tür«, sagte mein Großvater und stand auf. Als er in die Küche zurückkehrte, setzte er sich neben mich und sah mich an. »Also, Mäuschen? Ich kenne doch diesen Blick. Verrätst du mir, was du auf dem Herzen hast?«

Anstelle einer Antwort legte ich meinen Kopf an seine Schulter und sog den vertrauten Duft nach Sandelholzseife in die Nase. Ein Gefühl von Zuneigung durchflutete mich, so überwältigend, dass es mir den Atem raubte. In diesem Moment entschied ich mich zu schweigen. Alles andere würde einen Schatten auf unsere Beziehung werfen, und das durfte ich nicht riskieren. Zumal keine Veranlassung dazu bestand. Schließlich hatte ich meinen Großvater auf seinen Traum angesprochen, und er hatte in keiner Weise verdächtig reagiert. Auch hatte ich nie etwas an seinem Verhalten wahrgenommen, dass auf ein derart dunkles Geheimnis in seiner Vergangenheit schließen ließ. Selbst wenn Hans tatsächlich bei einem Unfall ums Leben gekommen war, entschied ich, konnte mein Großvater unmöglich dafür verantwortlich sein. Mit einer solchen Last auf seinen Schultern hätte er mir niemals die unbeschwerte Kindheit bereiten können, die ich erlebt hatte. Ava hatte vorhin gesagt, dass die Dinge manchmal anders lagen, als sie auf den ersten Blick schienen. Vielleicht hatten die beiden den Unfall beobachtet. Vielleicht waren sie aufgrund der Umstände, die sie vorgefunden hatten, zu der Entscheidung gelangt, ihn ungeschehen zu machen. Konnte das die Erklärung sein?

Mein Großvater strich mir über das Haar und holte mich damit aus meinen Grübeleien. »Amelie?«, hakte er sanft nach. »Was wolltest du mir sagen?«

Entschlossen richtete ich mich auf. Was auch immer passiert war – ich wollte es nicht wissen. Die Geschehnisse waren vierzig Jahre her und hatten keine Bedeutung für mein Leben. Ich sah meinem Großvater fest in die Augen und antwortete: »Nur, dass ich dich sehr lieb habe.«

10

Hannah Die letzte Viertelstunde bis nach Herzbach fuhren wir über Landstraßen. Vor meinem Fenster zogen endlose Weizen- und Maisfelder und saftig grüne Wiesen vorbei, auf denen rundliche Schafe und schwarz gefleckte Kühe grasten. Mit jedem Meter, den wir uns meinem Heimatdorf näherten, wurde ich schweigsamer, überwältigt von den unterschiedlichen Gefühlen, die plötzlich auf mich einströmten. Da waren zum einen die offenkundigen: Nervosität, weil ich nicht wusste, was mich erwartete, und ich mich innerlich auf einen frostigen Empfang einstellte. Adrenalin, wenn ich an den Münzenfund mit dem Konterfei von Konstantin dem Großen dachte. Freude bei dem Gedanken, Alex wiederzusehen. Ein schlechtes Gewissen, weil die Möglichkeit bestand, dass ich Jascha nach all der Zeit über den Weg lief.

Daneben verspürte ich ein merkwürdiges Ziehen in meiner Brust, das schwieriger zu deuten war. Es hatte eingesetzt, als wir die Grenze zum Münsterland passierten, und war beim Anblick der vertrauten, weitläufigen Landschaft in ein warmes Flattern übergegangen. Fast fühlte es sich an, als würde ich nach Hause kommen, was

Unfug war, da meine Heimat seit nunmehr drei Jahren in Bamberg lag und davor überall dort, wo mich mein Beruf als Archäologin hingeführt hatte. Zudem hatte ich keine Familie mehr in Herzbach. Meine Eltern lebten nicht mehr und meine zwei Brüder waren schon lange fortgezogen. Der eine wohnte in der Nähe von Karlsruhe, wo er als Kieferchirurg tätig war, der andere war mit einer Spanierin verheiratet und unterrichtete Deutsch an einer Schule in Madrid. Wir hatten wenig Kontakt zueinander. Meine Geschwister waren schon achtzehn und zwanzig gewesen, als meine Mutter mit fünfundvierzig überraschend noch einmal schwanger wurde, und so gab es keine gemeinsame Kindheit, die uns verband.

Kai lenkte seinen Wagen auf den großen Parkplatz vor dem Ortseingang und stellte den Motor aus. »Bist du bereit?«, fragte er, und ich nickte.

Zu Fuß machten wir uns auf den Weg ins Dorf. Die Nachricht, dass Herzbach autofrei war, hatte es bis in die *Bild*-Zeitung geschafft. Ich erinnerte mich noch, wie ich die Schlagzeile gelesen und *Typisch Herzbach!* gedacht hatte. Garantiert gab es viele Ortschaften und Gemeinden, denen Abgase und Motorenlärm zusetzten, aber nur ein Dorf, das beschloss, dies im Alleingang zu ändern. Unwillkürlich kam mir der Anfang aus den Asterix-und-Obelix-Comics in den Sinn, die ich als Kind verschlungen hatte: *Wir befinden uns im Jahre 50 v. Chr. Ganz Gallien ist von den Römern besetzt … Ganz Gallien? Nein! Ein von unbeugsamen Galliern bevölkertes Dorf hört nicht auf, dem Eindringling Widerstand zu leisten.*

Ich musste grinsen und verspürte dabei einen Anflug von Stolz auf die Herzbacher, die ihre Interessen so vehement durchzusetzen vermochten. Das Flattern in meiner Brust wurde stärker. Vielleicht hatte ich den Ort, an dem ich aufgewachsen war, doch ein kleines bisschen vermisst.

Das Gefühl verstärkte sich, als wir dem kopfsteingepflasterten Weg folgten, der an der Kirche St. Andreas vorbei zum Marktplatz führte. Alles wirkte so vertraut, als sei ich nur kurz weg gewesen. Die bezaubernden Fachwerkhäuser, die gepflegten Vorgärten, die sich in ihrer Farbenpracht überboten, das Rauschen der Stever – es hatte sich nichts verändert. Oder beinahe nichts. Denn heute waren nur Spaziergänger und Radfahrer unterwegs, sodass es wunderbar ruhig war. Eine richtige Idylle. Mit klopfendem Herzen studierte ich jedes Gesicht, das mir entgegenkam, doch sie waren mir alle fremd. Kein Wunder, dachte ich. Seit ich fortgegangen war, hatte sich der Tourismus in Herzbach vervielfacht.

Weil wir eine halbe Stunde zu früh dran waren, beschlossen wir, auf dem Marktplatz einen Espresso zu trinken. Während wir auf die Bedienung des Eiscafés warteten, schaute ich mich nach allen Seiten um. Hier hatte sich doch einiges getan, wie ich feststellte. Der bezaubernde Blumenladen war neu. Außerdem war der *Dorfkrug,* in dem meine Eltern und ich jeden Sonntag nach der Kirche zu Mittag gegessen hatten, verschwunden. An seiner Stelle befand sich nun ein Restaurant namens *Kiepenkerl.* Die stilvollen Outdoormöbel davor bildeten einen wohltuenden Kontrast zu den Plastiktischen und -stühlen, an die ich mich von früher erinnerte. Der alte Brunnen hatte sich jedoch nicht verändert. Er plätscherte in der Mitte des Platzes vor sich hin. Als kleines Mädchen hatte ich bei jeder Gelegenheit eine Münze hineingeworfen und mir dabei sehnlich einen Golden-Retriever-Welpen gewünscht. Nur in Erfüllung gegangen war mein Traum leider nie, weswegen ich es irgendwann aufgegeben hatte.

Aus den Augenwinkeln registrierte ich, dass Kai mich beobachtete. Um seinen Mund zuckte es. »Was ist?«, erkundigte ich mich und musste ebenfalls lächeln.

Er hob die Schultern. »Nichts. Du hast nur plötzlich einen so versonnenen Gesichtsausdruck. Den kannte ich noch gar nicht an dir. Bisher habe ich immer geglaubt, dass du …«

Ich sollte nie erfahren, was Kai bisher immer geglaubt hatte, denn er verstummte mitten im Satz und beobachtete etwas hinter meiner Schulter, das plötzlich seine ganze Aufmerksamkeit in Beschlag nahm.

Verwundert drehte ich mich um und erblickte eine junge Frau im bunten Sommerkleid, die zielstrebig auf uns zusteuerte. Sie hatte braune Augen und eine wunderschöne, ebenmäßige Haut, dazu kurze, dunkle Locken, die in der Sonne wie poliertes Eichenholz schimmerten. »Hallo, Marie«, rief sie der Kellnerin zu, die gerade an unseren Tisch getreten war, um unsere Bestellung aufzunehmen. »Wärst du so lieb und machst meinem Großvater und mir schnell zwei Kaffee? Unsere Maschine im Laden hat den Geist aufgegeben, und ich weiß nicht, wie wir die nächsten Stunden ohne Koffein überstehen sollen.«

Mit einem entschuldigenden Blick in unsere Richtung nahm die Kellnerin die beiden Thermobecher entgegen, die die Frau ihr hinhielt, und eilte davon. Die Frau drehte sich zu uns und hob die schmalen Schultern. »Verzeihen Sie bitte, dass ich mich so frech vordrängle«, sagte sie mit sanft klingender Stimme, »aber ich muss schnell zurück in die Buchhandlung. Ständig kommen neue Kunden herein, und mein Großvater ist ganz alleine.« Ihre Worte wurden von einem Lächeln solcher Strahlkraft begleitet, dass Kai sie hingerissen betrachtete. Dass ich das noch erleben darf, dachte ich amüsiert. Er war vollkommen bezaubert.

Kai räusperte sich. »Kein Problem. Hannah und ich warten gerne.«

»Hannah?«, fragte die Frau langsam. Ihr Lächeln verblasste, und ihre Stimme klang mit einem Mal reserviert. Mit gerunzelter Stirn studierte sie mein Gesicht, und ich verspürte ein dumpfes Gefühl in der Magengrube. Die Frau war vielleicht Ende zwanzig. Sie war noch ein Kind, als ich Herzbach verlassen hatte. Dennoch verband sie etwas mit meinem Namen, und dieses Etwas war alles andere als positiv. Davon zeugte die plötzliche Distanziertheit in ihren Augen. Trotz der sommerlichen Wärme überlief mich eine Gänsehaut. Ich hatte es geahnt: Das Dorf hasste mich noch immer für das, was ich Jascha angetan hatte, und es hatte seinen Hass an die nächste Generation weitgegeben.

Kai, der den abrupten Stimmungswechsel der jungen Frau offenbar ebenfalls wahrgenommen hatte, schaute irritiert von ihr zu mir. »Kennt ihr euch?«, fragte er mich.

»Nicht, dass ich wüsste«, erwiderte ich kühl. »Aber ich kann mich natürlich auch irren.« Herausfordernd schaute ich die junge Frau an. Wenn sie ein Problem mit meiner Anwesenheit hatte, dann wollte ich, dass sie es mir ins Gesicht sagte.

Ein paar Sekunden lang stand die Frau reglos da, dann ging plötzlich ein Ruck durch ihren Körper. »Entschuldigen Sie, ich bin furchtbar unhöflich.« Sie holte tief Luft. »Mein Name ist Amelie. Ich arbeite dort drüben in der *Büchertruhe.*« Sie wies mit der Hand in Richtung der kleinen Buchhandlung, in der ich als Kind ganze Nachmittage nach der Schule verbracht hatte. »Sie sind wegen der Münze da, nicht wahr?«, fuhr sie fort. In ihrer Stimme schwangen Emotionen mit, die ich nicht deuten konnte. Besonders zu freuen schien sie sich jedenfalls nicht.

»Das ist richtig«, erwiderte Kai. »Wir sehen uns den Fund gleich an. Mein Name ist übrigens Kai. Kai Behrends.«

In diesem Moment kehrte die Kellnerin zurück. An dem erleichterten Dankeschön, mit dem Amelie ihre Getränke entgegennahm und bezahlte, erkannte ich, wie willkommen ihr die Unterbrechung war.

»Ich geh dann mal«, sagte sie mit einem entschuldigenden Blick auf ihre Thermobecher. »Bevor der Kaffee kalt wird.« Etwas hölzern fügte sie hinzu: »Auf Wiedersehen. Es war nett, Sie beide kennenzulernen.«

Schweigend sahen Kai und ich ihr hinterher. »Was darf ich Ihnen bringen?«, lenkte die Kellnerin unsere Aufmerksamkeit auf sich.

Nachdem sie fort war, rieb Kai sich den Nacken. »Dein Name hat sie vollkommen aus dem Konzept gebracht«, stellte er fest.

Ich lachte ohne eine Spur von Humor. »Ich habe es dir ja gesagt: Die Herzbacher tragen mir die Geschichte von damals immer noch nach.«

»Nein«, erwiderte er nachdenklich. »Das kann ich mir nicht vorstellen.« Er sah in die Richtung, in die die junge Frau verschwunden war, und seine Züge wurden weich.

Amelie … bei dem Namen regte sich etwas in meinem

Kopf. Ich dachte an das Ehepaar, das früher die *Büchertruhe* geführt hatte. Es waren sehr nette Leute gewesen. Sie ließen mich stundenlang auf dem Sofa am Fenster lesen, obwohl ich nur selten etwas kaufte. Die beiden hatten eine Enkelin. Ihr Name war Amelie, wie mir jetzt wieder einfiel. Ich erinnerte mich an einen verregneten Nachmittag, an dem das kleine Mädchen seelenruhig neben mir geschlafen hatte, während ich eine Seite nach der anderen umblätterte. Amelies Mutter Marlene hatte sich damals einer Gruppe von Backpackern angeschlossen und war mit ihnen auf und davon. Wenn es eine Person gibt, die in Herzbach noch weniger gut gelitten ist als ich, dann ist es Marlene, dachte ich spöttisch. Ich erzählte Kai davon. »Es muss sich um die Kleine von damals handeln«, schloss ich meinen Bericht. Kai verzog mitfühlend das Gesicht. »Das hört sich nach einer traurigen Kindheit an.«

»Ich denke nicht, dass sie das war«, widersprach ich. »Amelies Großeltern haben sich wunderbar um sie gekümmert. Das Mädchen wirkte immer glücklich auf mich.«

Die Kellnerin brachte unseren Espresso, und Kai ließ sich die Rechnung geben. »Untersteh dich«, sagte er streng, als ich aus Gewohnheit nach meiner Geldbörse griff.

Alex' Freundin Sara war ein paar Jahre jünger als ich, von daher hatte ich wenig Erinnerungen an sie. Doch ihr sympathisches Grübchenlächeln, mit dem sie uns die Tür öffnete, nahm mich sofort für sie ein. Hinter ihr erschien Alex. »Wie schön, dich zu sehen, Hannah!«, rief er herzlich und umarmte mich mit einer Selbstverständlichkeit, als läge unsere letzte Begegnung nur zwei Wochen statt zwanzig Jahre zurück. Er löste sich von mir und hielt mich auf Armeslänge von sich entfernt. »Du siehst immer noch aus wie Grace Kelly«, behauptete er. Er musterte meinen Rucksack, den ich über der Schulter trug, meine beige Cargohose mit den vielen Taschen und die alten Turnschuhe. »Wie Grace Kelly, die eine Archäologin spielt«, präzisierte er mit einem Schmunzeln. Ich musste grinsen, wobei ich mich mit einem schnellen Blick auf Sara vergewisserte, dass es für sie in Ordnung war, wenn ihr Freund mir Komplimente machte. Doch ihr Gesichtsausdruck war unverändert offen und warmherzig, wie ich zu meiner Erleichterung registrierte. Mir war nicht daran gelegen, sie eifersüchtig zu machen.

Alex wandte sich an Kai und schüttelte ihm kräftig die Hand. »Hannah hat mir geschrieben, dass Sie sie begleiten. Es freut mich, Sie kennenzulernen. Wir können aber auch gerne Du sagen. Ich heiße Alex.«

»Sehr gerne. Ich bin Kai.«

Nachdem sich alle miteinander bekannt gemacht hatten, führte uns Sara in ihr geräumiges Wohnzimmer. Durch die geöffnete Terrassentür strömte warme, nach Lavendel duftende Luft ins Zimmer. Als ich mir ins Gedächtnis rief, warum wir hier waren, schoss erneut Aufregung durch meine Adern. »Und?«, fragte ich Alex und blickte mich suchend um. »Wo hast du sie?«

Alex lachte. »Du hast dich nicht verändert, Hannah. Genauso ungeduldig wie früher. Und mindestens ebenso direkt.« Er ging zum Sideboard, zog die Schublade auf und kehrte mit einer kleinen Schmuckschachtel zurück.

Ungläubig starrte ich meinen alten Schulfreund an.

»Bitte sag mir nicht, dass ihr die Münze hier im Wohnzimmer aufbewahrt. Habt ihr keinen Tresor?«

Alex hob eine Braue. »Tresor? In Herzbach? Ernsthaft, Hannah?«

Ich rollte mit den Augen und ersparte mir die Antwort. Auffordernd streckte ich ihm die Hand entgegen, und er legte die kleine Schachtel hinein. Mein Mund wurde trocken. Ich nahm das Behältnis mit zum Esstisch und setzte mich. Die drei anderen stellten sich hinter mich. Mein Atem beschleunigte sich, während ich Lesebrille und Handschuhe aus meinem Rucksack holte. Als ich meine Vorbereitungen abgeschlossen hatte, öffnete ich den Deckel. Gold blitzte auf, und ich spürte, wie pures Adrenalin durch meinen Körper strömte. Hinter mir pfiff Kai leise durch die Zähne. Die Münze war in einem guten Zustand. Besser, als ich zu hoffen gewagt hatte.

Wie schon auf dem Foto, das Alex mir geschickt hatte, erkannte ich in dem abgebildeten Profil den römischen Kaiser Konstantin I., auch bekannt als Konstantin der Große. Sein Haupt war von einem Lorbeerkranz geschmückt. Über der einen Schulter trug er einen Speer, am anderen Arm einen reich verzierten Schild. Ein Multiplum war die Sonderprägung einer gängigen Münze, in diesem Fall die eines Solidus, den Konstantin im Jahr 309 als neue Währung eingeführt hatte. Vorsichtig nahm ich die Münze aus der Schachtel und betrachtete sie von beiden Seiten. Sie war echt, daran hatte ich nicht den geringsten Zweifel. Und schwer. Abschätzend wog ich das Goldstück in der Hand. Ein Solidus hatte ein Gewicht von viereinhalb Gramm. Doch die Münze hier wog um einiges mehr!

Auf ein Räuspern von Alex wandte ich den Kopf.

»Spann uns nicht auf die Folter, Hannah. Jetzt sag schon: Ist die Münze echt?«

Kai und ich wechselten einen raschen Blick. An seinem strahlenden Gesichtsausdruck erkannte ich, dass er meine Einschätzung teilte. Ich sah wieder zu Alex und nickte, wobei ich wie ein Honigkuchenpferd zu grinsen begann. »Das ist sie.«

Alex blickte über meine Schulter auf das Fundstück. »Hast du eine Idee, wie viel sie wert ist?«, erkundigte er sich.

Behutsam strich ich mit meinen behandschuhten Fingerspitzen über das Edelmetall, bevor ich sprach. »Im nicht römisch besetzten Teil Deutschlands wurde bisher noch kein Multiplum von Konstantin dem Großen entdeckt. Außerhalb des Römischen Reiches gibt es bisher überhaupt nur fünf entsprechende Funde: zwei in Rumänien und je einen in Serbien, in der Ukraine und in Norwegen.«

»Mit anderen Worten«, fiel Kai ein, »dieser Fund ist eine Sensation!«

Ich nickte abermals. »Und mit einem geschätzten Gewicht von fast vierzig Gramm quasi unbezahlbar.«

Auf meine Ausführungen folgte langes Schweigen. Dann wandte sich Sara an Alex: »Wenn ich so darüber nachdenke, Liebling, ist das Sideboard in meinem Wohnzimmer vielleicht doch nicht der ideale Aufbewahrungsort.«

Mit einem liebevollen Lächeln zog Alex seine Freundin an sich. »Mach dir keine Sorgen. Es weiß doch niemand, dass die Münze hier ist.«

Sara zog eine Augenbraue in die Höhe. »Abgesehen von ganz Herzbach, meinst du?«

Ich legte das Mulitplum zurück in die Schachtel und erhob mich, um von Angesicht zu Angesicht mit ihnen reden zu können. »Sara spricht einen sehr wichtigen Punkt an«, meinte ich ernst. »Bei einem solchen Fund ist Geheimhaltung unumgänglich. Wenn sich außerhalb von Herzbach herumspricht, was wir hier haben, kann sich das Dorf vor Schatzgräbern und Schwarzsammlern bald nicht mehr retten. Sie werden den Wald umpflügen und keinen Stein auf dem anderen lassen.«

Alex nickte langsam. »Was schlägst du vor?«

Wir setzten uns nach draußen auf die Terrasse, wo ich den anderen meinen Plan skizzierte. Sara servierte selbst gemachten Eiskaffee, der so lecker schmeckte, dass ich meinen innerhalb von zwei Minuten ausgetrunken hatte und begeistert zustimmte, als sie mir einen Nachschlag anbot. »Für Herzbach ist die LWL-Archäologie zuständig, das ist eine Dienststelle des Landschaftsverbands Westfalen-Lippe«, erklärte ich. »Der Direktor Lothar Stein ist ein alter Bekannter von mir. Er arbeitet in Münster. Ich rufe ihn an und erzähle ihm, was wir gefunden haben. Wenn Kai und ich uns die Gegend um den Fundort näher anschauen wollen, brauchen wir seine Zustimmung. Das dürfte aber kein Problem sein. Es ist durchaus üblich, dass der Verband Dritte beauftragt. Erst recht, wenn es sich dabei um Kai mit seinen ausgeklügelten Hightech-Methoden handelt.«

»Oder um Deutschlands bekannteste Expertin für provinzialrömische Archäologie«, fügte der hinzu, was mich zum Lächeln brachte. Auch wenn ich auf meinem Fachgebiet einige Erfolge vorzuweisen hatte, kam mir die Bezeichnung »Deutschlands bekannteste Expertin für provinzialrömische Archäologie« doch vermessen vor. Nichtsdestotrotz fühlte ich mich durch das Kompliment geschmeichelt. Sara wirkte ebenfalls beeindruckt.

»Und was können Alex und ich tun, während ihr euch um die Genehmigung vom Verband kümmert?«, erkundigte sie sich.

Kai antwortete prompt. An dem Funkeln in seinen Augen konnte ich sehen, dass ihn dieselbe Euphorie gepackt hatte, die auch ich empfand. »Wie Hannah schon gesagt hat: Das Wichtigste ist jetzt Geheimhaltung. Von daher solltet ihr so schnell wie möglich die Herzbacher zusammentrommeln und zum Stillschweigen verpflichten. Meint ihr, dass ihr das hinbekommt?«

Sara nickte voller Überzeugung. »Wir Herzbacher lieben zwar Klatsch und gute Geschichten, doch wenn es ernst wird, kann man sich auf uns verlassen. Und Raubritter will hier niemand.« Sie griff über den Tisch nach der Hand ihres Freundes. »Wir berufen für heute Abend eine Dorfversammlung ein. Damit haben wir schon Erfahrung: So habe ich letzten Sommer zusammen mit Marvin unseren Chor gegründet. Aber das ist eine andere Geschichte.« Sie und Alex tauschten einen innigen Blick, und ich nahm mir vor, Alex bei Gelegenheit danach zu fragen.

11

Amelie Die Neuigkeit, dass Hannah zurückgekehrt war, verbreitete sich in Rekordzeit im Dorf. Ebenso wie die Nachricht, dass man uns vor dem Eiscafé zusammen gesehen hatte. In der *Büchertruhe* konnte ich keinen Herzbacher bedienen, ohne auf Hannah angesprochen zu werden.

»Wie sah sie aus?«, erkundigte sich Nadine bereits zum dritten Mal. »Ist sie immer noch so schön wie früher?«

Ich warf einen Blick auf den Tisch, auf dem ich gerade die neuen, farbenfrohen Sommerromane arrangiert hatte, bevor ich meine Aufmerksamkeit erneut meiner besten Freundin zuwandte. »Du bist mindestens genauso hübsch«, erwiderte ich, ebenfalls zum dritten Mal. »Aber was machst du eigentlich hier? Musst du nicht arbeiten? Deine Chefin vermisst dich doch sicherlich schon.«

Nadine stöhnte auf und blies sich eine Strähne ihres blonden Ponys aus der Stirn. »Wie soll ich in der Apotheke stehen und Kunden über Heuschnupfenmedikamente beraten, wenn Jaschas Jugendliebe in Herzbach herumspaziert?«

Ich drückte kurz Nadines Schulter. »Du musst nicht eifersüchtig sein. Jascha liebt dich. Das mit Hannah ist hundert Jahre her. Außerdem hat sie ihn damals abserviert. Warum sollte sie sich jetzt für ihn interessieren?«

Während ich das sagte, kam ich mir wie eine Hochstaplerin vor. Schließlich hatte ich selbst einen gehörigen Schrecken bekommen, als ich gestern von Hannahs Besuch erfahren hatte. Ich hatte die Geschichte, wie sie Jaschas Herz gebrochen hatte, schon Dutzende Male gehört. Ebenso wie die Behauptung, er sei niemals über sie hinweggekommen. Doch als ich Hannah dann vorhin vor dem Eiscafé traf, hatte mein erster Gedanke nicht meiner Freundin, sondern dem Fund der römischen Münze gegolten. Beim Anblick der schönen Archäologin war mir ein eisiger Schreck durch die Glieder gefahren. Denn auf einmal wurde mir bewusst, welches Risiko ihre Anwesenheit für *meine* Familie darstellte. Was, wenn sie auf der Lichtung im Wald auf etwas stieß, das meinem Großvater schadete? Sollte Irenes Verlobter bei einem Unfall ums Leben gekommen sein, dann trug mein Großvater mit Sicherheit keine Schuld daran. Doch vielleicht wussten er und Ava mehr darüber, als sie zugeben wollten. Beide hatten seltsam reagiert, als Alexander den Fundort der Münze erwähnte, und mit Blicken stumme Botschaften getauscht, bevor sie fluchtartig davongeeilt waren. Später in Großvaters Küche war ihnen nichts mehr anzumerken, aber ihr Verhalten vor der Kirche war mir eindeutig verdächtig erschienen.

Das alles war mir bei Hannahs Anblick im Kopf herumgegangen. Entsprechend erleichtert hatte ich mich gefühlt, als Marie mit meinen Kaffeebechern zurückkehrte und mir damit einen Vorwand lieferte, um mich zu verabschieden. So schnell mich meine Füße trugen, war ich zurück zur *Büchertruhe* gelaufen, hatte meinem Großvater seinen Kaffee in die Hand gedrückt und mich dann unter seinen erstaunten Blicken ins Büro im ersten Stock zurückgezogen, um ungestört im Internet zu recherchieren. Was ich dort las, beruhigte mich ein Stück weit. In Deutschland wurden ständig archäologische Fundstücke geborgen. Es gab zigtausend sogenannter Sondengänger, deren Hobby es war, den Boden mit Metalldetektoren abzusuchen. Nur weil ein gefundener Gegenstand alt war, musste er noch lange nicht archäologisch interessant sein. In den seltensten Fällen kam es danach zu einer wissenschaftlichen Ausgrabung. Welches Geheimnis auch immer die Lichtung barg, es war unwahrscheinlich, dass es gelüftet wurde. Mit dieser Erkenntnis hatte ich mich zurück in die Verkaufsräume begeben, wo mich bereits die ersten neugierigen Herzbacher erwarteten, um mich mit ihren Fragen nach Hannah zu löchern. Fragen, denen ich nun sehr viel gelassener entgegenblicken konnte.

»Du meinst, wenn nichts aus den beiden wird, dann nur, weil sie ihn nicht will?«, unterbrach Nadines entsetzte Stimme meine Gedanken.

Ich zuckte zusammen und versuchte mich wieder auf meine Freundin zu konzentrieren. Verärgert über mich selbst, presste ich die Kiefer zusammen. Meine Worte hatten ihr Mut machen sollen, stattdessen hatten sie das Gegenteil bewirkt und sie noch stärker in Alarmbereitschaft versetzt. »Das wollte ich damit nicht sagen«, versuchte ich zu retten, was zu retten war. »Ich wollte dir lediglich vor Augen führen, dass du dir keine Sorgen machen musst. In keinerlei Hinsicht.« In Gedanken schickte ich ein Stoßgebet zum lieben Gott, dass ich recht behielt. Aus den Augenwinkeln registrierte ich meinen Großvater, der uns von seinem Platz hinter der Kasse aus beobachtete. Ich warf ihm einen Hilfe suchenden Blick zu, doch er wies bedauernd auf den nächsten Kunden, der ihm gerade zwei Exemplare von *Dark Secrets* über den Tresen reichte. Ich seufzte leise. Wie es aussah, musste ich hier alleine durch. »Sieh mal«, meinte ich und legte einen Arm um Nadine. »Hannah ist doch nur hier, um sich die Münze näher anzuschauen. Sobald sie das getan hat, verschwindet sie wieder. Vielleicht ist sie morgen schon wieder fort. Außerdem ist sie mit einem Mann zusammen hier. Bestimmt sind die beiden liiert.«

Unwillkürlich musste ich an den dunkelhaarigen Mann namens Kai denken, der Hannah begleitet hatte, und fühlte zu meiner Überraschung leises Bedauern in mir aufsteigen. Trotz des Gefühlschaos, das Hannah in mir ausgelöst hatte, war mir seine Anwesenheit vor dem Eiscafé deutlich bewusst gewesen. Seine Augen hatten mich fasziniert. Sie waren von einem wunderschönen, intensiven Blau … genau wie der Sommerhimmel über Herzbach. Wie alt mochte er sein? Mitte, Ende dreißig vielleicht? An seinen Händen hatte ich keinen Ehering gesehen. Vielleicht waren er und Hannah doch kein Paar? Ein winziger Hoffnungsschimmer stieg in mir auf. Sosehr ich mir wünschte, dass Hannah ging, *ihm* wäre ich gerne ein weiteres Mal über den Weg gelaufen.

Plötzlich ertönte das Glöckchen über dem Eingang, und Sara betrat den Laden. Ich erinnerte mich, dass sie Urlaub hatte, das hatte sie mir gestern vor der Kirche erzählt. Als sie Nadine und mich entdeckte, lächelte sie, wobei sich die zwei bezaubernden Grübchen in ihren

Wangen zeigten, und steuerte auf uns zu. »Hallo, ihr beiden«, begrüßte sie uns fröhlich.

Sara trug ein gelbes Sommerkleid, das ihre weiblich-schlanke Figur umschmeichelte. Ihre Füße steckten in glitzernden Sandalen. Nachdem wir eine Minute lang geplaudert hatten, während Nadine gedankenverloren danebenstand und schwieg, kam Sara zum Grund ihres Besuchs. »Heute Abend um neunzehn Uhr findet im Hotel am Dorfplatz eine Versammlung statt. Kannst du die hier bitte im Laden aufhängen, Amelie?« Sie zog eine Mappe aus Pappkarton aus ihrer Umhängetasche, entnahm ihr einen Stapel Blätter und reichte ihn mir. »Das sind die Plakate mit den Eckdaten. Sie sind nicht besonders hübsch, aber für mehr war leider keine Zeit.«

»Geht es bei der Versammlung um die römische Münze?«, erkundigte sich mein Großvater, der nun doch seinen Platz an der Kasse verlassen hatte, um sich an unserer Unterhaltung zu beteiligen.

»Ja«, bestätigte Sara und gab kurz wieder, was sich am Vormittag in ihrem Haus ereignet hatte. »Wie es aussieht«, meinte sie, »ist die Münze ein Vermögen wert. Deshalb wollen Hannah und Kai den Fundort jetzt genauer untersuchen. Eigentlich wären sie morgen nach Tunesien aufgebrochen, aber die Ausgrabung, an der sie teilnehmen sollten, wurde um ein paar Wochen verschoben. So haben sie Zeit, um uns zu unterstützen. Ist das nicht großartig?«

Nadine wurde blass. »Ein paar Wochen?«, rief sie entgeistert. »Heißt das, Hannah bleibt so lange hier? In Herzbach?«

Sara musterte sie verdutzt. »Wir wissen noch nicht, wie lange die Untersuchung dauern wird«, erwiderte sie nach einer kurzen Pause. »Es kommt ganz darauf an, was Hannah und Kai im Wald vorfinden.« Plötzlich huschte ein Ausdruck des Begreifens über ihr schönes Gesicht. »Du fragst wegen Jascha, stimmt's? Weil sie früher ein Paar waren.«

Nadine nickte unglücklich. »Hannah war seine erste Freundin. Was, wenn er sie wiedersieht und sich erneut in sie verliebt? Ich habe so lange darauf gewartet, dass er mich wahrnimmt, und jetzt, wo es endlich so weit ist, taucht sie wieder hier auf.« Sie legte den Kopf schief und musterte Sara mit hoffnungsvollem Blick. »Bitte sag mir, dass die Frau mit diesem Kai zusammen ist und die beiden unfassbar glücklich zusammen sind.«

Bei ihren Worten verspürte ich ein schmerzhaftes Piksen in der Brust, das sofort nachließ, als Sara bedauernd verneinte. Stattdessen glomm heiße Freude in mir auf. Was war das denn?, fragte ich mich erstaunt.

»Ich denke, die beiden sind nur gute Freunde. Zumindest habe ich nicht das geringste Knistern zwischen ihnen wahrgenommen«, fuhr Sara fort. Nadine stieß enttäuscht den Atem aus, und mich überkam ein schlechtes Gewissen, weil ich anders als sie pure Erleichterung darüber empfand. »Ich weiß nicht, ob Hannah einen Partner hat«, ergänzte Sara. »An einen Ring kann ich mich jedenfalls nicht erinnern. Aber warum machst du dir überhaupt Gedanken, Nadine? *Du* bist doch jetzt mit Jascha zusammen.« Sie wirkte ratlos, was nicht verwunderlich war, wenn man an Saras Beziehung mit Alexander Hoven dachte. Die beiden waren so offenkundig verrückt nacheinander, dass allein die Vorstellung, jemand könne sich zwischen sie drängen, absurd war. Allerdings gewann ich inzwischen auch den Eindruck, dass Nadine übertrieb. Sie war eine selbstbewusste Frau, klug und attraktiv. Warum hatte sie Zweifel an Jaschas Gefühlen? Vertraute sie ihm denn so wenig? In den letzten Wochen hatten wir uns selten getroffen, und mir wurde bewusst, dass ich zum ersten Mal in unserer langen Freundschaft keine Ahnung hatte, was in Nadines Kopf vorging. Doch schon im nächsten Augenblick musste ich mir eingestehen, dass es sich andersherum genauso verhielt. Was mich im Moment bewegte, wusste Nadine ebenfalls nicht. Bisher hatte ich ihr weder von meiner Befürchtung erzählt, Großvater könne etwas über Hans' Schicksal wissen, noch von meiner Sorge, dass eine mögliche Ausgrabung etwas Ungutes ans Licht bringen könnte.

Irene war nach dem rätselhaften Verschwinden ihres Verlobten in eine tiefe Melancholie versunken, die bis heute andauerte. Wenn sich nun herausstellte, dass mein Großvater die ganze Zeit über die Wahrheit gekannt und sie verschwiegen hatte – also Irenes Schmerz tatenlos mit angesehen hatte –, dann würde die Nachricht wie eine Bombe in Herzbach einschlagen. Kein Stein würde auf dem anderen bleiben.

Ich biss mir auf die Unterlippe. Die Vorstellung, wie sich das gesamte Dorf gegen meinen Großvater und vielleicht auch gegen Ava stellte, war so schrecklich, dass ich gar nicht darüber nachdenken wollte, geschweige denn, Nadine davon berichten.

»Wie auch immer«, holte mich Sara zurück in die Gegenwart und klopfte vielsagend auf ihre Umhängetasche. »Die Versammlung dient dazu, die Herzbacher zur Geheimhaltung zu verpflichten. Wir müssen verhindern, dass Abenteurer und Schatzgräber von dem Fund erfahren, sonst rücken die bald in Scharen hier an.«

So viel dazu, dass nicht jede alte Münze automatisch Interesse nach sich zog … Ich atmete tief durch und mahnte mich zur Ruhe. Dass Hannah und Kai den Fundort näher untersuchen wollten, hieß nicht zwangsläufig, dass sie die Lichtung quadratmeterweise umpflügten. Außerdem war für Panik jetzt der falsche Zeitpunkt: Um die Situation richtig beurteilen zu können, musste ich mir zunächst mehr Informationen besorgen. Und dafür brauchte ich einen klaren Verstand. Ich sah zu meinem Großvater und musterte aufmerksam sein Gesicht. Es wirkte unverändert freundlich. Wenn er beunruhigt war, dann sah man es ihm zumindest nicht an. Sara lächelte in die Runde. »So, ihr Lieben, ich muss jetzt leider weiter. Die Plakate in meiner Tasche wollen schließlich alle noch verteilt werden.«

Nadine straffte die Schultern. »Ich sollte mich auch wieder bei der Arbeit blicken lassen. Bevor meine Chefin noch eine Vermisstenanzeige aufgibt.« Sie sah von Großvater zu mir. »Ich schätze, wir sehen uns heute Abend auf der Versammlung?«

Mein Großvater nickte, und ich stimmte ebenfalls zu. Nur wenn ich die nächsten Schritte der Archäologen kannte, konnte ich beurteilen, wie brenzlig die Lage wirklich war.

12

Amelie Aufgrund der Sommerferien waren viele Herzbacher verreist, doch es war immer noch eine beeindruckende Anzahl an Menschen, die in das Hotel am Dorfplatz kam. Bald war in dem großen Festsaal mit den prächtigen Kronleuchtern und den schweren goldenen Vorhängen jeder Stuhl belegt, und als die Versammlung um Punkt neunzehn Uhr begann, platzte der Raum aus allen Nähten. Die Besucher standen bis draußen auf dem Gang, sodass Alexander und Sara kurzerhand die Flügeltüren offen gelassen hatten, damit die Leute, wenn sie schon nichts sahen, wenigstens zuhören konnten.

Mein Großvater und ich waren frühzeitig gekommen und hatten zwei Plätze in der mittleren Reihe ergattert. Nachdem Sara gegangen war, um weiter ihre Plakate zu verteilen, hatte mein Großvater kein Wort über das Gespräch verloren, sondern war direkt an die Kasse zurückgekehrt. Ab und zu hatte ich heimlich zu ihm herübergelinst und mich gefragt, ob es ihm gut ging, aber nichts Alarmierendes feststellen können. Auch jetzt machte er einen ruhigen Eindruck auf mich, ganz im Gegensatz zu mir und den übrigen Besuchern. Die Spannung im Festsaal waren beinahe greifbar. Natürlich wollten die Herzbacher wissen, was es mit der Münze auf sich hatte. Aber noch neugieriger waren sie darauf, Hannah nach all den Jahren wiederzusehen. Das konnte ich den Gesprächen ringsherum entnehmen.

Nervös reckte ich den Kopf. Bislang hatte ich Hannah nicht entdeckt. Zum ersten Mal fragte ich mich, wie es sich für *sie* anfühlen musste, wieder in Herzbach zu sein. Bestimmt ahnte sie, dass es hier selbst nach so langer Zeit noch Menschen gab, die ihr nicht wohlgesonnen waren. Kam sie damit zurecht? Wenn sie so eiskalt war, wie manche behaupteten, garantiert. Doch irgendetwas sagte mir, dass Hannah das nicht war. Es stimmte schon – nachdem ich sie heute Morgen in meinem ersten Schrecken so unhöflich behandelt hatte, war sie nicht etwa zurückgewichen, sondern hatte mich mit kühler Herausforderung angeblickt. Aber da war auch dieses Flackern in ihren Augen gewesen. Mein ablehnendes Verhalten hatte sie verletzt, das hatte ich deutlich gespürt und mich dafür geschämt. Ich sah mich nach Nadine um und entdeckte sie auf der anderen Seite des Saales. Den Platz neben sich hatte sie freigehalten, vermutlich für Jascha, doch von ihm fehlte jede Spur. In diesem Moment wies eine hochschwangere Frau auf den Stuhl, und nach kurzem Zögern räumte Nadine ihre Handtasche beiseite, damit sich die werdende Mutter hinsetzen konnte.

Ich schickte Nadine ein aufmunterndes Lächeln durch den Saal und lenkte meine Aufmerksamkeit dann auf die Bühne, auf der Alexander Hoven soeben ans Mikrofon getreten war. Neben ihm stand Sara. Sie strahlte über das ganze Gesicht, und ihre Wangen glühten.

»Herzlich willkommen«, begrüßte Alexander die Anwesenden. Sofort verstummte das Gemurmel, und eine erwartungsvolle Stille trat ein. Der Mann besaß eine Präsenz, um die ihn jeder amerikanische Präsidentschaftskandidat beneidet hätte. Kein Wunder, dass Sara ihn immer so verliebt ansah. Mit seiner charismatischen Stimme teilte Alexander uns mit, was ich bereits von Sara wusste, nämlich dass es sich bei der römischen Münze um ein äußerst seltenes und kostbares Stück handelte. »Meine liebe Schulfreundin Hannah und ihr Kollege Kai Behrends haben die Münze heute dem Landschaftsverband in Münster übergeben, wo sie sicher aufbewahrt und restauriert wird. Dort wird auch ein Gutachten erstellt, das ihren Wert festlegt.« Er betonte die Worte *Meine liebe Schulfreundin Hannah* auf eine Weise, die jeden im Publikum ausdrücklich warnte. Wer auch immer vorhatte, ein böses Wort gegen Hannah zu verlieren, bekam es mit ihm zu tun. Das erfuhr auch Biene prompt, die sich bei der Erwähnung von Hannahs Namen zu ihrem Ehemann Siggi wandte und einen spitzen Kommentar abgab. Unter Alexanders strengem Blick wurde sie auf ihrem Stuhl merklich kleiner. Dann fuhr er fort und berichtete, dass Hannah und Kai die offizielle Erlaubnis des Verbandes erhalten hatten, um sich die Fundstelle genauer anzusehen. Ich zuckte zusammen und schaute zu meinem Großvater, der Alexander Hovens Bericht mit interessierter Miene folgte. »Und hier sind wir alle gefordert«, fügte dieser nun eindringlich hinzu. Sein Blick glitt über die Menge. »Die nächsten Tage sind entscheidend. Wenn sich der Fund außerhalb unseres Dorfes herumspricht, wird es in unserem Wald vor Schatzjägern bald nur so wimmeln. Deshalb ist es extrem wichtig, dass wir die Sache geheim halten. Es darf nichts nach außen dringen. Kann ich mich auf euch verlassen?«

Im Saal wurde zustimmendes Gemurmel laut. »Das ist doch Ehrensache«, rief Paul Averbeck, der Polizist, der mir und Generationen von Herzbacher Kindern die Verkehrsregeln beigebracht hatte. Vielleicht passte es nicht jedem, dass Hannah die Untersuchung durchführte, doch darüber würde man großzügig hinwegsehen, solange es dem Dorf zugutekam.

»Sehr schön«, erwiderte Alexander zufrieden. »Dann begrüße ich jetzt Hannah und Kai.«

Als die beiden Archäologen durch den Vorhang auf die Bühne traten, schien es, als würde der gesamte Raum den Atem anhalten. Genau wie heute Morgen im Eiscafé trug Hannah T-Shirt, Cargohose und Turnschuhe. Die schlichte Kleidung konnte jedoch nicht darüber hinwegtäuschen, wie atemberaubend sie aussah. Ihr goldschimmerndes Haar war am Hinterkopf zu einem Knoten gebunden, der ihre fein gezeichneten Gesichtszüge mit den hohen Wangenknochen, der zierlichen Nase und dem geschwungenen Kinn noch deutlicher hervorhob. Dennoch war es der Mann neben ihr, der meinen Blick gefangen hielt und mich für einen Moment alle meine Sorgen vergessen ließ. Seine blauen Augen ruhten auf mir, und das leise Lächeln des Wiedererkennens, das um seine Mundwinkel spielte, brachte meinen Bauch zum Kribbeln. Ich erwiderte sein Lächeln und spürte, wie mein Herz dabei schneller zu klopfen begann.

Nachdem Alexander die beiden Archäologen vorgestellt und ihre beeindruckenden Lebensläufe wiedergegeben hatte, bedankte sich Hannah bei ihm und nahm seinen

Platz vor dem Mikrofon ein. Falls sie aufgeregt war, ließ sie es sich nicht anmerken. Sie begrüßte die Anwesenden freundlich, aber distanziert und kam ohne Umschweife zum Punkt. Sie beschrieb den Ursprung und die Bedeutung der Münze, danach übernahm es Kai, ihr geplantes Vorgehen zu erläutern. Wie elektrisiert richtete ich mich auf meinem Stuhl auf.

»Wir starten morgen mit der Oberflächenbegehung, sprich, wir werden uns das Gelände zunächst einmal gründlich ansehen«, erklärte er. Mein Blick blieb an seinem Mund hängen. Konzentrier dich!, schalt ich mich selbst. »Außerdem«, fuhr er fort, »analysieren wir das Bild- und Kartenmaterial, das Alexander Hoven uns von dem Gebiet zur Verfügung gestellt hat.« Unsere Blicke trafen sich erneut, und wieder spürte ich ein aufgeregtes Flattern im Bauch. »Die weiteren Untersuchungen beginnen am Mittwoch. Zunächst gehen wir das Gelände mit einer Metallsonde ab. Damit finden wir heraus, ob weitere Münzen oder andere Gegenstände aus Metall unter der Erde liegen. Hierfür haben wir einen, maximal zwei Tage eingeplant. Danach geht es weiter mit der sogenannten *geophysikalischen Prospektion.*«

Die Herzbacher warfen sich ratlose Blicke zu, und Kai beeilte sich, die Methode in einfachen Worten zu erläutern. Ich nahm mit, dass es dank spezieller Geräte möglich war, die Lichtung detailliert zu erkunden, ohne einen einzigen Spatenstich setzen zu müssen. Nur wenn es stichhaltige Indizien für weitere Bodendenkmäler gab, würde es zu einer Ausgrabung kommen. Das zu hören erfüllte mich mit so großer Erleichterung, dass ich anfing zu lächeln und gar nicht mehr aufhören konnte.

Großvater neigte seinen Kopf zu mir. »Was ist los?«,

flüsterte er. »Nichts«, erwiderte ich und küsste ihn aus einem Impuls heraus auf die Wange, worauf er schmunzelnd den Kopf schüttelte.

Nachdem Kai geendet hatte, beantworteten er und Hannah geduldig die zahlreichen Fragen aus dem Publikum. Dabei ging es zunächst um den römischen Kaiser, dessen Konterfei die Münze zierte und der im vierten Jahrhundert nach Christus gelebt hatte. Danach wurden rechtliche Themen erörtert. »Der Fund gehört dem Land Nordrhein-Westfalen«, erklärte Kai. »Die Finder können allerdings auf eine großzügige Belohnung hoffen.« Bei diesen Worten lächelte er so hinreißend, dass mir für einen Augenblick die Luft wegblieb. Nur mit Mühe gelang es mir, mich wieder auf meine Umgebung zu konzentrieren.

»Nehmen Sie beide die Untersuchungen alleine vor, oder reisen noch weitere Archäologen an?«, wollte der Polizist Paul Averbeck wissen.

»Wir starten zu zweit«, antwortete Hannah. »Sollte es zu einer Ausgrabung kommen, wird uns der Verband mit Personal und Ausrüstung unterstützen.«

Die letzte Wortmeldung betraf die Frage, ob die Herzbacher den Archäologen bei der Arbeit zusehen durften. Kai und Hannah tauschten einen einvernehmlichen Blick, der erahnen ließ, dass sie mit diesem Anliegen schon häufiger konfrontiert worden waren. Mit einem charmanten Lächeln wandte sich Kai an das Publikum: »Ich bin sicher, hierfür finden wir eine Lösung, die allen Interessen gerecht wird.«

Als auch der letzte Herzbacher seine Neugier gestillt hatte, begannen sich die Reihen im Raum allmählich zu lichten. Mein Großvater erhob sich. »Was ist mit dir, Amelie?«, zog er mich liebevoll auf. »Willst du hier Wurzeln schlagen?«

Mein Kopf fuhr hoch. Ich hatte gerade darüber nachgesonnen, ob ich Kai ansprechen sollte. Bei unserer Begegnung vor dem Eiscafé war ich sehr unhöflich gewesen. Deshalb war es mir wichtig, diesen Eindruck zu korrigieren. Andererseits wollte ich meinen Großvater auch nicht alleine lassen.

In dieser Sekunde kamen Ava und Hermann auf uns zu. »Wie sieht es aus?«, fragte Hermann. »Der Abend ist noch jung. Habt ihr Lust auf einen Absacker im *Kiepenkerl?*« Ohne lange zu überlegen, sagte mein Großvater zu. Ich freute mich. Jetzt war er in Gesellschaft seiner Freunde, und ich brauchte kein schlechtes Gewissen zu haben, wenn ich noch hierblieb.

»Ich bin heute nicht dabei«, sagte ich. »Aber ich wünsche euch ganz viel Spaß.«

Nachdem sie fort waren, nahm ich meinen Mut zusammen und ging nach vorne, wo Kai noch immer auf der Bühne stand. Als er mich bemerkte, erschien ein Strahlen auf seinem Gesicht, das etwas im mir zum Klingen brachte. Wie von selbst bogen sich meine Mundwinkel ebenfalls nach oben. Plötzlich tippte mir jemand von hinten auf die Schulter. Es war Nadine. Sie hielt ihre Handtasche so fest umklammert, als würde sie bei ihr Halt suchen.

»Kommst du noch auf ein Glas Wein mit zu mir?«, fragte sie flehentlich. Ich zögerte und sah wieder zu Kai. »Bitte, Amelie«, drängte Nadine. »Ich brauche jemanden zum Reden.« Sie wirkte so traurig und verzweifelt, dass ich nicht anders konnte, als zu nicken. »Danke«, stieß sie hervor und schlang ihre Arme um mich.

Hinter Nadines Rücken hob Kai, der uns beobachtet hatte, fragend eine Braue. Ich warf ihm einen bedauernden Blick zu und zuckte mit den Schultern, bevor ich mich von meiner besten Freundin fortziehen ließ.

13

Hannah Nachdem sich die Dorfversammlung aufgelöst hatte und die letzten Besucher gegangen waren, fühlte ich mich so erschöpft, als hätte ich einen Marathon absolviert. Durch meine Professur war ich es gewohnt, vor Studenten zu sprechen. Dazu hielt ich jedes Jahr ein halbes Dutzend Vorträge auf Kongressen und Tagungen, wo ich vom wissenschaftlichen Publikum mit den kniffeligsten Fragen konfrontiert wurde. Doch keiner dieser Auftritte hatte mich jemals so gefordert.

Als ich durch den Vorhang auf die Bühne trat, war ich auf alles vorbereitet. Von bösen Blicken über wüste Beschimpfungen bis hin zu Menschen, die bei meinem Anblick demonstrativ aufstanden und den Saal verließen. Böse Blicke hatte es in der Tat gegeben – von Biene, die ich sofort an ihrem schwarzen, nach außen geföhnten Betty-Geröllheimer-Bob erkannte. Schon in meiner Jugend war die rundliche Frau die größte Klatschtante im Dorf gewesen.

Die Reaktionen der anderen Herzbacher fielen dagegen überraschend neutral aus. Zumindest entdeckte ich in ihren Gesichtern nichts von der Feindseligkeit, auf die ich mich innerlich eingestellt hatte. Nervös hielt ich nach Jascha Ausschau. Aber entweder hatte er sich in den vergangenen Jahren tatsächlich so stark verändert, dass ich ihn nicht wiedererkannte, oder er war der Versammlung ferngeblieben. Ich vermutete, dass Letzteres der Fall war. Seine Abwesenheit machte es mir leichter, mich auf meine Aufgabe zu konzentrieren.

Während Alex in blumigen Worten Kais und meinen beruflichen Werdegang beschrieb – wobei ich mutmaßte, dass er hier extra weit ausholte, um die Dorfbewohner zu beeindrucken –, beruhigte sich mein Herzschlag, und als ich schließlich an der Reihe war, das Wort zu ergreifen, hatte ich mich so weit gefasst, dass ich sprechen konnte, ohne mich zu verhaspeln. Dennoch war ich froh, als die Veranstaltung beendet war.

»Ich bin völlig erledigt«, teilte ich Kai mit und rührte in meinem Caipirinha. Wir saßen in der Bar des Hotels am Dorfplatz, in dem wir für unseren Aufenthalt in Herzbach untergekommen waren. Hier schien die Zeit stehen geblieben zu sein: die glänzende Theke, hinter der sich die Spirituosen aufreihten, das gedämpfte Licht, die gepolsterten Hocker und dunklen Clubmöbel – alles sah noch genauso aus, wie ich es in Erinnerung hatte. Ich musste daran denken, wie mich meine Eltern nach meinem Jahr in Rom auf ein Glas Sekt hierher eingeladen hatten. Wie erwachsen ich mich damals gefühlt hatte. Und wie stark der Gedanke gewesen war, Herzbach so schnell wie möglich wieder zu verlassen.

Außer uns saß noch ein Grüppchen von Frauen um die dreißig in der Bar. Den Gesprächsfetzen nach zu urteilen, die zu uns herüberwehten, handelte es sich um Niederländerinnen. Kai griff in das Schälchen mit den

Erdnüssen und steckte sich ein paar in den Mund. »Das kann ich mir vorstellen. Wie war das für dich, vor allen zu stehen? Hast du deinen Freund von damals gesehen?«

Ich schüttelte den Kopf. »Nein. Jascha war nicht da. Zum Glück. Und um deine Frage zu beantworten: Es war seltsam. Über die Jahre habe ich mir immer wieder ausgemalt, wie es sein würde, wenn ich eines Tages zurückkehre. Irgendwie hatte ich dabei immer eine Szene wie aus einem Western vor Augen, in der sich zwei Cowboys mit Pistolen in der Hand auf einer staubigen Straße vor dem Saloon gegenüberstehen. Und dazu die Melodie von *Spiel mir das Lied vom Tod* in den Ohren.« Ich verzog meinen Mund zu einem Grinsen. »Dass ich den Herzbachern erkläre, wer Konstantin der Große ist, und sie mir dabei höflich zuhören und anschließend Fragen stellen, kam in meiner Fantasie nicht vor.«

Kai lachte. »Und wie viele Fragen sie gestellt haben! Sie haben gar nicht mehr aufgehört.« Er wurde wieder ernst. »Meinst du wirklich, dass das mit der Geheimhaltung funktioniert? Alex und Sara schienen recht zuversichtlich, doch wenn ein gesamtes Dorf Bescheid weiß, habe ich so meine Zweifel, ob wirklich nichts nach außen sickert. Vielleicht ist es längst passiert? Die Kinder haben die Münze schließlich schon am Donnerstag gefunden, und heute ist Montag.«

Ich trank von meinem Caipirinha. Den letzten Schluck, in dem sich die Reste des braunen Zuckers gelöst hatten, mochte ich am liebsten. »Wir werden sehen. Eines steht jedenfalls fest: Je eher wir starten, desto besser.« Erneut überfiel mich Aufregung. Ich konnte es nicht erwarten, mir die Lichtung näher anzuschauen, und spürte, wie das vertraute Adrenalin durch meine Adern strömte. So müde ich war, heute Nacht würde ich wenig Schlaf finden.

»Amelie war übrigens auch da«, holte mich Kai aus meinen Überlegungen.

Ich musste schmunzeln. »Ach ja?«, zog ich ihn auf. »Das ist mir ja gar nicht aufgefallen.«

Statt einer Antwort lächelte Kai nur. Die junge Frau aus der Buchhandlung hatte ihn offenbar in ihren Bann gezogen. Ich meinte sogar, einen mir unbekannten, verträumten Ausdruck auf seinem Gesicht zu erkennen. Plötzlich musste ich daran denken, was er damals in unserer WG über die wahre Liebe zu mir gesagt hatte. *Ich weiß, dass es sie gibt. Und wenn sie vor mir steht, werde ich sie erkennen.*

Ohne dass ich es verhindern konnte, wanderten meine Gedanken zu Aaron. Was er wohl gerade machte? Ich hatte ihn nach seinem Anruf am Freitag nicht zurückgerufen, und auch er hatte sich seitdem nicht wieder bei mir gemeldet. Natürlich nicht. Aaron hatte mir klar zu verstehen gegeben, dass er an mir interessiert war, und wenn ich nicht darauf einging, würde er es auf sich beruhen lassen. Er war kein Mann, der einer Frau hinterherlief. Erinnerungen an unsere gemeinsame Nacht blitzten in mir auf, und als ich mir seine Hände vorstellte, die kundig über meinen Körper strichen, stieg Verlangen in mir hoch.

Ich dachte an den eisernen Grundsatz, den ich vor vielen Jahren gefasst hatte, kein zweites Mal mit demselben Mann auszugehen. Damals war ich eine Studentin mit gebrochenem Herzen gewesen, die lieber ihr ganzes Leben lang alleine bleiben wollte, als sich noch einmal zu verlieben. Ich sah Aarons männlich-attraktives Gesicht vor mir und fühlte erneut dieses Kribbeln auf meiner Haut, gefolgt von der brennenden Sehnsucht, sein Lächeln zu sehen und seine Stimme zu hören. Meine Entschlossenheit geriet ins Wanken. War es denn wirklich so schlimm, wenn ich mich noch einmal bei ihm meldete, mich noch einmal mit ihm traf? Nur ein einziges Mal? Was sollte dabei schon passieren? Bei der Vorstellung, erneut in Aarons Armen zu liegen, beschleunigte sich mein Puls.

»Ich denke, ich werde Amelie fragen, ob sie morgen Abend mit mir essen geht«, hörte ich Kais Stimme wie durch eine Watteschicht. »Vorhin auf der Veranstaltung hat sie mich angelächelt, das werte ich als ein gutes Zeichen.«

»Tu das«, meinte ich geistesabwesend. Mit den Fingern fuhr ich die Linien meines Smartphones nach, das vor mir auf der Theke lag. Kai fragte nach der Rechnung, und als der Barkeeper sie ihm brachte, protestierte ich ausnahmsweise nicht, als er sie beglich.

Sobald die Tür meines Hotelzimmers hinter mir ins Schloss gefallen war, setzte ich mich mit meinem Handy in den geblümten Ohrensessel, der am Fenster stand. Nervosität hatte jede Zelle meines Körpers erfasst. Um mich zu sammeln, schaute ich hinaus auf den Marktplatz. Mein Blick fiel auf den Brunnen, der bei Nacht angestrahlt wurde. Kurz überkam mich der Gedanke, hinunterzugehen und eine Münze hineinzuwerfen. Die Vorstellung, wie ich dabei wie ein Kind die Augen zusammenkniff und mir Mut wünschte, brachte mich zum Schmunzeln. Von außen betrachtet, war mein Vorhaben unspektakulär. Ich war im Begriff, einen Mann anzurufen, mit dem ich eine leidenschaftliche Nacht verbracht hatte. Nicht mehr und nicht weniger. Doch für mich war es ein enormer Schritt, denn ich handelte damit gegen einen Grundsatz, der mir seit vielen Jahren Halt und Orientierung gab.

In Gedanken zählte ich langsam bis zehn, dann holte ich tief Luft und rief Aarons Nummer auf. Mein Herz hämmerte hart gegen meine Rippen, und in meinen Ohren rauschte das Blut, während ich auf das Freizeichen lauschte.

Nach dem vierten Ton sprang die Mailbox an. Beim Klang von Aarons Stimme zog sich meine Brust zusammen. Ich umklammerte mein Smartphone so fest, dass meine Fingerknöchel weiß hervortraten. Was sollte ich tun? Eine Nachricht hinterlassen? Oder einfach auflegen? Der Piepton verkündete den Beginn der Sprachaufzeichnung. Ich verharrte noch eine Sekunde, dann sagte ich: »Hallo Aaron, hier ist Hannah. Ich wollte dir nur sagen, dass ich meinen Pullover bei dir zu Hause vergessen habe. Vielleicht kannst du ihn mir einfach per Post zuschicken. Für das Porto komme ich natürlich auf.« Ich beendete das Gespräch und warf das Gerät mit einem frustrierten Stöhnen auf den Beistelltisch. War ich eigentlich total bescheuert?

Ein »Ping« kündigte den Eingang einer neuen WhatsApp an. Hastig beugte ich mich vor und starrte auf das Display. Doch es war keine Nachricht von Aaron. Stattdessen erkundigte sich meine Schwägerin Annette, ob ich schon ein Geburtstagsgeschenk für meinen Bruder hatte. Ansonsten freue er sich sehr über eine neue Grillzange. Den Link zu dem Internetshop, in dem ich das

Gewünschte bestellen konnte, hatte sie direkt beigefügt. Die Enttäuschung war so überwältigend, dass sie mir die Kehle zuschnürte.

14

Amelie Daheim in ihrem Wohnzimmer, schaute meine beste Freundin zum hundertsten Mal auf ihr Handy. »Jascha hat sich immer noch nicht gemeldet«, stellte sie bekümmert fest.

Seit einer Stunde saßen wir nun auf ihrem Sofa und spekulierten darüber, warum er nicht zur Dorfversammlung erschienen war. Genauer gesagt war es Nadine, die spekulierte. Ich hörte ihr zu und nippte dabei hin und wieder an meinem Weinglas. Dabei spürte ich ein unangenehmes Ziehen in meiner Magengrube, das mit jeder Minute stärker wurde. Nadine und ich kannten uns schon unser gesamtes Leben. Wir waren zusammen aufgewachsen, und dennoch hatte ich plötzlich das Gefühl, neben einer Fremden zu sitzen. Irgendwann hielt ich es nicht mehr aus und unterbrach sie: »Mensch, Nadine! Du willst wissen, warum er nicht gekommen ist … Warum rufst du ihn nicht an und fragst nach? Du bist doch eine emanzipierte Frau. Wer sagt denn, dass du warten musst, bis er sich meldet?«

Meine Freundin hielt wie vom Donner gerührt inne. »Du verstehst das nicht«, meinte sie schließlich kleinlaut.

Ich atmete tief durch. »Dann erklär es mir bitte.«

Nadine schlug traurig die Augen nieder. »Ich glaube, ich gehe ihm auf die Nerven.«

Überrascht runzelte ich die Stirn. »Wie kommst du denn darauf?«

Die Geigenbauwerkstatt, in der Jascha mit seinem Vater arbeitete, lag genau wie die *Büchertruhe* am Herzbacher Marktplatz. Von daher lief ich Jascha beinahe täglich über den Weg. Oft unterhielten wir uns dann ein paar Minuten. Dabei war Jascha immer nett und ausgeglichen. Genervt hatte ich ihn noch nie erlebt. Die Beschreibung passte gar nicht zu ihm.

Nadine wich meinem Blick aus, als sie sagte: »Ich habe sein Handy genommen. Er hat mich erwischt, wie ich seine Nachrichten lesen wollte.«

Meine Augen weiteten sich. »Du wolltest *was?*«

Beschämt schlug sie die Hände vor das Gesicht. »Es war gestern auf dem Rückweg von Köln. Wir haben an einer Tankstelle angehalten, und Jascha ist ausgestiegen, um uns ein Wasser zu besorgen. Sein Handy hat er dagelassen. Er nimmt es als Navi, weißt du.« Sie schluckte. »Als er weg war, habe ich danach gegriffen. Meine Kollegin Iris hatte mir per Whatsapp von Hannahs bevorstehendem Besuch berichtet, sie hatte im Dorf davon erfahren, und ich wollte wissen, ob Jascha wieder mit seiner Jugendliebe Kontakt hat. In dem Moment öffnet Jascha die Beifahrertür und starrt mich an. Er war noch mal zurückgekommen, weil er seinen Geldbeutel vergessen hatte.« Sie schüttelte den Kopf, ihre Miene spiegelte Panik. »Es war so schrecklich, Amelie. Er hat kein Wort gesagt und mir nur das Handy aus der Hand genommen. Dann setzte er sich hinters Lenkrad und startete den

Motor, ohne noch einmal in den Tankstellenshop zurückzukehren. Ich versuchte mich zu entschuldigen, doch er ließ mich nicht ausreden. ›Jetzt nicht, Nadine‹, war alles, was er zu mir sagte. Der Rest der Fahrt verlief schweigend. Seitdem ist Funkstille zwischen uns. Ich hatte ihm geschrieben, dass ich zur Veranstaltung ginge und ihm einen Platz freihalte, doch er hat nicht darauf reagiert. O Gott, was soll ich nur machen? Ich verstehe ja selber nicht, was in mich gefahren ist. Du kennst mich – ich bin keine Klette. Doch seit ich mit Jascha zusammen bin, benehme ich mich so. Und schlimmer noch: Ich wollte seine Nachrichten lesen! Dafür komme ich mit Sicherheit in die Hölle!«

Ich betrachtete meine beste Freundin, die wie ein Häufchen Elend auf dem Sofa saß, und musste trotz der Situation schmunzeln. Ihr Geständnis hatte mich im ersten Moment sprachlos gemacht. Ich fand furchtbar, was sie vorgehabt hatte. Aber eines stimmte: Ein solches Verhalten sah ihr absolut nicht ähnlich. In ihren früheren Beziehungen war immer Nadine diejenige gewesen, die auf ihren Freiraum bestanden hatte. Doch seit sie mit Jascha zusammen war, gab sie mir ständig Körbe, weil sie ihre gesamte Freizeit für den Fall reservierte, dass er Zeit für sie hatte.

Anfangs hatte ich es darauf geschoben, dass sie so lange auf Jascha gewartet hatte, und ihn nun, wo er ihre Liebe endlich erwiderte, jede Minute um sich haben wollte. Aber nun sah ich die Dinge anders. Denn das, was Nadine mir da schilderte, hatte nichts mit Liebe und Glück zu tun. Es klang nach Klammern und Verlustangst. Nadine war sich Jaschas Gefühle nicht sicher.

Vermutlich hatte sie ihnen von Anfang an nicht getraut, und nun, da Hannah wieder auf der Bildfläche erschien, hatten ihre Zweifel vollends die Oberhand gewonnen.

Ich umfasste Nadines Schultern und zwang sie, mich anzusehen. »Du kommst nicht in die Hölle«, sagte ich mit Bestimmtheit. »Jascha ist nicht nachtragend, er wird sich wieder beruhigen. Und dann erklärst du ihm, warum du das getan hast. Jeder im Dorf redet davon, wie sehr er Hannah geliebt hat, und dann erzählt dir Iris, dass sie zurückkommt. Da ist es doch kein Wunder, dass du in Panik geraten bist. Die Sache mit dem Handy war eine Kurzschlussreaktion. Plädiere auf Unzurechnungsfähigkeit oder vorübergehende geistige Umnachtung … Ich bin mir sicher, Jascha wird Verständnis dafür haben. Bestimmt lacht ihr morgen schon darüber.« Ich versuchte ein aufmunterndes Lächeln. »Es kommt alles wieder in Ordnung zwischen euch, versprochen.«

»Und wenn nicht?«, jammerte Nadine.

»Dann ist er nicht der Richtige für dich.«

Meine Freundin sah mich an, als hätte ich den Verstand verloren. »Sag so was nicht, Amelie. Natürlich ist er der Richtige für mich.« Aufgewühlt griff sie nach ihrem Weinglas, das auf dem Sofatisch stand, und nahm einen großen Schluck. Anschließend umfasste sie das Glas mit beiden Händen und sah hinein, als könnte sie auf dem Boden die Antworten finden, nach denen sie sich so sehr sehnte. »Aber was ist«, fragte sie leise, »wenn ich nicht die Richtige für *ihn* bin? Wenn es im Leben eines Menschen nur eine große Liebe gibt?« Ein paar Sekunden lang war nur das Ticken der Wanduhr über dem Sideboard zu hören.

»Das ist Unsinn«, erwiderte ich entschieden. »Wenn es

so wäre, hätte Jascha versucht, Hannah zurückzugewinnen. Aber das hat er nicht, obwohl er zwanzig Jahre Zeit dazu hatte.«

Zweifelnd wiegte Nadine den Kopf. »Vielleicht hat er es ja probiert, und wir wissen nichts davon.«

Ich zog eine Grimasse. »Das hier ist Herzbach, Nadine. *Natürlich* wüssten wir davon.«

Obwohl ihr augenscheinlich nicht danach zumute war, musste sie lächeln. »Das klingt plausibel«, meinte sie. »Oh, Mist, jetzt bekomme ich auch noch einen Schluckauf.« Schnell führte sie ihr Glas an die Lippen und trank den Wein in kleinen Schlucken, während sie sich mit Daumen und Zeigefinger der rechten Hand die Nase zuhielt.

Der Trick funktionierte bei mir auch, allerdings hatte ich ihn bisher nie mit Alkohol ausprobiert. »Besser?«, erkundigte ich mich amüsiert, nachdem sie das Glas wieder abgestellt hatte.

»Viel besser.«

Wir lächelten einander an. Aus einem spontanen Impuls heraus zog ich sie an mich und drückte sie. »Mach dir keine Sorgen. Nicht, dass es eine Bedeutung für Jascha hätte, denn er liebt nur dich, aber dennoch: Hannah ist bestimmt bald wieder verschwunden.«

»Je eher, desto besser«, seufzte Nadine. »Gibt es irgendetwas, was wir tun können, damit sie schneller wieder geht?«, fragte sie hoffnungsvoll. »Beim Graben helfen oder so?«

Ich musste kichern, als ich mir Nadine, die immer wie aus dem Ei gepellt aussah, mit Gummistiefeln und einer Schaufel in der Hand vorstellte. »Du hast doch gehört, was Kai auf der Versammlung gesagt hat: Sie fangen nur an zu graben, wenn sie Hinweise auf weitere Fundstücke im Boden entdecken. Wenn nicht, reisen sie ganz schnell wieder ab.«

Prompt sah ich Kais Lächeln wieder vor mir, und mein Herz wurde schwer. Sosehr ich mir wünschte, dass Hannah verschwand, so wenig wollte ich, dass er fortging. Irgendetwas an dem Mann faszinierte mich, und ich sehnte mich danach, ihm noch einmal zu begegnen und mehr über ihn herauszufinden.

»Kai?«, fragte Nadine überrascht. »Kennst du diesen wahnsinnig attraktiven Archäologen etwa näher?« Für einen Moment schien sie ihren Liebeskummer vergessen zu haben, denn sie sah mich mit unverhohlener Neugier an.

Ich zuckte mit den Schultern. »Was heißt kennen?«, erwiderte ich ausweichend. »Ich habe ihn heute Morgen vor dem Eiscafé getroffen.«

Nadine kniff die Augen zusammen wie ein Jagdhund, der Witterung aufgenommen hatte. »Und schon duzt ihr euch?«

Ich spürte, wie meine Wangen rot wurden. »Nein. Ich nenne ihn nur für mich Kai.«

»Aha!«, rief Nadine so laut, dass ich erschrocken zusammenfuhr, und streckte mir ihren Zeigefinger entgegen. »Du magst ihn!«

Ich sah sie ein paar Sekunden lang schweigend an, dann nickte ich. »Ja. Schon. Dabei kenne ich ihn gar nicht wirklich.«

»Wie aufregend!« Nadine angelte nach der Weinflasche und goss uns beiden nach. »Und wirst du ihn wiedersehen?«

Erneut zuckte ich mit den Schultern. Ich wollte ihr nicht gestehen, dass ich gerade auf dem Weg zu ihm gewesen war, als sie mich nach der Versammlung abgefangen hatte. Nadine war schon wegen Jascha verzweifelt genug, da musste ich ihr nicht noch ein schlechtes Gewissen bereiten, weil sie mich, ohne es zu ahnen, von Kai ferngehalten hatte.

»Ach, was frage ich überhaupt«, meinte Nadine. »*Natürlich* wirst du ihn wiedersehen. Das hier ist schließlich Herzbach. Oh, ich freu mich!« Sie gab einen quietschenden Laut von sich, der mich zum Lachen brachte. »Und nun möchte ich alles ganz genau wissen. Was hast du gedacht, als du ihn zum ersten Mal gesehen hast? Hast du da schon ein Kribbeln gespürt?«

Während ich an meinem Wein nippte, beantwortete ich ihre Fragen. Wenn ein Gespräch über Kai Nadine ablenkte und auf andere Gedanken brachte, dann ging ich gerne darauf ein.

Irgendwann ließ sich Nadine zurück in die Polster sinken. »Ich kann verstehen, dass du Kai toll findest«, erklärte sie mit weinschwerer Zunge. »Er kommt total sympathisch rüber. Und er sieht richtig gut aus. Fast so gut wie Jascha. Ach, Jascha …« Sie fiel erneut in sich zusammen. Wie ein Luftballon, in den jemand eine Nadel gepikt hatte. Ich seufzte innerlich. Es war Zeit aufzubrechen, damit meine Freundin ins Bett kam.

»Wirst du mit Jascha reden?«, fragte ich sie, als ich mich an der Haustür von ihr verabschiedete.

»Gleich morgen«, versprach sie und gab mir einen schmatzenden Kuss auf die Wange. »Danke, dass du immer für mich da bist, Amelie. Obwohl ich mich in den letzten Wochen so rar gemacht habe.«

Ich lächelte sie an. »Vergeben und vergessen«, wiederholte ich unseren feierlichen Schwur aus Kindheitstagen.

Da es mich noch nicht nach Hause zog, spazierte ich ein Stück an der Stever entlang. Ich liebte Herzbach bei Nacht. Alles war so schön und friedlich. Am Himmel funkelten die Sterne, und das Mondlicht spiegelte sich im Wasser und verwandelte es in reines Silber. Die Luft war noch immer angenehm warm. In tiefen Zügen zog ich den Geruch des nahen Waldes ein. Ich setzte mich auf eine Bank, streckte die Beine aus und schloss die Augen.

»Ist neben Ihnen noch frei?«, hörte ich plötzlich eine angenehm klingende Stimme fragen. Überrascht öffnete ich die Augen und erblickte Kai, der lächelnd vor mir stand. Mein Herz schlug einen Purzelbaum. Ich spürte, wie mir die Hitze in die Wangen stieg, und hoffte, dass er es im schwachen Schein der Gaslaterne nicht bemerkte. Weil ich meiner Stimme nicht über den Weg traute, klopfte ich als Antwort schweigend neben mich. Der Archäologe nahm meine Einladung an und setzte sich, wobei sein Oberschenkel für den Bruchteil einer Sekunde meinen streifte. Die winzige Berührung reichte aus, um meine Nervenenden zum Vibrieren zu bringen.

»Konnten Sie auch nicht schlafen?«, erkundigte er sich. Ich schluckte, weil sich mein Mund plötzlich ganz trocken anfühlte.

»Ich war noch gar nicht im Bett«, murmelte ich. »Ich war bis eben bei meiner besten Freundin und bin auf dem Heimweg hier gestrandet.«

Kai sah mich an, wobei sich die hinreißenden Lachfältchen um seine Augen vertieften. »Es gibt durchaus schlimmere Orte, um zu stranden.« Er drehte den Kopf und blickte auf die träge dahinfließende Stever. »Meine Heimatstadt Köln ist so quirlig. Eine solche Ruhe und Beschaulichkeit findet man dort selten.«

Fieberhaft dachte ich darüber nach, was ich erwidern sollte, um eine Unterhaltung in Gang zu bringen, doch mein Gehirn war auf einmal wie leer gefegt. Kai schien sich an meinem Schweigen nicht zu stören, und so hörte ich auf, es als unangenehm zu empfinden, und entspannte mich. Eine Zeit lang schauten wir beide auf das geheimnisvoll schimmernde Wasser.

»Erzählen Sie mir etwas von sich«, unterbrach er schließlich die Stille. »War es schon immer Ihr Traum, Buchhändlerin zu werden?«

Mein Traum? Überrascht dachte ich nach. »Es hat sich eher so ergeben«, sagte ich dann. »Die *Büchertruhe* gehörte meinen Großeltern. Ich bin bei ihnen aufgewachsen. Zu meinen frühesten Kindheitserinnerungen zählt, wie mein Großvater mich auf dem Arm hält, während er mit der anderen Hand Bücher ins Regal räumt. Lesen konnte ich, bevor ich in die Schule kam. Vor allem Enid Blyton mochte ich gerne: *Hanni und Nanni, Dolly, Fünf Freunde*. Und Astrid Lindgren und Agatha Christie habe ich regelrecht verschlungen.« Versonnen hielt ich inne. »Am schönsten fand ich es, wenn im Frühling und Herbst die neuen Verlagsprogramme erschienen. Dann habe ich stundenlang im Laden auf dem Sofa gesessen und durch die Kataloge geblättert. Die Seiten mit den Romanen, die mich besonders faszinierten, habe ich mit bunten Zetteln markiert. Später, wenn meine Großmutter dann die Bestellungen für die *Büchertruhe* aufgab, waren ›meine‹ Romane immer dabei.«

Bei der Erinnerung musste ich lächeln. Kai lächelte ebenfalls, worauf die Schmetterlinge in meinem Bauch plötzlich Pirouetten drehten. Mit einer aufmunternden Geste gab er mir zu verstehen, dass ich fortfahren sollte.

Verlegen blickte ich auf meine Hände. »Nach dem Abitur habe ich Germanistik studiert und in den Semesterferien immer als Werkstudentin bei demselben Verlag in Hamburg gearbeitet. Meine Chefin dort bot mir an, nach meinem Abschluss ein Volontariat zu beginnen, doch dann wurde meine Großmutter krank. Als sie sechs Monate später starb, erledigte sich das Thema. Ich konnte meinen Großvater nicht alleine lassen. Mit dem großen Haus, der *Büchertruhe,* die er mir überschrieben hatte, mit allem. Und da bin ich nun also.«

Ich wandte mich Kai zu und begegnete seinem Blick. Beim Leuchten seiner blauen Augen stockte mir der Atem. Für einen Moment vergaß ich, worüber wir gerade geredet hatten.

»Wie lange ist das her?«, erkundigte er sich.

Verständnislos schaute ich ihn an. »Was her?«

Er lachte leise. »Na, dass Sie das Volontariat in Hamburg ausgeschlagen haben.«

Ich schloss kurz die Augen. Dieser Mann brachte mich wirklich gehörig aus dem Konzept. »Das war vor vier Jahren«, antwortete ich, nachdem ich mich wieder gesammelt hatte. »Aber ich stehe immer noch mit meiner früheren Chefin aus meiner Zeit als Werkstudentin in Kontakt. Wir verstehen uns gut, und ab und zu schickt sie mir ein Manuskript, weil sie meine Meinung dazu hören möchte. Letztens hat sie sogar ihr Angebot wiederholt, ganz für sie zu arbeiten.«

»Und denken Sie darüber nach, es anzunehmen?«, fragte er mit aufrichtigem Interesse. »Vier Jahre sind eine lange Zeit, da kann sich einiges ändern.«

Ich schlang die Arme um meinen Oberkörper und schüttelte den Kopf. »Mein Platz ist hier, bei meinem

Großvater. Er verlässt sich auf mich, er hat mir die Büchertruhe *geschenkt.* Sein Lebenswerk. Wie könnte ich ihn da im Stich lassen?« Ich verstummte, irritiert darüber, dass ich ihm, einem Fremden, so intime Dinge über mich anvertraute.

Kai schwieg einen Moment. »Weiß er von dem Jobangebot?«, fragte er dann behutsam.

Ich schüttelte den Kopf. »Nein, das möchte ich auch nicht. Mir ist klar, wie er reagieren würde. Er würde sagen: ›Geh, meine Kleine, wenn es dein Wunsch ist, ich komme zurecht.‹ Aber in Wahrheit würde es ihm das Herz brechen.« Ich atmete tief durch und setzte ein Lächeln auf. »Um Ihre Frage zu beantworten: Es war vielleicht nicht mein Traum, Buchhändlerin zu werden. Aber es ist ein gutes Leben. Und jetzt genug von mir«, sagte ich entschieden. »Sie sind der erste Archäologe, dem ich begegne. Verraten Sie mir: Was ist das Allerschönste an Ihrem Beruf?«

Kai sah mich unverwandt hat. Einen Wimpernschlag lang rechnete ich damit, dass er weiter nachhaken würde, doch dann entschied er sich offenbar anders. »Das Allerschönste …«, wiederholte er nachdenklich. »Ich glaube, das Allerschönste ist das Überraschende. Natürlich nicht jeden Tag, aber doch relativ häufig begegnen uns Funde, die zu gänzlich neuen Erkenntnissen führen und manchmal sogar lange vertretene Lehrmeinungen revidieren. Und ich freue mich, wenn mein Team und ich dazu beitragen können.« Er lächelte. »Dann bin ich ganz stolz auf meine Leute.«

Ein Wind kam auf, und ich schlang die Arme fester um mich. »Ist Ihnen kalt?«, fragte Kai besorgt. Ohne meine Antwort abzuwarten, zog er seinen Pullover in einer fließenden Bewegung über den Kopf und reichte ihn mir. Darunter trug er ein graues T-Shirt, das seine breiten Schultern betonte.

Unfähig, etwas zu entgegnen, griff ich nach dem Kleidungsstück und schlüpfte hinein. Der Pullover war viel zu groß, aber wunderbar weich und warm, und er roch so gut, dass ich am liebsten meine Nase darin vergraben hätte. Unwillkürlich streckte Kai eine Hand nach meinem Gesicht aus, doch auf halber Strecke hielt er verlegen inne und zog sie dann wieder zurück. »Ihr Haar«, murmelte er, und plötzlich wurde mir bewusst, dass er dieselbe Anziehung verspürte, die auch ich in seiner Nähe empfand. Der Gedanke jagte wie ein Stromstoß durch meinen Körper. Fahrig strich ich mir die vorwitzige Locke, die meine Wange kitzelte, hinters Ohr.

»Besser?«, fragte ich, und er nickte wortlos.

Plötzlich hörte ich das Knacken eines Zweiges aus unmittelbarer Nähe. Erschrocken fuhr ich herum und erkannte Max, Avas Labrador, der schwanzwedelnd auf mich zugestürmt kam. Hinter ihm folgte Ava, die uns eine Entschuldigung zurief. Reflexartig rückte ich ein Stück von Kai ab. Als Max mich erreicht hatte, leckte er mir zur Begrüßung über die Hand, und ich erwiderte seine Zuneigungsbekundung, indem ich ihn zärtlich hinter den Ohren kraulte. »Ja fein, du Süßer. Du bist ja so ein Braver«, verfiel ich in die Babysprache, die Menschen Hunden gegenüber so häufig an den Tag legten, was mir einen belustigten Seitenblick von Kai einbrachte.

»Tut mir leid«, sagte Ava. »Ich habe euch nicht rechtzeitig gesehen, sonst hätte ich Max an die Leine genommen.«

Sie verhielt sich, als sei es das Normalste der Welt,

mich zu dieser späten Stunde in Gesellschaft des fremden Archäologen auf einer Bank am Fluss vorzufinden, wofür ich ihr sehr dankbar war.

»Das ist kein Problem«, erwiderte ich und streichelte über das weiche Hundefell. »Du weißt doch, wie lieb ich Max habe.« Lächelnd sah ich von ihm zu Ava. »War es schön im *Kiepenkerl?* Und ist Großvater jetzt zu Hause?«

Ava nickte. »Wir haben uns vor einer halben Stunde verabschiedet.« Sie wandte sich an Kai. »Ich bin übrigens Ava«, stellte sie sich ihm vor. »Ihre Veranstaltung vorhin hat mir sehr gefallen.«

»Vielen Dank«, erwiderte Kai erfreut. »Ich hoffe, wir konnten Ihre Fragen beantworten.«

»Eine hätte ich tatsächlich noch: Was vermuten Sie, wie die Goldmünze nach Herzbach gelangt ist?«

Kai zuckte mit den Schultern. »Zu der Zeit von Konstantin dem Großen gab es im römischen Heer viele Germanen. Auch unter den Offizieren. Es lohnte sich, denn wer sich verdient machte, konnte als reicher Mann in seine Heimat zurückkehren.«

Beim Klang von Kais Stimme wandte Max seine Aufmerksamkeit von mir ab. Er lehnte sich gegen Kais Beine und wurde mit einer Streicheleinheit belohnt. Kai hatte ausgesprochen schöne Hände. Schlank und feingliedrig. Hingerissen sah ich zu, wie sie über Max' Fell strichen.

»Vielleicht gehörte unser Goldmultiplum einem germanischen Offizier, der es nach dem Ende seiner Militärzeit hier vergrub.«

»Einem germanischen Offizier?«, schaltete ich mich nun in die Unterhaltung ein.

Kai nickte. »Er könnte ein *dux limitis* gewesen sein, also der Militärkommandeur einer Provinz, vielleicht einer

Grenzprovinz zu Germanien, der die Goldmünze als Auszeichnung geschenkt bekommen hat.«

Beeindruckt sah ich Kai an. Während er sprach, schwang in seiner Stimme eine Begeisterung mit, die mir zeigte, wie sehr er seine Arbeit liebte. Darin erinnerte er mich an meinen Großvater. Der klang genauso, wenn er über seine Bücher sprach. Ein warmes Gefühl breitete sich in meiner Brust aus.

»Die Münze an sich ist schon eine Sensation«, fuhr Kai fort. »Wenn wir noch mehr finden, wäre das ein unfassbares Glück.«

Ava betrachtete ihn aufmerksam. »Sie haben vorhin von Ihren Untersuchungsmethoden erzählt. Sie hörten sich zum Teil sehr futuristisch an.«

Kai grinste, ganz und gar in seinem Element. »Wenn Sie die Geräte sehen könnten, wären Sie überrascht. Eines sieht wie ein altertümlicher Handkarren aus. Daran sind Sonden befestigt, die das Magnetfeld der Erde messen und kleinste Anomalien feststellen, wie sie zum Beispiel durch Grabungen verursacht wurden. So wird alles unter der Oberfläche sichtbar: Alte Feuerstellen, Mauerreste, Gräber oder eben ein Loch, das jemand in der Vergangenheit gegraben hat, um darin eine Münze oder gar einen Schatz zu verstecken.«

Mir blieb die Luft weg. Schockiert starrte ich Kai an. Sie konnten *unter* die Erde sehen? Das hatte ich auf der Versammlung anders verstanden. Die Erleichterung, die ich bis eben empfunden hatte, verpuffte und machte erneut einem Gefühl von Machtlosigkeit und Angst Platz. Vor meinem inneren Auge tauchte Irenes Gesicht auf. Sie war niemals über den Verlust ihres Verlobten hinweggekommen. Wenn sich nun herausstellte, dass mein

Großvater all die Jahre über die Geschehnisse von damals Bescheid gewusst hatte, würde sie ihm das niemals verzeihen. Und nicht nur Irene würde ihm ihre Freundschaft entziehen. Ganz Herzbach würde es tun. Mein Großvater würde alles verlieren, was ihm wichtig war.

Das durfte ich nicht zulassen! Die Gedanken in meinem Kopf überschlugen sich. Wie aus weiter Ferne hörte ich, wie sich Ava und Kai weiter über die anstehenden Untersuchungen unterhielten. Sie waren so in ihr Gespräch vertieft, dass sie meinen inneren Kampf nicht bemerkten. Unwillkürlich kam mir in den Sinn, was Nadine vorhin über Hannah gesagt hatte. *Gibt es irgendetwas, das wir tun können, damit sie schneller wieder geht?*

Mit bangem Herzen studierte ich Kais Gesicht. Ich wollte nicht, dass er Herzbach verließ, aber wenn er blieb, bestand die Möglichkeit, dass er mit seiner Arbeit meinen Großvater in Gefahr brachte. In meinem Magen bildete sich ein harter Knoten. In was für einen Schlamassel war ich da nur hineingeraten? Und warum blieb Ava so ruhig? Begriff sie nicht, was auf dem Spiel stand?

Ava klopfte Max auf den Rücken. »Das war sehr interessant«, sagte sie zu Kai. »Aber jetzt haben wir euch wirklich lang genug aufgehalten. Komm, Max, reiß dich los!«

Der Labrador leckte Kai und mir noch einmal über die Hand, bevor er sich brav an die Seite seines Frauchens gesellte. Für den Bruchteil einer Sekunde saß ich regungslos da. Dann sprang ich auf und rief: »Warte auf mich, ich komme mit.« An Kai gewandt, stammelte ich: »Es ist schon spät, und ich bin sehr müde.« Plötzlich fiel mir ein, dass ich noch seinen Pullover trug. Hastig streifte ich ihn mir über den Kopf und reichte ihn Kai. Der wirkte überrascht und enttäuscht über meinen abrupten Aufbruch, aber im nächsten Moment hatte er sich wieder im Griff und lächelte. »Natürlich. Ich bleibe noch und genieße den Ausblick. Auf Wiedersehen, es hat mich gefreut, Amelie und Ava.«

»Dieser Kai Behrends ist ein charismatischer Mann«, meinte Ava, als wir zusammen den Heimweg einschlugen. Ich murmelte etwas Unverständliches. Ava hakte sich bei mir unter. »Du magst ihn«, stellte sie fest und wiederholte dabei unwissentlich Nadines Worte.

»Ja«, gab ich zu, weil alles andere unglaubwürdig geklungen hätte.

»Warum bist du dann nicht noch ein wenig dageblieben?«, erkundigte sie sich.

Ich schwieg einen Moment. Wie sollte ich ihr erklären, was in mir vorging? Ich konnte ihr ja schlecht von meiner Furcht berichten, dass Kais Arbeit sie und meinen Großvater gefährdete. Ein Umstand, der Ava offenbar entging, Kai aber dennoch zum Gegner machte, auch wenn ich mir das Gegenteil wünschte. Aber selbst wenn es anders wäre, würde sich aus unserem Kennenlernen nichts ergeben. Kai würde nur kurz in Herzbach bleiben. Er lebte und arbeitete in Köln, wenn er nicht in irgendeinem fernen Land den Wüstensand umgrub. »Ich muss morgen früh raus«, antwortete ich das Erstbeste, was mir in den Sinn kam. »Und außerdem ist er doch viel zu alt für mich.«

Erstaunt runzelte Ava die Stirn. »Zu alt?«

»Ja«, spann ich auf Geratewohl weiter. »Geschätzt liegen zehn Jahre zwischen uns, und das, wo Männer eine viel kürzere Lebenserwartung haben.«

Avas Lachen erfüllte die Nacht. »Du meinst, du wärst

im Handumdrehen Witwe, weswegen du dich besser gar nicht erst auf ihn einlässt.« Immer noch lachend, zog sie mich an sich. »Ich habe dich sehr gern, Amelie, aber ich glaube dir kein Wort.«

Max begann zu bellen und stupste mit seiner Schnauze erwartungsvoll gegen Avas Beine. Wann immer es in seiner Gegenwart zu Umarmungen kam, wollte er mitschmusen. Ava streichelte über seinen Kopf. »Dich mag ich natürlich auch«, ließ sie ihn wissen. Max schloss glücklich die Augen, und ich beneidete ihn um sein Seelenleben, das im Gegensatz zu meinem so einfach war.

15

Hannah Die Luft im Herzbacher Wald roch an diesem Morgen so wunderbar vertraut, dass ich sie in tiefen Zügen in meine Lungen sog. Mein Sinn für Romantik war nicht sonderlich stark ausgeprägt, doch hier erwachte er zum Leben. Das dichte Unterholz, die wilden Beerensträucher und die von Moosen und Flechten überwucherten Wurzeln gaben mir das Gefühl, durch eine Märchenlandschaft zu spazieren. Verstärkt wurde der Eindruck durch den silbernen Tau auf den Blättern, der im Sonnenlicht geheimnisvoll glitzerte. Wir folgten dem geschlängelten Pfad, der uns immer tiefer in den Wald hineinführte. Vor Kai und mir hüpfte Maja Steverding an der Hand ihrer Mutter. Sie hatte die Münze gemeinsam mit ihren Brüdern gefunden und war begeistert von der Aussicht, uns den Fundort zeigen zu dürfen. Die Kleine war so aufgeregt, dass ihr Mund nicht eine Sekunde geschlossen blieb, und ihre glockenhelle Stimme vermischte sich mit dem Gesang der Vögel zu einer sommerlichen Melodie. Das Kind strahlte so viel Unbeschwertheit und Leichtigkeit aus, dass es eine Freude war, ihm zuzusehen. Mit Sara und Alex, die hinter uns gingen, war unsere kleine Expedition komplett.

Als wir die sonnige Lichtung erreichten, blieben wir wie auf ein geheimes Zeichen hin stehen und sahen uns um. Niemand sagte ein Wort. Sogar Maja war mit einem Mal still wie ein Mäuschen. Es war ein erhabener Moment. In diesem Augenblick war alles möglich. Die Zukunft lag vor uns wie ein unbeschriebenes Blatt. Morgen, wenn der Metalldetektor zum Einsatz kam, würden wir anfangen, Fakten zu schaffen, doch heute durften wir träumen. Vor mir erschien das Bild eines tapferen Kriegers, in dessen Gesicht die Jahre im Feld deutliche Spuren hinterlassen hatten. Nach dem Ende seiner Militärkarriere kehrte er in seine germanische Heimat zurück, und jetzt stand er hier, in der Abenddämmerung auf dieser Lichtung, und sah sich um. Zu seinen Füßen die Reichtümer, die er während seiner Zeit im römischen Heer angesammelt hatte. Ich versuchte die Lichtung mit seinen Augen zu sehen, streifte die hohen Bäume ringsherum, das Dickicht, den federnden Waldboden.

Plötzlich zupfte mich jemand an der Hand. Es war Maja. Mit erwartungsvollen Augen sah die Kleine zu mir hoch. »Soll ich dir jetzt zeigen, wo wir die Münze gefunden haben?«

Ich lächelte sie an. »Sehr gerne.«

Maja strahlte, wobei eine große Zahnlücke zwischen ihren Vorderzähnen sichtbar wurde. »Dann los«, quietschte sie begeistert und griff erneut nach meiner Hand. Über ihre Schulter sah sie sich nach Kai um. »Du musst auch mitkommen! Mama, Alex und Sara kennen das Versteck schon.«

Wie vertrauensselig die Kleine doch war, ging es mir durch den Kopf, als ich ihr warmes Händchen umfasste. Ob ich jemals so gewesen war? Ich erinnerte mich nicht. Maja führte uns zu einer mächtigen Eiche, deren Äste bis auf den Boden hingen. Das kräftige Wurzelwerk war mit dichtem Moos überwachsen. Unvermittelt ließ das Mädchen mich los, kniete sich hin und schaufelte in Windeseile Erde, Blätter und Rindenstücke beiseite. Anschließend sprang Maja mit dreckverschmierten Händen auf. Mit triumphierender Miene wies sie auf die Öffnung, die im Wurzelwerk sichtbar geworden war.

Kai und ich wechselten einen schnellen Blick, dann nahm ich meine Stabtaschenlampe zur Hand und leuchtete hinein. Die Höhle war klein, der Boden mit Resten von Samen und Nüssen bedeckt. Vermutlich hatte sie einem Waldbewohner als Nahrungshort gedient. Es war unwahrscheinlich, dass es sich hierbei um das Originalversteck handelte. Unser germanischer Offizier hatte das Goldmultiplum nach seiner Rückkehr woanders vergraben, und von dort war es dann – vermutlich durch ein Tier – in die kleine Höhle gelangt.

Obwohl ich anhand von Alex' Schilderungen bereits davon ausgegangen war, spürte ich einen Anflug von Enttäuschung. Denn das bedeutete, dass der Rest des Schatzes, wenn es ihn denn gab, überall vergraben sein konnte. Hier auf der Lichtung oder an jedem anderen Ort im Wald. Vielleicht sogar auf einem der zahlreichen Äcker, Wiesen und Felder, die unmittelbar angrenzten.

»Niemand hat behauptet, es würde leicht werden«, raunte Kai mir zu, als hätte er meine Gedanken gelesen, »aber dann würde unser Beruf auch nur halb so viel Spaß machen.« Trotz seiner dunklen Haare erinnerte er mich in diesem Moment stark an Harrison Ford in *Indiana Jones.* Es fehlte nur der Schlapphut.

~

»Was ist eigentlich mit dieser Amelie? Wolltest du sie nicht heute Abend zum Essen einladen?«, erkundigte ich mich, als Kai und ich später in meinem Hotelzimmer auf dem Boden saßen, vor uns die Karten und Aufnahmen des Waldgebietes, die Alex uns zur Verfügung gestellt hatte. Kai blickte von dem Luftbild auf, das er soeben studiert hatte. Neben ihm stand der Laptop, in den er schon zahlreiche Daten eingegeben hatte. »Es hat sich leider keine Gelegenheit ergeben, sie zu fragen«, antwortete er bedauernd. »Dabei habe ich sie gestern Abend sogar noch getroffen.«

»Ach wirklich? Wo denn?«

»Ganz romantisch auf einer Bank am Flussufer. Ich habe einen Spaziergang gemacht, und da saß sie da und schaute aufs Wasser. Wir haben uns sehr nett unterhalten, bis eine Dorfbewohnerin namens Ava auftauchte. Plötzlich war Amelie wie ausgewechselt. Als die Frau sich verabschiedete, ist Amelie mit ihr gegangen.« Er runzelte die Stirn. »Vielleicht hatte Amelie Angst, diese Ava könnte Gerüchte über uns in die Welt setzen, wenn sie noch länger bei mir blieb. Allerdings hat die Frau nicht gerade den Eindruck einer Klatschtante auf mich gemacht«, setzte er nachdenklich hinzu.

»Mit der Einschätzung liegst du richtig«, entgegnete ich. »Ich kenne Ava von früher. Sie ist hochanständig und absolut vertrauenswürdig. Ich kann mich an keine Situation erinnern, in der sie sich am Dorftratsch beteiligt hätte. Im Gegenteil. Es gibt vermutlich niemanden in

Herzbach, bei dem ein Geheimnis besser aufgehoben wäre als bei ihr. Von daher muss es einen anderen Grund für Amelies Verhalten geben. Warte, ist vielleicht mein Name gefallen?«, erkundigte ich mich scherzhaft. Ich dachte an die gestrige Szene vor dem Eiscafé. Dort hatte sich die junge Frau auch erst vollkommen normal und natürlich verhalten. Ihre Stimmung war erst umgeschlagen, als sie begriffen hatte, wer ich war. Doch auch wenn ich sie nur kurz kennengelernt hatte, schätzte ich sie als jemanden ein, der sich eine eigene Meinung über Menschen bildete, anstatt auf das Gerede von anderen zu hören. Zumindest waren ihre Großeltern so gewesen, und ich nahm an, dass sie ihre Enkelin ebenso erzogen hatten. Es musste sich also um etwas anderes handeln. Nur, was konnte das sein? Gab es irgendeine persönliche Verbindung zwischen Amelie und mir? Ich erzählte Kai von meinen Überlegungen.

Er lachte auf. »Wenn ich nicht wüsste, dass du Archäologin bist, würde ich spätestens jetzt darauf tippen. Man merkt, dass du es gewöhnt bist, mit den kleinsten Hinweisen zu arbeiten und daraus Rückschlüsse zu ziehen.«

Schmunzelnd griff ich nach der nächsten Luftaufnahme vom Wald und betrachtete sie. »Nur dass ich es sehr viel einfacher finde, den Toten ihre Geheimnisse zu entlocken, als die Lebenden zu verstehen.«

Kai grinste, wurde aber schnell wieder ernst. »Was soll es denn sein, was zwischen dir und Amelie steht? Sie war doch noch ein Kind, als du fortgegangen bist.«

Ich hob die Schultern. »Ich habe nicht die geringste Vorstellung. Aber irgendetwas ist da, das spüre ich.«

Das Klingeln meines Handys ließ mich innehalten.

Aaron!, hoffte ich, und augenblicklich schnellte mein Pulsschlag in die Höhe. Doch es war Lothar Stein, der Direktor der LWL-Archäologie in Münster, der mich anrief. »Ich wollte nur hören, wie euer Tag verlaufen ist«, sagte er. Nachdem ich meine Enttäuschung heruntergeschluckt hatte, erzählte ich ihm von unserer Erkundung am Vormittag, von dem Höhlenversteck am Fuße der Eiche, in dem das Goldmultiplum gelegen hatte, von dem Bild- und Kartenmaterial, das Alexander uns zur Verfügung gestellt hatte, und von unseren Plänen für die nächsten Tage.

»Soll ich euch einen Grabungstechniker zur Unterstützung schicken?«, erkundigte er sich, doch ich lehnte dankend ab. Wenn man Pech hatte, geriet man an einen brummigen Kollegen, und außerdem verfügten Kai und ich selber über die nötigen Fachkenntnisse. Darüber hinaus galt: Je weniger Menschen in die Suche involviert waren, desto besser. Es reichte, dass ein ganzes Dorf Bescheid wusste.

»Dann wünsche ich euch viel Glück und Erfolg für morgen! Halt mich auf dem Laufenden«, bat der Direktor zum Abschied.

Nachdem wir aufgelegt hatten, gab ich Kai das Gespräch wieder. »Du hattest mit Aaron gerechnet«, war alles, was er sagte.

»Woher weißt du das?«, fragte ich resigniert.

Er zuckte mit den Achseln. »Das war nicht so schwer. Mein Neffe hatte an Heiligabend denselben Gesichtsausdruck, als er sein erstes Geschenk auspackte und statt des ersehnten Videogames ein Sachbuch vorfand.«

»Und wie ist er mit der Enttäuschung umgegangen?«

Kai stellte seinen Laptop beiseite und sah mich an. »Er

hat sich artig bei meiner Schwester bedankt und dann ›Onkel Kai, welches Geschenk ist von dir?‹ gefragt.«

Ich musste lachen. »Schlaues Kerlchen.«

Kai nickte stolz. »Das ist er. Und deswegen habe ich ihm auch direkt zwei Spiele gekauft. Meine Schwester hat mich nur strafend angeblickt und dabei die Augen verdreht. Aber hey, wofür ist der Lieblingsonkel denn schließlich da?«

Ich kicherte. »Ich kann mir lebhaft vorstellen, wie Melanie reagiert hat. Als ich damals mit ihr in München zusammenwohnte – bevor du ihr Zimmer in unserer WG übernommen hast –, habe ich mir auch das ein oder andere Augenrollen eingefangen. Wir waren gleich alt, aber häufig kam es mir so vor, als wäre sie die Erwachsene und ich das Kind.«

Kai feixte. »Das Gefühl kenne ich nur zu gut, das geht mir heute noch so.«

Ich machte eine kurze Pause. »Und wie lässt sich die Geschichte von deinem Neffen auf meine Situation übertragen?«

»Keine Ahnung«, gestand Kai. »Aber wenn du das Bedürfnis hast, mit Aaron zu sprechen, dann solltest du ihn anrufen.«

»Ich habe es probiert«, erwiderte ich gequält. »Gestern Abend, als ich wieder auf meinem Hotelzimmer war. Aber es ging nur die Mailbox ran.«

»Hast du ihm eine Nachricht hinterlassen?«

»Kann man so sagen.« Ich zögerte einen Moment. »Ich habe Aaron gebeten, mir meinen Pullover per Post zu schicken, den ich bei ihm vergessen hatte. Sag jetzt bitte nichts«, fügte ich schnell hinzu. »Ich weiß auch so, dass das idiotisch war.« Mein Blick wanderte zum Fenster.

»Aber vermutlich ist es besser so. Sich ein zweites Mal mit demselben Mann zu verabreden bringt nur Ärger.«

»Du klangst schon einmal überzeugender.«

»Ich weiß«, antwortete ich unglücklich.

~

Nachdem wir unsere Arbeit gegen fünf Uhr nachmittags beendet hatten, ging Kai auf sein Hotelzimmer, um ein paar Telefonate zu führen, während ich beschloss, einen Spaziergang durch Herzbach zu unternehmen. Ich griff nach meinem Rucksack, der an der Garderobe hing, stopfte Geldbörse, Handy und Zimmerschlüssel hinein und machte mich auf den Weg.

Draußen empfing mich warmer Sonnenschein. Ich blieb einen Moment vor dem Eingang des Hotels stehen und ließ die Szenerie auf mich wirken. Früher hatte ich den Marktplatz mit seinen bunten Fachwerkhäusern rundherum als selbstverständlich betrachtet und ihm keine nähere Beachtung geschenkt, doch heute begriff ich, warum er auf Touristen so anziehend wirkte.

Die Außenplätze vor unserem Hotel, dem Eiscafé und dem Restaurant waren gut besucht. In den kleinen Geschäften, die den Marktplatz säumten, herrschte ein reges Kommen und Gehen. Kinder jagten einem Fußball hinterher, und überall standen Menschen in Grüppchen zusammen und plauderten miteinander. Ihre fröhlichen Stimmen wehten zu mir herüber. Für einen Moment hatte ich erwartet, dass sich alle Köpfe zu mir umdrehen würden, sobald ich mich auf dem Dorfplatz zeigte, doch die Sorge erwies sich als unbegründet. Ich musste über mich selbst lächeln. Bestimmt verband der ein oder andere Herzbacher nicht die besten Erinnerungen mit meinem Namen, doch anzunehmen, dass sie den ganzen Tag nur darauf warteten, mich abzupassen, um mich mit den Ereignissen von damals zu konfrontieren, war schon ziemlich überheblich. Schließlich drehte sich die Welt nicht allein um mich.

Ich schulterte meinen Rucksack und setzte mich in Bewegung. Neben dem Eiscafé lag die Meisterwerkstatt, in der die berühmten Löwenstein-Geigen gebaut wurden. Schon als Jugendlicher hatte Jascha jede freie Minute genutzt, um seinem Vater zur Hand zu gehen. Während alle anderen Kinder ihren Berufswunsch beinahe wöchentlich wechselten und von einem Leben als Arzt, Feuerwehrmann oder Pilot träumten, war für Jascha immer klar gewesen, dass er Geigenbauer werden wollte. Und das nicht irgendwo, sondern hier in Herzbach in der väterlichen Werkstatt.

Versonnen betrachtete ich das Schild über dem Eingang. Der Name *Löwenstein* war eine Marke, die Musikliebhaber auf der ganzen Welt kannten. Die Familie musste keine Werbung für ihre Instrumente machen. Dass die Geigen von den berühmtesten Violinisten der Welt gespielt wurden, war Aushängeschild genug. Hinzu kam, dass Jaschas Schwester Sophie früher ein musikalisches Wunderkind gewesen war, das die größten Konzertsäle gefüllt hatte. Natürlich hatte Sophie ebenfalls auf einer Löwensteingeige gespielt.

Vollkommen in meine Gedankenwelt versunken, bemerkte ich zunächst gar nicht, dass sich die Tür der Werkstatt öffnete. Erst als ein großer, blonder Mann auf der Schwelle erschien und erstaunt meinen Namen sagte, registrierte ich, dass Jascha vor mir stand. Ich wurde stocksteif und starrte ihn an. Tausende Male hatte ich mir ein

Wiedersehen mit ihm ausgemalt, hatte mich bang und voller schlechtem Gewissen gefragt, wie distanziert und frostig es auf einer Skala von eins bis zehn verlaufen würde, doch alles, was ich in Jaschas Gesicht erkannte, war ehrliche Freude.

»Hannah«, sagte er erneut. Mit drei langen Schritten war er bei mir und schloss mich in die Arme. Er roch noch genauso wie damals, nach Holzstaub und Wald und grünem Gras, und in diesem Augenblick wurde mir klar, dass ich ihn vermisst hatte. Denn lange bevor wir ein Paar wurden, waren wir Freunde gewesen. Wir waren gemeinsam aufgewachsen, hatten unsere Kindheit zusammen verbracht und unsere Geheimnisse miteinander geteilt. Mit dem Tag, an dem unsere Beziehung in die Brüche ging, endete auch unsere Freundschaft. Und das erfüllte mich mit Bedauern.

»Hallo, Jascha«, antwortete ich, nachdem wir uns ein wenig ungelenk voneinander gelöst hatten. Ein paar Sekunden lang betrachteten wir einander von oben bis unten. Jascha hatte sich kaum verändert. Er war noch genauso gut aussehend und athletisch wie früher. Einzig ein paar Fältchen auf der Stirn und um die Augen wiesen auf die vergangenen Jahre hin. Plötzlich kam ich mir dumm vor. Wie hatte ich nur annehmen können, dass er mich mit Verachtung strafen würde? Jaschas Lächeln war so offen und zugewandt wie immer.

»Ich habe gehört, dass du kommst«, meinte er mit einem Augenzwinkern. »Tatsächlich bin ich überrascht, dass wir uns erst jetzt über den Weg laufen. Wo hast du gesteckt? Hast du dich in deinem Hotelzimmer verbarrikadiert?«

»So in etwa«, lachte ich. »Ich habe mir Karten und Bilder vom Wald angesehen. Morgen gehen wir die Lichtung mit einer Metallsonde ab.«

Ein interessiertes Funkeln trat in Jaschas Augen. »Wie spannend! Du hast nicht zufällig Lust auf einen kleinen Spaziergang, um mir die Details zu erzählen? Ich konnte leider nicht zu eurer Versammlung gestern Abend kommen, von daher bin ich nicht auf dem neuesten Stand.«

Ich nickte, während ich mit einer Mischung aus Freude und Erstaunen dachte, wie einfach Jascha es mir machte. Hier standen wir und plauderten, als sei zwischen uns nie etwas vorgefallen.

Begleitet vom Gesang der Vögel, gingen wir ein Stück am Fluss entlang, bis wir mein Elternhaus in der Nähe der alten Mühle erreichten. Wie auf eine geheime Absprache hin blieben wir stehen. Es war ein merkwürdiges Gefühl, das Haus nach all der Zeit wiederzusehen. Zum einen wirkte der Anblick beinahe schmerzhaft vertraut mit dem hübschen Fachwerk, den blauen Fensterläden und der geschnitzten Jahreszahl unter dem Dach, zum anderen war er vollkommen verändert. Die jetzigen Besitzer hatten den eher zweckmäßigen Vorgarten meiner Kindheit in einen Traum aus Blüten und Farben verwandelt, inklusive umhersurrender Bienen und fröhlich tanzender Schmetterlinge.

Ich spürte, wie Jascha mich von der Seite anschaute. »Wie fühlt es sich an, wieder hier zu sein?«, erkundigte er sich einfühlsam.

Ich ließ mir Zeit mit meiner Antwort. »Besser, als ich gedacht hätte«, gestand ich dann. Ich holte tief Luft und wandte mich ihm zu. »Es tut mir leid, wie das damals mit uns auseinandergegangen ist«, platzte ich heraus. »Ich habe dich schrecklich behandelt und mich niemals dafür entschuldigt. Auch wenn es viel zu spät ist, möchte ich das jetzt nachholen. Es tut mir leid.« Ich legte den Kopf schief. »Verzeihst du mir, Jascha?«

Er zögerte keine Sekunde. »Es gibt nichts zu verzeihen, Hannah.«

Ungläubig starrte ich ihn an. »Ich habe dir das Herz gebrochen, und du sagst, es gibt nichts zu verzeihen?«

Jascha lachte das unbeschwerte Jungenlachen, an das ich mich von früher erinnerte. »Du bist ganz schön von dir eingenommen.«

Jetzt musste ich auch lachen. »Dann stimmt es gar nicht? Sag nicht, ich habe mir all die Jahre umsonst Vorwürfe gemacht.« Spielerisch boxte ich ihm gegen die Schulter.

»Aua«, rief er grinsend und rieb sich den Arm, wurde aber augenblicklich wieder ernst. »Du warst meine erste große Liebe, die vergisst man nicht so leicht. Aber wir sind zusammen aufgewachsen, Hannah, ich kannte dich in- und auswendig und habe immer gewusst, dass es dich in die große weite Welt zieht. Ich wiederum wollte nie etwas anderes, als hier zu sein. Als du nach München gingst, war ich eine Zeit lang sehr traurig. Natürlich war ich das.« Er zögerte, dann sprach er mit leiser Stimme weiter. »Aber nicht so sehr, dass ich deinetwegen Herzbach aufgegeben hätte.« Er verstummte. Aus seiner Miene konnte ich ablesen, dass er sich fragte, ob er mich mit seinem Bekenntnis verletzt hatte.

Ein warmes Gefühl der Zuneigung stieg in mir hoch. Das war so typisch für Jascha. Ich hatte ihn eiskalt abserviert, und anstatt mir die Sache vorzuhalten, machte er sich um mich Gedanken. »Ich schätze, dann sind wir jetzt wohl quitt«, sagte ich scherzhaft.

Er lächelte. »Das finde ich auch. Freunde?«, fragte er und hielt mir seine Hand hin.

»Freunde«, erwiderte ich und schlug ein. Aus einem spontanen Impuls heraus umarmte ich ihn erneut. Es fühlte sich gut an, auf eine kumpelhafte Weise. Ein Geräusch aus unmittelbarer Nähe ließ uns aufhorchen. Ich fuhr herum und erhaschte einen Blick auf eine rundliche Frau mit schwarzem, nach außen geföhntem Bob, die mit eiligen Schritten davoneilte. Biene, ausgerechnet sie.

»Mist«, entfuhr es Jascha. »Ich wette, sie hat uns gesehen.« Er fuhr sich mit beiden Händen durchs Haar. »In einer halben Stunde weiß das ganze Dorf, dass wir uns umarmt haben. Falls sie uns nicht vorher schon auf dem Marktplatz beobachtet hat.«

»Bekommst du Ärger mit deiner Frau?«, erkundigte ich mich besorgt.

Jascha verzog das Gesicht. »Ich bin nicht verheiratet. Aber ich habe eine Freundin, Nadine. Sie ist sowieso schon total eifersüchtig auf dich, und wenn sie hört, dass wir uns vor deinem Elternhaus in den Armen lagen, oder wie malerisch Biene unsere Zusammenkunft auch immer ausschmücken mag, wird sie am Boden zerstört sein.«

Ich riss die Augen auf. »Deine Freundin ist eifersüchtig? Auf mich? Warum das denn?«

Er seufzte. »Sie hat die alten Geschichten gehört. Dass ich nie über dich hinweggekommen sei. Und jetzt wird sie davon überzeugt sein, dass sie der Wahrheit entsprechen, auch wenn dem nicht so ist. Ich liebe Nadine, und ich möchte mit keiner anderen Frau zusammen sein.«

Ratlos blickte ich ihn an. »Was willst du tun? Wollen

wir versuchen, Biene einzuholen und die Sache klarzustellen? Oder möchtest du zu Nadine und mit ihr reden, bevor sie es von jemand anderem hört?«

Jascha rieb sich das Gesicht. »Du kennst doch Biene. Nichts, was wir sagen oder tun, wird sie daran hindern, ihre Sicht der Dinge in die Welt zu posaunen.« Ein schiefes Lächeln erschien um seinen Mund. »Sie verzichtet lieber auf einen guten Freund als auf ein gutes Gerücht.« Er atmete tief durch. »Und was Nadine angeht …« Jascha brach ab und schüttelte den Kopf. »Es ist gerade ein wenig kompliziert zwischen uns. Ich werde später mit ihr reden.«

Seine Miene verriet deutlich, dass er nicht über das Vorgefallene sprechen wollte, deshalb hakte ich nicht weiter nach. »Was hältst du davon, wenn wir zum See gehen?«, fragte ich, um ihn abzulenken. »Da würde ich gerne hin. Und auf dem Weg erzähle ich dir dann alles über die Goldmünze und unsere Pläne für die nächsten Tage.«

Jaschas Gesicht hellte sich auf. »Das ist eine großartige Idee.«

Wir setzten uns wieder in Bewegung. »Am Sonntag dachte ich übrigens, ich hätte dich auf der Kölner Domplatte gesehen«, erzählte ich ihm. »Vor dem Eiswagen stand ein Mann, der dir zum Verwechseln ähnlich sah.«

Jascha schaute mich von der Seite an. Seine Miene zeigte Verblüffung. »Nicht dein Ernst«, rief er. »Das war ich tatsächlich. Nadine und ich haben Freunde in Köln besucht.« Ungläubig schüttelte ich den Kopf. »Das gibt es doch gar nicht! Was für ein Zufall.« Jascha lächelte. »Die Welt ist eben doch ein Dorf.«

16

Amelie »Träumst du?«, erkundigte sich mein Großvater und wedelte mit seiner Hand vor meinem Gesicht herum.

Verwirrt blickte ich ihn an. »Bitte?«

Mein Großvater schmunzelte. »Was ist denn heute mit dir los, meine Kleine? Ich habe dich schon zweimal angesprochen, aber du hast nicht reagiert.«

Ich blinzelte ein paarmal, während ich mühsam in die Gegenwart zurückkehrte. Es war später Nachmittag, und ich war gerade damit beschäftigt, die neu eingetroffenen Henry-Miles-Romane auf dem Tisch mit den Bestsellern aufzustapeln, als mir die gestrige Szene mit Kai erneut durch den Kopf ging. Ich hatte mich so wohl mit ihm gefühlt auf der Bank am Fluss. Ihm persönliche Dinge anvertraut, obwohl wir uns kaum kannten. Und wie bewusst ich mir seiner Nähe gewesen war, wie mein Körper auf ihn reagiert hatte … auch das war eine Erfahrung, die neu für mich war. Ich hatte mir nie viel aus Sex gemacht. In meinen früheren Beziehungen hatten für mich andere Dinge im Vordergrund gestanden – Freundschaft, Zuneigung und Vertrauen – doch gestern hatte ich ein so heftiges Verlangen gespürt, dass es mich erschrocken hatte.

Dann war Ava aufgetaucht und hatte Kai Fragen über seine Arbeit gestellt. Seine Antworten hatten wie eine kalte Dusche auf mich gewirkt. Er und Hannah würden der Lichtung mit ihrem archäologischen Werkzeugkoffer zu Leibe rücken, und wenn unter dem Waldboden tatsächlich ein Grab lag, dann würden sie es aufspüren. Es war nur noch eine Frage von Tagen, bis die Lichtung ihre Geheimnisse preisgab, und der Gedanke, nichts dagegen tun zu können, war für mich unerträglich. Und so hatte ich beinahe die ganze Nacht wach gelegen, mich von einer Seite auf die andere gewälzt und mir schreckliche Sorgen um meinen Großvater gemacht. Aus diesem Grund war ich heute müde und erschöpft. Es war zum Verzweifeln. In dem Bemühen, mir nichts anmerken zu lassen, wandte ich mich meinem Großvater zu. »Ich habe nur schlecht geschlafen letzte Nacht. Es war so warm in meinem Zimmer.«

»Du wirst doch nicht krank?«, fragte er und legte mir eine Hand auf die Stirn. »Fieber hast du jedenfalls nicht.«

»Mach dir keine Sorgen um mich, du hast mich nicht angesteckt. Ich bin nur ein wenig übernächtigt, das ist alles.« Ich straffte die Schultern. »Was wolltest du mir denn nun eigentlich sagen?«

Mein Großvater räusperte sich. »Ich wollte dir erzählen, dass ich Nadine getroffen habe. Sie möchte heute Abend einen Kuchen für dich backen. Du sollst ihr Bescheid geben, ob du lieber Apfel oder Kirsche möchtest.« Er legte kummervoll die Stirn in Falten und fuhr fort: »Ich habe den Eindruck, dass sie etwas bedrückt. Nadine hat sonst immer so gute Laune, aber vorhin hat sie ein

Gesicht wie sieben Tage Regenwetter gemacht. Wenn ich so darüber nachdenke: Gestern war es genauso. Da hat sie auch ausgesehen, als könne sie jeden Moment in Tränen ausbrechen.«

»Nadine hat Liebeskummer«, vertraute ich ihm an, weil ich wusste, dass ihm meine beste Freundin am Herzen lag und die Information bei ihm gut aufgehoben war. »Sie und Jascha haben sich gestritten. Und jetzt ist auch noch Hannah in Herzbach, Jaschas erste große Liebe.«

Dass es bei dem Streit der beiden um Hannah ging, weil Nadine aus Eifersucht die Nachrichten in Jaschas Handy hatte lesen wollen, verriet ich ihm natürlich nicht.

»Ich verstehe«, antwortete mein Großvater. »Dabei muss das Mädchen sich gar keine Gedanken machen. Das sieht doch ein Blinder, dass Jascha nur Augen für Nadine hat!«

Das Glöckchen über dem Eingang erklang, und zwei Frauen um die fünfzig betraten den Laden. Der Ähnlichkeit ihrer Gesichter zufolge handelte es sich um eineiige Zwillinge. Einen Gruß murmelnd, steuerten sie zielstrebig auf den Tisch zu, auf dem ich gerade die Exemplare von *Dark Secrets* arrangiert hatte. Mit großen Augen sahen mein Großvater und ich zu, wie sie ein Buch nach dem anderen in ihren Armen anhäuften, bis ihnen der Stapel bis zum Kinn reichte.

»Dürfen wir so viele kaufen, wie wir wollen?«, erkundigte sich eine der beiden eifrig.

»Sagen wir mal: so viele Sie tragen können«, erwiderte mein Großvater charmant und bückte sich nach dem Roman, der ihr soeben auf den Boden gefallen war.

Nachdem die Schwestern mit ihren Einkäufen gegangen waren, wechselten mein Großvater und ich einen Blick. »Wir müssen die nächste Bestellung aufgeben«, stellte ich fest. »Der Paketbote flucht schon. Es wäre wirklich einfacher, er dürfte mit seinem Wagen bis zur *Büchertruhe* vorfahren.«

Mein Großvater legte liebevoll einen Arm um mich. »Man kann eben nicht alles haben«, sagte er mit einem weisen Lächeln.

~

»Ich nehme Kirsche«, meinte ich zu Nadine, als sie wie jeden Dienstag um kurz nach sechs aus der Apotheke trat. Ich hatte auf dem Rand des Brunnens auf sie gewartet, dabei die Sonnenstrahlen genossen, die mein Gesicht wärmten, und an meinen Yogakurs gedacht, der am Abend stattfand. Darauf freute ich mich aufrichtig. Vielleicht würde ich in der Stunde ein wenig Entspannung bekommen, nach der ich mich so dringend sehnte. Als ich Nadine bemerkt hatte, war ich aufgesprungen und zu ihr geeilt.

»Gute Wahl«, erwiderte Nadine und drückte mich kurz an sich. »Die Kirschen aus meinem Garten sind dieses Jahr besonders süß.«

Ich musterte meine Freundin mit prüfendem Blick. Die dunklen Schatten unter ihren Augen deuteten darauf hin, dass sie letzte Nacht ebenfalls nicht gut geschlafen hatte.

»Hast du mit Jascha gesprochen?«, fragte ich sie.

Traurig schüttelte Nadine den Kopf. »Er ist nicht rangegangen und hat auch nicht zurückgerufen. Was soll ich nur machen, Amelie? Er hält mich doch eh schon für eine Stalkerin, da will ich ihn nicht in der Werkstatt überfallen. Außerdem bekommt sein Vater dann alles mit. Das möchte ich nicht.«

In diesem Moment bemerkte ich Biene, die quer über den Dorfplatz auf uns zusteuerte. Die füllige Friseurin war außer Atem, als sie uns erreichte. Auf ihrer Stirn funkelten Schweißperlen. »Gut, dass ich euch beide treffe«, schnaufte sie. Sie holte ein weißes Stofftaschentuch aus ihrer Rocktasche und betupfte sich damit das Gesicht. »Ihr ahnt nicht, wen ich gerade am Fluss gesehen habe.«

Sie wandte sich an Nadine und legte ihr eine Hand auf die Schulter. »Du musst jetzt sehr tapfer sein, mein Kind.«

Nadines Augen weiteten sich vor Schreck. »Warum? Was ist passiert?«, stammelte sie.

Ein zufriedenes Glitzern trat in Bienes dunkle Augen. Sie räusperte sich, um den Moment der Spannung in die Länge zu ziehen.

Mich überkam eine düstere Vorahnung. »Du entschuldigst uns kurz?«, sagte ich zu Nadine und fasste Biene bestimmt am Ellbogen, um sie außer Hörweite zu ziehen.

»Was soll das?«, beschwerte sie sich. Sie rieb sich ihren Arm und sah mich vorwurfsvoll an.

»Es tut mir leid, wenn ich dir wehgetan habe«, erwiderte ich und hielt ihrem empörten Blick stand. »Aber bevor du uns jetzt noch länger auf die Folter spannst, sagst du mir bitte, was du gesehen hast. Unter vier Augen.«

Biene wies mit dem Kinn zu Nadine, die ratlos und mit leichter Panik in der Miene zu uns herüberschaute. »Sie soll es auch hören«, meinte sie bockig. »Immerhin betrifft es sie.«

Ich atmete tief durch. »Nadine geht es gerade nicht so gut, Biene. Ich möchte nicht, dass sie sich aufregt. Von daher erzähl es zuerst mir. Bitte«, setzte ich mit Nachdruck hinzu.

Biene rang einen Moment mit sich, dann gab sie nach. Auch wenn sie Klatsch und Tratsch über alles liebte, und es ihr höchsten Genuss bescherte, diesen nach Herzenslust zu verbreiten, war sie kein boshafter Mensch. »Also schön«, lenkte sie ein und kniff die Augen zusammen. »Ich habe Hannah beobachtet, wie sie sich Jascha an den Hals geworfen hat. Vor ihrem früheren Elternhaus!« In ihrem Gesicht spiegelte sich eine Mischung aus Triumph und ehrlicher Entrüstung.

Verdammt. Ich schloss für einen kurzen Moment die Augen und spürte eine Verspannung im Nacken. Auch wenn ich nach Bienes Eingangsworten bereits mit dem Schlimmsten gerechnet hatte, verursachte mir ihre Enthüllung Kopfschmerzen. Ich fasste mir an die Schläfe. »Was hast du genau gesehen?«, fragte ich matt. Nadine machte einen zögerlichen Schritt auf uns zu. Ich hob eine Hand. »Eine Sekunde noch. Wir sind sofort bei dir«, rief ich ihr hektisch zu, und drehte mich erneut zu Biene. »Also?«

Die Friseurin senkte die Stimme und raunte: »Sie haben sich umarmt. Dann haben sie mich bemerkt und sind erschrocken auseinandergefahren. Ich sag dir, Amelie: Wenn ich nicht dazugekommen wäre, hätten sie sich geküsst!«

Ich musterte sie skeptisch. »Das weißt du doch gar nicht.« Biene verschränkte die Arme vor ihrem üppigen Busen. »Glaubst du, ich bin von gestern? Natürlich hätten sie sich geküsst.«

Ich hatte immer noch meine Zweifel. Jascha und Hannah hatten sich lange nicht gesehen. Ihre Trennung damals war unschön verlaufen. Vielleicht hatten sie sich ausgesprochen und danach freundschaftlich umarmt. Die Möglichkeit erschien mir plausibel, doch ein Blick in Bienes Gesicht verriet mir, dass es keinen Sinn hatte, ihr zu widersprechen. Sie war überzeugt davon, dass sie mit ihrer Theorie richtig lag.

»Okay«, meinte ich. »Wir müssen zu Nadine zurück, sie wird schon ungeduldig.«

Bienes Miene verdüsterte sich. »Die arme Kleine. Sie wird aus allen Wolken fallen, wenn sie hört, dass Jascha sie betrügt. Und dann auch noch mit Hannah. Ich habe es immer gesagt, die Frau ist eiskalt. Warum verschwindet sie nicht einfach wieder dorthin, wo sie hergekommen ist? Diese verflixten Untersuchungen! Die sind an allem schuld. Wenn die nicht wären, hätte Hannah keinen Grund, um hierzubleiben.«

Ich hielt inne. »Kannst du das bitte wiederholen?«, fragte ich.

»Die Frau ist eiskalt.«

»Nein, das andere. Was du zuletzt gesagt hast.«

»Wenn die Untersuchungen nicht wären, hätte Hannah keinen Grund, um hierzubleiben. Meinst du das?«

Ich starrte Biene an. »Das ist die Lösung!«, entfuhr es mir, wobei ich nicht an Nadine, sondern an meinen Großvater dachte.

Biene betrachtete mich mit neuem Respekt. »Du meinst, wir sollen die Untersuchungen verhindern? Damit Hannah abreist und sich nicht mehr zwischen Jascha und Nadine drängen kann?« Sie drohte mir spielerisch mit dem Zeigefinger. »Amelie, Amelie, Amelie. Eine solche Intrige hätte ich dir gar nicht zugetraut.« Ihr Mund verzog sich zu einem listigen Grinsen. »Wie auch immer.

Ich bin dabei!« Schnell brachte sie ihre Gesichtszüge wieder unter Kontrolle und sprach ruhig weiter: »Natürlich tun wir das nur Nadine zuliebe. Nicht, weil wir daran Spaß haben.«

Ich nickte, während die Gedanken in meinem Kopf Achterbahn fuhren. Ich musste nicht tatenlos abwarten, bis die Archäologen unter die Erde schauten. Es gab einen Weg, um meinen Großvater zu schützen. Hannah und Kai würden bald zu ihrem Forschungsprojekt nach Tunesien aufbrechen. Das Fenster, in dem sie ihre Untersuchungen in Herzbach durchführen konnten, war demnach begrenzt. Also brauchten wir nur auf Zeit zu spielen. Neue Zuversicht wallte in mir auf. Hier und heute die Arbeiten zu verzögern hieß natürlich nicht, dass die Angelegenheit damit vom Tisch war, dessen war ich mir bewusst. Die Münze war kostbar. Es würden andere Archäologen kommen, aber damit konnte ich mich beschäftigen, wenn es so weit war.

Jetzt hieß es erst mal, die akute Gefahr abzuwenden. Und wenn wir damit zwei Fliegen mit einer Klappe schlugen und Nadine ein gutes Gefühl bereiteten, dann sollte das mein Gewissen beruhigen. Ich sah Biene fest in die Augen. »Nadine darf nichts davon erfahren«, beschwor ich sie. »Du darfst ihr nicht erzählen, was du beobachtet hast, das würde sie nur unnötig traurig machen. Versprich es mir.«

Für den Bruchteil einer Sekunde schien Biene mit sich zu kämpfen. Sie war süchtig nach Gerüchten. Sie hatte Hannah und Jascha erwischt, wie sie sich umarmten, und jetzt wollte sie die Neuigkeit loswerden. An alle, die ihren Weg kreuzten. »Darf ich jemand anderem davon erzählen?«, erkundigte sie sich mit flehendem Blick.

Schnell schüttelte ich den Kopf. »Das ist zu riskant. Lass uns zunächst einen Plan machen, wie wir Hannah loswerden. Dann überlegen wir, wen wir einweihen.«

»Okay«, stimmte Biene zu und seufzte schwer, um zu demonstrieren, welches Opfer sie brachte. »Ich bin einverstanden, Nadine zuliebe.«

»Womit bist du mir zuliebe einverstanden?«, unterbrach uns Nadine ängstlich. Biene und ich hatten nicht bemerkt, dass sie sich uns genähert hatte, und schauten sie gleichermaßen erschrocken an.

Ich fasste mich als Erste. »Äh, wir hatten nur gerade darüber gesprochen, dass wir dir zuliebe niemals die neue Apotheke in Mondstein betreten würden, auch wenn sie größer ist und mehr Auswahl hat«, improvisierte ich.

Nadine wirkte wenig überzeugt. Misstrauisch sah sie von mir zu Biene. »Und warum muss ich dann tapfer sein?«, hakte sie nach.

»Tapfer?«, wiederholte ich verständnislos. Nadines Blick wanderte zu Biene. »Sie hat vorhin gesagt, ich müsse jetzt sehr tapfer sein.«

Die Friseurin schnaubte. »Ich bin hier, direkt vor dir. Du musst nicht in der dritten Person von mir sprechen.«

Nadine trat noch einen Schritt näher und sah sie auffordernd an. »Dann sag du es mir, Biene. Warum muss ich tapfer sein?« Biene hob das Kinn. »Na, wegen der neuen Apotheke«, behauptete sie. »Ich habe auf dem Weg hierher zwei Leute gesehen, die dort eingekauft haben. Die Tüten haben sie verraten. Die sind mit ihrer lila Aufschrift ja so was von auffällig. Geradezu abartig.« Sie tat so, als würde sie erschaudern. »Aber mach dir keine Sorgen, Nadine! Amelie und ich stehen hinter dir. Wir würden dort niemals hingehen. Unter keinen Umständen.«

Nadine schwieg kurz. »Und das ist alles?«, fragte sie. »Du warst vorhin nur so aus dem Häuschen, weil du zwei Menschen mit Tüten von der Marienapotheke in Mondstein begegnet bist?«

»Es waren sehr große Tüten«, antwortete Biene, ohne eine Miene zu verziehen. »Und sehr lila, wie gesagt.« Sie sah auf ihre Armbanduhr. »Puh, schon so spät. Es war wirklich nett, mit euch zu plaudern, aber ich muss jetzt leider gehen. Siggi wartet zu Hause auf mich. Wir wollten noch zusammen in den Supermarkt.« Mit diesen Worten eilte sie davon.

Stumm sahen Nadine und ich ihr hinterher, wie sie auf ihren pummeligen Beinen davontippelte. Sie war keine zehn Meter weit gekommen, da wurde sie von der Frau des Metzgers abgefangen, die immer für einen Plausch zu haben war. Doch zu meiner Überraschung und Erleichterung blieb Biene nicht stehen, sondern entzog sich dem Gespräch mit einem entschuldigenden Lächeln und setzte ihren Weg fort.

»Ging es wirklich nur um die Apotheke?«, drang Nadines Stimme an mein Ohr.

Ich drehte mich zu ihr und setzte mein unschuldigstes Gesicht auf. »Ja, natürlich.« Ich hakte mich bei ihr unter. »Aber wir waren ganz von dem Kuchen abgekommen, den du heute Abend backen wolltest. Darf ich mich noch einmal umentscheiden? Ich glaube, ich hätte jetzt doch lieber Apfel.«

17

Hannah »Du bist auf einmal so schweigsam«, bemerkte Jascha, während wir durch den Wald spazierten. Der Boden verströmte einen erdigen Geruch, und die hohen Bäume spendeten angenehmen Schatten. Dort, wo die Sonnenstrahlen durch das Blätterdach fielen, flirrte das Licht in einem diffusen Gold. »Wolltest du mir nicht von euren Plänen erzählen?«

Ich nickte gedankenverloren. »Sicher, entschuldige. Ich musste nur gerade an Biene denken. Wenn sie noch genauso ist wie früher, weiß jetzt schon das gesamte Dorf, dass sie uns gesehen hat.« Um den Effekt zu steigern, würde Biene ihre Beobachtung aufbauschen, davon war ich überzeugt. So wurde aus einem freundschaftlichen Drücker eine innige Umarmung, die mit jedem Mal leidenschaftlicher wurde, bis am Ende von Küssen die Rede sein würde. Jaschas Freundin Nadine tat mir leid. Ich hoffte, dass sie selbstbewusst genug war, um dem Klatsch standzuhalten.

Jascha zuckte mit den Achseln. Offenbar hatte er kein Interesse, weiter über Biene zu sprechen. Stattdessen blieb er stehen, um von einem Strauch am Wegrand ein paar wilde Himbeeren zu pflücken. »Hier, probier mal«, sagte er und hielt mir eine Handvoll hin. »Die bringen dich auf andere Gedanken.«

Ich nahm eine der Beeren und steckte sie mir in den Mund. Die Frucht war süß und prall und schmeckte köstlich. Sofort kamen Erinnerungen aus meiner Kindheit hoch. Von endlos langen Sommern, in denen Jascha und ich unsere Tage zusammen verbracht hatten. Wir streiften durch den Wald, fuhren Rad, machten Picknicks, gingen im See baden und ließen uns danach im Sand von der Sonne trocknen. Damals gab es keine Handys, und es war für uns Kinder ganz normal, stundenlang draußen zu sein, sogar für mich, trotz meiner besorgten Eltern.

»Warum lächelst du?«, drang Jaschas Stimme in mein Bewusstsein. Überrascht stellte ich fest, dass er recht hatte. Ich lächelte tatsächlich. »Daran sind die Himbeeren schuld. Sie erinnern mich an unsere gemeinsamen Sommer.« Ein Grinsen ging über Jaschas Gesicht. »Meine Mutter hat immer fürchterlich mit mir geschimpft, weil sie die roten Flecken beim Waschen nicht aus meinen T-Shirts herausbekommen hat. Aber das war die Sache allemal wert.«

Wir erreichten die Lichtung, und ich zeigte ihm die Höhle im Wurzelwerk, in der Maja und ihre Brüder die goldene Münze gefunden hatten. »Kai und ich gehen davon aus, dass ein Tier die Münze ausgegraben hat und sie von dort in das Versteck gelangt ist.«

»Das heißt, der Originalfundort könnte überall sein.«

»Leider ja. Aber irgendwo müssen wir anfangen. Morgen werden wir die Lichtung und das angrenzende Gebiet mit der Metallsonde absuchen. Danach haben wir noch andere Methoden in petto.« Ich schmunzelte. »Ein Gerät ist so unglaublich fein, dass du nichts Magnetisches am Körper tragen darfst, wenn du das Gebiet damit abgehst. Kein Reißverschluss, keine Gürtelschnalle aus Metall, nichts. Entsprechend abenteuerlich gekleidet sind Archäologen, die es benutzen. Es ist immer wieder schön, die Kollegen in ihren ältesten Jogginghosen und Gummistiefeln zu sehen.«

Ein Lächeln blitzte in Jaschas Mundwinkeln auf. »Das kann ich mir vorstellen. Angenommen, ihr findet etwas, wie geht es dann weiter?«

»Bei einem positiven Befund folgt die eigentliche Grabung. Wir haben nur leider nicht viel Zeit dafür, denn eigentlich wären wir jetzt schon in Tunesien, um ein altes römisches Militärlager zu untersuchen.«

»Eigentlich? Was ist passiert?«

Ich berichtete von dem Überfall, der auf dem Gelände stattgefunden hatte. »Sobald der Direktor der Uni Tunis anruft, auf dessen Einladung wir an dem Forschungsprojekt teilnehmen, werden Kai und ich abreisen. Deshalb ist Eile geboten.«

»Ich verstehe. Dann hoffe ich, dass ihr möglichst schnell etwas findet.«

Wir ließen die Lichtung hinter uns. Als wir den Sandstrand des Sees erreichten, an dessen gegenüberliegendem Ufer Glockenblumen leuchteten, schlüpfte ich aus meinen Turnschuhen und den Sneakersöckchen und lief barfuß weiter. Doch plötzlich stutzte ich: »Wem gehört denn der Strandkorb?«

Es war ein wunderschönes Möbelstück, aus dunkelgrauem Korbgeflecht und Lärchenholz gearbeitet und mit gemütlich wirkenden, dicken grauen Polstern. Ich studierte die Plakette, die am oberen Rahmen des Strandkorbs angebracht war. *Hermanns Höhe* stand darauf zu lesen.

»Hermann«, antwortete Jascha im selben Augenblick. »Du kennst ihn nicht. Er ist ein guter Freund von Ava und erst vor ein paar Jahren nach Herzbach gezogen, um hier seinen Lebensabend zu verbringen. Hermann war früher Kapitän eines Containerschiffes. Nach der Pensionierung ist er in ein tiefes Loch gefallen. Er vermisste das Meer und hatte das Gefühl, an Land nicht genügend Luft zu bekommen. Nur hier, am Strand, ging es ihm besser, hier konnte er frei atmen. Da hat Avas Großnichte Ellie letztes Jahr den Strandkorb für ihn organisiert, damit er einen gemütlichen Platz am Wasser hat.«

Ich lächelte. »Avas Großnichte, sagst du? Ich erinnere mich, dass sie als Kind häufiger in Herzbach zu Besuch war. Offenbar hat sie Avas Kümmer-Gen geerbt.«

Jascha hob einen kleinen Stein auf und ließ ihn mit einer gekonnten Bewegung über das Wasser flitschen. Während wir zusahen, wie der Kiesel über die Oberfläche des Sees hüpfte und dabei kleine Kreise bildete, antwortete er: »Das kann man wohl sagen. Inzwischen lebt Ellie ganz hier. Sie ist mit einem Herzbacher zusammen. Jonas unterrichtet Betriebswirtschaftslehre an der Uni Münster.«

Ich war über mich selbst überrascht, mit welch neugierigem Interesse ich seinen Ausführungen lauschte. Da hatte ich immer gedacht, ich sei fertig mit Herzbach und seinen Bewohnern, doch kaum sprach Jascha von ihnen, ertappte ich mich dabei, dass ich mehr erfahren wollte.

Um mich abzulenken, sah ich mich nun ebenfalls nach einem Stein um. Der Sand war sehr fein, aber ein paar

Meter weiter wurde ich fündig. Ich warf ihn und beobachtete enttäuscht, wie er nach dem zweiten Sprung im See versank.

»Du bist aus der Übung«, stellte Jascha fest. Sein Stein war sechsmal gehüpft, bevor er untergegangen war.

Ich nickte. »Es ist lange her.«

Wir sammelten noch ein paar Steine und ließen sie abwechselnd über das Wasser springen. Als wir keine Lust mehr hatten, ließen wir uns in den Strandkorb fallen und gaben einander im Schnelldurchlauf eine Zusammenfassung dessen, was wir seit unserer letzten Begegnung erlebt hatten.

Nach seiner Ausbildung im italienischen Cremona und in Mittenwald an zwei der traditionsreichsten Schulen der Geigenbauerzunft kehrte Jascha nach Herzbach zurück, um an der Seite seines Vaters zu arbeiten, so wie er es sich schon als kleiner Junge erträumt hatte. Das Jahrespensum der Werkstatt lag bei sechs Geigen, entsprechend lang waren ihre Wartelisten. Ihre Kundschaft las sich wie das Who's who der Musikszene. Was nicht verwunderlich war, wenn man bedachte, dass nur die erfolgreichsten Violinisten sich ein Löwenstein-Instrument überhaupt leisten konnten.

Jascha war kein Angeber, er zählte nur die Fakten auf, doch in seiner Stimme lag ein glücklicher Klang. Ich dachte daran, wie ich ihn früher manchmal in der Werkstatt abgeholt hatte, wo er seinem Vater half. Es war ein wohliger, lichtdurchfluteter Ort, der aus der Zeit gefallen zu sein schien. In den raumhohen Regalen stapelten sich duftige Holzscheite, auf den Arbeitsflächen und Werkbänken lagen Zeichnungen und Stifte, darüber hingen Schnitzmesser und allerlei andere Werkzeuge. In einer

Ecke hatte jemand, vermutlich Jascha, die Holzspäne zusammengekehrt, die bei der Arbeit angefallen waren. Die Atmosphäre in der Werkstatt hatte etwas Beruhigendes. Etwas Entschleunigendes, würde man heute wahrscheinlich sagen. Und Jascha war dort in seinem Element. Nie hatte ich ihn zufriedener erlebt als in diesem Raum, umgeben vom Geruch nach Holz und Leim.

Während ich Jascha zuhörte, überkam mich eine tiefe Gelassenheit. Das war schon immer seine Wirkung auf mich gewesen. Er strahlte eine solche Ruhe und Kraft aus, dass man sich in seiner Gegenwart unwillkürlich entspannte. Schon damals war er der Gegenpol zu meinen besorgten Eltern gewesen, was ich als sehr erholsam empfand. Da meine Geschwister viel älter waren als ich, war ich wie ein Einzelkind und sehr behütet aufgewachsen.

Hermann hatte seinen Strandkorb am See, den er aufsuchte, wenn er Luft zum Atmen brauchte, und ich hatte früher Jascha gehabt. Und so war unsere Freundschaft mit den Jahren wie selbstverständlich in eine Beziehung übergegangen. Ohne dass ich groß darüber nachgedacht hätte. Ich hatte keine Vergleichsmöglichkeiten und deshalb die Freundschaft, Zuneigung und das Gefühl von Ruhe und Geborgenheit, die Jascha mir gab, mit Liebe verwechselt. Erst während meines Auslandsjahres in Italien begriff ich meinen Irrtum. In einer Stadt, die von gut aussehenden, charmanten Männern, die das Flirten erfunden zu haben schienen, nur so wimmelte. Anfangs war ich über mich selbst verwundert. Ich hatte einen Freund zu Hause … wieso genoss ich es dann, wenn mir Fremde bewundernde Blicke zuwarfen? Warum fühlte ich mich nicht schlecht dabei? War mein Gewissen so schwach ausgeprägt, dass es sich kaum zu Wort meldete? Irgendwann überkam mich dann die Erkenntnis: In meinem Herzen war Jascha nicht mein Partner, sondern immer noch der Freund aus Kindertagen. Nur hatte ich erst nach Italien hatte fahren müssen, um das zu begreifen.

Ich wollte Jascha nicht sagen, dass ich ihn nie geliebt hatte. Das Studium als Grund für unsere Trennung vorzuschieben erschien mir als der leichtere Weg. Jascha holte mich vom Flughafen ab, und während ich meine Ausflüchte mit knappen Sätzen vorbrachte, fühlte ich mich so unwohl, dass ich ihm nicht in die Augen schauen konnte. Wenn er mich in dem Moment als gleichgültig und kalt wahrgenommen hatte, dann konnte ich es ihm nicht verübeln.

Als ich ihm jetzt erzählte, warum ich ihn in Wirklichkeit verlassen hatte, hörte er mir aufmerksam zu. »Bist du mir böse?«, fragte ich, nachdem ich geendet hatte.

Sein Blick wanderte zum See, auf dem gerade eine Entenfamilie vorüberschwamm. »Nein«, antwortete er ruhig. »Man kann sich schließlich nicht aussuchen, wen man liebt.« Er wandte mir das Gesicht zu und sah mich ernst an. »Ehrlich gesagt, habe ich es damals schon gewusst. Ich habe es an der Art gemerkt, wie du mich angeschaut hast. Und es gefühlt, wenn ich dich im Arm gehalten habe. Du mochtest meine Nähe, du warst gern mit mir zusammen, doch wenn wir uns geküsst haben, dann warst du … ich weiß nicht … unbeteiligt. Nie ganz bei mir.« Er hielt inne, als ob er nach den richtigen Worten suchte. »*Ich* hatte deswegen ein schlechtes Gewissen.«

Meine Augen weiteten sich vor Überraschung. »Ein schlechtes Gewissen? Du? Warum das denn? Du hast doch nichts falsch gemacht.«

»Das ist Ansichtssache, Hannah. Du warst das schönste Mädchen weit und breit. Und ich war bis über beide Ohren in dich verliebt.« Er sah auf seine Hände. »Mein Bauch sagte mir, dass du in mir nur einen Freund sahst, aber ich setzte mich darüber hinweg und küsste dich, als sich die Gelegenheit dazu ergab. Danach waren wir zusammen. Es war wie ein Automatismus. Junge küsst Mädchen. Mädchen wird seine Freundin. Mir war bewusst, wie egoistisch ich mich verhielt. Du liebtest mich nicht, und mir war klar, dass du Herzbach irgendwann verlassen würdest und ich nicht, dennoch hielt ich an unserer Beziehung fest und setzte damit meine Bedürfnisse über deine. Das war nicht richtig von mir.«

Ich brauchte ein paar Sekunden, bis ich seine Worte verdaut hatte und etwas erwidern konnte. Von der Seite hatte ich die Geschehnisse noch nie betrachtet. Immer war ich mir als die Böse vorgekommen – weil ich Jaschas Gefühle nicht erwidern konnte, weil ich auf herzlose Art mit ihm Schluss gemacht hatte. Dass er an der Entwicklung nicht ganz unschuldig war, hatte ich mir nie bewusst gemacht. »Das gilt dann wohl für uns beide«, sagte ich schließlich. »Du hast mich ja nicht gezwungen, deine Freundin zu sein.«

Jascha lachte leise. »Das nicht. Aber überrumpelt schon. Von alleine wärst du jedenfalls nicht auf die Idee gekommen, mich zu küssen.« Er wurde wieder ernst. »Mein Verhalten von damals tut mir sehr leid, Hannah. Ich habe unsere Freundschaft und die Vertrautheit zwischen uns ausgenutzt, um mehr aus uns zu machen.«

An den plötzlichen Falten auf seiner Stirn konnte ich sehen, wie stark ihm der Gedanke zusetzte. Und auch wenn ich fand, dass er übertrieb, rührte es mich. »Wenn du so redest, komme ich mir wie ein naives Püppchen vor.« Ich legte den Kopf schief. »Was meinst du? Können wir uns darauf einigen, dass wir beide Mist gebaut haben?«

Jascha musste grinsen. »Wenn du darauf bestehst.«

18

Hannah Wir verabschiedeten uns an der kleinen Brücke, die aus dem Wald in Richtung Dorf führte. Jascha wollte zurück in die Werkstatt, doch mich zog es noch nicht ins Hotel. Stattdessen spazierte ich an der Stever entlang und ließ das Gespräch mit Jascha Revue passieren. Es war verrückt: All die Jahre hatte ich mit meinem schlechten Gewissen gelebt. Dabei war ich nie auf die Idee gekommen, dass Jascha sich ebenfalls schuldig fühlte. Es wäre so einfach gewesen, die Sache aus dem Weg zu räumen. So einfach und so befreiend. Aber rückblickend erschien vieles ganz einfach. Ich dachte an Aaron, und mein Herz verkrampfte sich vor Sehnsucht. Er hatte mich nicht zurückgerufen. Kein Wunder, bei der Nachricht, die ich auf seiner Mailbox hinterlassen hatte.

Ein Schatten fiel über den Weg. Ich sah auf und erblickte den Kirchturm von St. Andreas. Aus einem plötzlichen Impuls heraus beschloss ich, der Kirche einen Besuch abzustatten.

Im Inneren empfing mich angenehme, nach Weihrauch duftende Kühle. Nach dem hellen Sonnenschein draußen hatte ich Mühe, etwas zu erkennen, doch nachdem ich ein paarmal geblinzelt hatte, wurden die Umrisse klarer. Außer mir war niemand da. Ich ließ meinen Blick über den Hochaltar und das Taufbecken zu den prächtigen Buntglasfenstern wandern. Sie verwandelten das hereinfallende Licht in ein Meer aus Farben. Meine Eltern waren nicht besonders religiös gewesen, doch den Gottesdienst am Sonntag hatten sie nie versäumt. Und sie hatten verlangt, dass ich sie begleitete. Ich wusste nicht, was ich schlimmer gefunden hatte. Die Stunde in der Kirche, die in meiner Erinnerung hauptsächlich aus Knien bestanden hatte, oder das Mittagessen danach im *Dorfkrug,* bei dem die Kellnerin schon vor mir wusste, was ich bestellen würde.

Langsam ging ich durch das Kirchenschiff nach vorne, setzte mich in die erste Reihe und schloss die Augen. Vor mir erschien Aarons Gesicht. Doch dann veränderte es sich und wurde zu jemand anderem, und diesmal ließ ich die schmerzhafte Erinnerung zu.

Ich war im fünften Semester, als ich ihm zum ersten Mal begegnete. Er war ein junger Dozent der Universität Innsbruck, der Professor Stoltes Kurse in Klassischer Archäologie übernahm, nachdem dieser sich beim Tennisspielen einen Bänderriss zugezogen hatte.

»Ich bin Leon«, stellte er sich zu Beginn seiner ersten Vorlesung vor. Meine Kommilitonen und ich warfen uns überraschte Blicke zu. Es war nicht üblich, seine Hochschullehrer zu duzen. Auch sonst entsprach Leon nicht dem Bild, das man von einem Doktor der Archäologie hatte. Braun gebrannt, wie er war, wirkte er eher wie ein Surfer. Das gelockte blonde Haar reichte ihm bis zu den Ohren, und in dem Ausschnitt seines Shirts war der Ansatz eines Tattoos zu erkennen. Bei der Vorstellung, wie sich die Tätowierung über seinen nackten Oberkörper zog, wurde mir ganz warm, und ich spürte, wie mir die Röte ins Gesicht schoss.

Ich mochte Professor Stolte, doch schon bald begann ich mir zu wünschen, sein Genesungsprozess möge sich noch länger hinziehen. Nach Jascha, der immer freundlich und hilfsbereit gewesen war, wirkte Leon wie eine unwiderstehliche Droge auf mich. Ich fieberte seinen Vorlesungen entgegen, verbrachte davor Stunden im Bad, was Kai beinahe an den Rand der Verzweiflung brachte, und saß dann mit wild hämmerndem Herzen und vor Aufregung feuchten Handflächen auf meinem Platz in der ersten Reihe – der Ohnmacht nahe, sobald sich unsere Blicke begegneten.

Zwei Wochen nachdem Leon die Vertretung von Professor Stolte übernommen hatte, liefen wir uns an einem wolkenverhangenen Samstagnachmittag zufällig vor dem Neuen Rathaus in München über den Weg. In dem Moment öffnete der Himmel seine Schleusen, und ein wahrer Sturzregen ging auf uns nieder. Wir flüchteten in ein Café in der Nähe, wo Leon für uns Kaffee und Schokoladentorte bestellte. Nachdem ich meine anfängliche Schüchternheit überwunden hatte, wurde es ein Nachmittag, der als gänzlich magisch zu bezeichnen war.

Leon war ein leidenschaftlicher Erzähler. Wenn er von den Ausgrabungen sprach, an denen er teilgenommen hatte, meinte ich fast den heißen Wüstensand auf meiner Haut zu spüren. Ich war so behütet in Herzbach aufgewachsen, Leon verkörperte für mich das pure Abenteuer und nährte meine Sehnsucht nach Ausbruch. Er besaß eine Lässigkeit und Unbekümmertheit, die mich faszinierten. Für ihn zählte der Moment, und er machte nur das, worauf er Lust hatte. Das konnte heute die Vertretung für Professor Stolte sein, und morgen eine Ausgrabung in der antiken Stadt Qatna im Westen Syriens.

Plötzlich hörte er mitten im Satz auf zu sprechen. »Du hast da was«, meinte er lächelnd und beugte sich vor. Er strich mir mit seinem Daumen über die Unterlippe und steckte ihn sich anschließend in den Mund, um die Schokoladencreme abzulecken.

Ich saß wie angewurzelt auf meinem Stuhl, unfähig, etwas zu entgegnen.

»Schmeckt süß«, stellte Leon fest. Dann zog er mich zu sich heran und küsste mich.

So fing es an. Die nächsten Wochen schwebte ich wie auf Wolken. Ich lächelte verträumt vor mich hin, verlor meinen Appetit, wandelte auf weichen Beinen umher und lebte nur noch für die Momente, in denen Leon und ich uns sahen. Er hatte sich für seine Zeit in München ein möbliertes Appartement genommen, in das ich nun quasi einzog. Ich verbrachte jede Nacht in seinen Armen, und wenn ich morgens erwachte und sein Gesicht neben mir auf dem Kissen sah, quoll mein Herz über vor Liebe und Glück.

Nie zuvor war ich mir in etwas so sicher: Dies war der Mann, mit dem ich mein Leben verbringen wollte. Der Vater meiner Kinder. Dabei war es mir vollkommen egal, wo wir leben würden und unter welchen Umständen – Hauptsache, wir wären zusammen. Leon hätte nur »Komm« sagen müssen, und ich wäre ihm ohne zu zögern bis ans Ende der Welt gefolgt.

Dann kam der Absturz. Ich saß wie gewohnt im Hörsaal auf meinem Platz in der ersten Reihe und wartete mit freudiger Erregung darauf, dass Leon erschien, um die Vorlesung zu halten. Es war so schön, wenn sich zwischendurch unsere Blicke trafen und er mir ein verschmitztes Lächeln schenkte. Dann stieg meine Vorfreude, ihn abends ohne Zuschauer ganz für mich zu haben, ins Unermessliche. Die Tür zum Hörsaal öffnete sich, und ich spürte, wie sich ein helles Strahlen auf meinem Gesicht ausbreitete. Doch es war nicht Leon, der hereinkam.

»Na, haben Sie mich genauso vermisst wie ich Sie?«, witzelte Professor Stolte und warf seine Aktentasche auf den Tisch.

Irritiert blickte ich erneut zur Tür, doch Leon kam nicht. Dabei hatten wir am Morgen zusammen gefrühstückt. »Bis heute Nachmittag in der Uni, mein Schatz«, hatte ich zum Abschied zu ihm gesagt, worauf er mich zärtlich geküsst hatte. Warum hat er nichts gesagt?, ging es in einer Endlosschleife durch meinen Kopf.

Nachdem der Professor die Fragen der Studenten nach seiner Reha geduldig beantwortet hatte, begann er mit der Vorlesung. Ich war mit den Gedanken so meilenweit entfernt, dass ich nicht ein Wort davon mitbekam. Bestimmt gab es eine harmlose Erklärung für alles, und Leon wartete bereits vor der Uni auf mich, um mich in die Arme zu schließen und über unsere Zukunft zu sprechen. Ja, so würde es sein. Alles andere ergab keinen Sinn.

Nach der Vorlesung war ich bereits halb zur Tür heraus, als ich hörte, wie sich hinter mir ein Student bei Professor Stolte nach Leon erkundigte. Ich blieb wie angewurzelt stehen.

»Dr. Berger ist zurück in Innsbruck«, antwortete der Professor. »Seine Verlobte kommt heute von einem Forschungsprojekt im Tal der Könige zurück, da wollte er natürlich vor Ort sein. Die beiden haben sich schließlich seit Wochen nicht gesehen.«

Die Welt um mich herum erstarrte. Ich versuchte zu atmen, doch meine Kehle fühlte sich an wie zugeschnürt. Panisch stützte ich mich an der Wand ab, weil der Boden unter meinen Füßen plötzlich zu schwanken schien. Leon war verlobt? Ein eiskaltes Gefühl durchströmte mich, das jeden Zentimeter meines Körpers lähmte.

Ich wusste nicht mehr, wie ich nach Hause gekommen war, tränenblind und unfähig, einen klaren Gedanken zu fassen. Doch woran ich mich erinnerte, war, dass Kai mir die Tür öffnete. Ein Blick in mein aschfahles Gesicht genügte, und er schloss mich fest in seine Arme und ließ mich nicht mehr los, während ich hemmungslos in sein T-Shirt weinte.

Leon hatte kein Handy, und erst nachdem er fort war, wurde mir bewusst, dass ich keinerlei Kontaktdaten von ihm besaß. Alles, was ich wusste, war, dass er an der Uni in Innsbruck arbeitete. Nachdem er so abrupt und ohne Vorwarnung aus meinem Leben verschwunden war, durchlebte ich die verschiedenen Phasen der Trauer. Nach dem Leugnen kam die Wut. Als sie abnahm, fuhr ich nach Innsbruck, um Leon zurückzugewinnen. Ich traf ihn auch tatsächlich in der Uni an, doch er nahm mir jegliche Illusionen.

»Siehst du«, sagte er mit einem Augenzwinkern, »und genau deshalb habe ich mich nicht von dir verabschiedet. Mir war klar, wie du reagieren würdest, und komplizierte Gespräche liegen mir einfach nicht so.«

Während ich ihn fassungslos anstarrte, begriff ich auf die brutalste Art und Weise, dass ich nie etwas anderes als eine bedeutungslose Affäre für ihn gewesen war. Ein willkommener Zeitvertreib, solange er in München war. Vielleicht war das die schmerzhafteste Erkenntnis überhaupt: Während ich neben ihm im Bett gelegen und von einer gemeinsamen Zukunft geträumt hatte, war ich in seinen Gedanken überhaupt nicht vorgekommen.

Nach dem Gespräch mit Leon versank ich in einer tiefen Depression. Ich realisierte, dass er nicht zu mir zurückkommen würde, und stand nur auf, um mich zu den Vorlesungen zu schleppen. Wenn ich danach in unsere WG heimkehrte, legte ich mich auf mein Bett oder aufs Sofa im Wohnzimmer und weinte. Kai war während dieser Zeit mein Fels in der Brandung: Er saß bei mir, hörte mir zu oder schwieg mit mir, brachte mir etwas zu trinken und zu essen, überredete mich aufzustehen und mit ihm spazieren zu gehen, wenn ich wieder stundenlang an die Decke gestarrt hatte. Es dauerte lange, bis die letzte Phase der Trauer einsetzte, die Akzeptanz, und ich mich langsam wieder dem Leben zuwandte. Doch ich war nicht mehr dieselbe. Ich fühlte mich wund und aufgeschürft im Inneren. Mit Leon war auch mein Vertrauen in die Liebe verschwunden. Ich errichtete eine Schutzbarriere um mich herum und stieß jeden weg, der sie zu überwinden versuchte.

»Hallo, Hannah«, riss mich eine Stimme jäh aus meinen Gedanken. Offenbar war ich doch nicht so alleine, wie ich geglaubt hatte. Ich öffnete die Augen und bemerkte Pfarrer Bertelsbeck. Er war grauer geworden in den letzten zwanzig Jahren und etwas rundlicher, doch ansonsten hatte er sich nicht stark verändert.

»Darf ich mich einen Moment zu dir setzen?«, fragte er, und ich nickte. Pfarrer Bertelsbeck hatte die Gemeinde übernommen, als ich ungefähr zehn Jahre alt gewesen war. Seinem Amtsantritt ging eine Tragödie voraus, denn sein Vorgänger Johannes starb an einer Blutvergiftung, die er sich beim Heckenschneiden zugezogen hatte. Innerhalb weniger Tage raffte es den großen, stattlichen Mann dahin. Ich konnte mich noch gut an das Entsetzen und die Schockstarre im Dorf erinnern. Seine Schwester Irene hatte es am härtesten getroffen.

»Ich freue mich, dich hier zu sehen«, sagte der Pfarrer.

»Ich bin zufällig vorbeigekommen«, entgegnete ich.

Ein amüsierter Ausdruck erschien in seinen Augen, als er meinte: »Zufällig, so, so.« Sein Blick wanderte zu dem Kreuz, das über dem Altar hing. »Aber was auch immer dich in die Kirche geführt hat«, fuhr er fort, »es ist schön, dass du da bist.«

Ich war über mich selbst überrascht, wie gut mir seine Worte taten. Eine Weile saßen wir schweigend nebeneinander. Schließlich wandte ich den Kopf und sah ihn an. »Glauben Sie, dass man eine Verpflichtung sich selbst gegenüber hat?«, erkundigte ich mich. »Dafür zu sorgen, dass es einem gut geht und man glücklich ist?«

Pfarrer Bertelsbeck betrachtete mich aufmerksam. »Wieso fragst du das? Woher kommt der Gedanke?«

Ich zuckte mit den Schultern. »Ich weiß nicht. Das muss an Herzbach liegen. Seit ich zurück bin, geht mir so einiges durch den Kopf.«

»Erzähl mir davon.«

Ich rang einen Moment mit mir. Normalerweise fiel es mir schwer, mich anderen zu öffnen, doch die Begegnung mit Jascha hatte etwas in mir ins Rollen gebracht, und nun spürte ich das dringende Bedürfnis, mich jemandem anzuvertrauen.

»Sie sind an das Beichtgeheimnis gebunden, oder?«, erkundigte ich mich in scherzhaftem Ton.

Der Pfarrer lächelte. »Ich hoffe, du erwartest keine Antwort darauf, Hannah.«

Nun musste ich ebenfalls lächeln. Pfarrer Bertelsbeck war ein Schlitzohr, darüber machte ich mir keine Illusionen. Wenn es darum ging, seine Kirche an den Gottesdiensten zu füllen, scheute er vor nichts zurück. Von der Kanzel aus zählte er mit bekümmerter Miene auf, welches seiner Schäfchen er im Gottesdienst vermisste, und wer ein- oder zweimal namentlich genannt worden war, der versäumte danach so schnell keine Messe mehr. So war es jedenfalls früher gewesen, und ich ging nicht davon aus, dass sich daran etwas geändert hatte. Dennoch hatte ich nie Zweifel an seinem Glauben gehabt. Darin war Pfarrer Bertelsbeck aufrichtig, auch wenn seine Methoden manchmal fragwürdig erschienen.

Ich räusperte mich, dann begann ich zögernd: »Ein Freund von mir hat gesagt, ich würde mein Leben so vorsichtig führen, als hätte ich danach noch eines in petto.«

Der Pfarrer gab mir durch eine Handbewegung zu verstehen, dass ich fortfahren sollte.

»Sehen Sie es mir nach, wenn ich ein wenig aushole«, sagte ich und fügte hinzu: »Sie kannten meine Eltern, Sie wissen, wie behütet ich aufgewachsen bin. Ich liebte sie über alles, doch ihre Sorge um mich konnte manchmal ganz schön erdrückend sein. Deshalb war ich froh, Jascha zu haben. Seine Freundschaft bedeutete mir alles. In seiner Gegenwart konnte ich atmen.« Ich legte meine Hände in den Schoß. »Das änderte sich, als wir ein Paar wurden. Plötzlich hatte ich das Gefühl, dass jeder an mir zerrte. Meine Eltern, Herzbach und nun auch noch Jascha. Als sich mir die Möglichkeit bot, für ein Jahr nach Italien zu gehen, zögerte ich nicht eine Sekunde.« Ich spürte, wie sich ein Lächeln auf mein Gesicht legte. »Es war wie ein Traum. Zum ersten Mal in meinem Leben fühlte ich mich wirklich frei. Meine Gasteltern waren großartig. Sie weckten mein Interesse an der Archäologie, und mir wurde klar, dass ich nicht mehr in die Enge meines früheren Lebens zurückkehren wollte. Ich begriff, dass die Beziehung mit Jascha ein Fehler gewesen war – ich sah ihn als Freund, nicht als meinen Partner. Das Erste, was ich nach meiner Rückkehr tat, war, mich von Jascha zu trennen. Ich wollte es so schnell wie möglich hinter mich bringen und schoss dabei über das Ziel hinaus.«

Pfarrer Bertelsbeck neben mir schwieg. Es gefiel mir, dass er mich nicht drängte, sondern still wartete, bis ich so weit war, um fortzufahren.

»Ich nahm mein Studium auf und entdeckte eine neue Welt, viel aufregender und schöner, als ich es mir jemals vorgestellt hatte.« Ich hielt einen Augenblick inne. »Und dann verliebte ich mich«, ergänzte ich und atmete tief durch. »Ich war wie vom Blitz getroffen, und alles war so anders als das, was ich in Jaschas Nähe empfunden hatte. Plötzlich konnte ich nicht mehr essen, nicht mehr schlafen. In meinem Kopf war kein Platz mehr für etwas anderes als *ihn.*« Ich biss mir auf die Unterlippe. »Doch er meinte es nicht ernst mit mir, und als er mich verließ, zog es mir den Boden unter den Füßen weg.« Ich schüttelte den Kopf und musste mich kurz sammeln, um weitersprechen zu können. »Ich war verletzt, erschüttert bis in meine Grundfeste. Danach wollte ich nichts mehr mit der Liebe zu tun haben. Also konzentrierte ich mich auf meine Karriere. Wenn ich mich mit Männern verabredete, dann immer nur ein einziges Mal. So konnten sie mir und meinem Herzen nicht gefährlich werden.« Ich sah den Pfarrer an. »Aber jetzt habe ich einen Mann kennengelernt, der es geschafft hat, meine Schutzmauern zu durchbrechen. Und nun weiß ich nicht mehr, was ich tun soll. Wenn ich mich auf ihn einlasse, besteht die Gefahr, dass ich erneut verletzt werde. Davor habe ich entsetzliche Angst, und ich frage mich, ob es das Risiko wert ist. Denn eigentlich ist mein Leben mit meinem Job an erster Stelle doch vollkommen in Ordnung. Aber nun ist da plötzlich diese Stimme in meinem Kopf. Sie sagt: Du tust alles dafür, um nicht *unglücklich* zu sein. Aber das genügt nicht, Hannah. Deine Verantwortung ist eine andere, nämlich die Weichen zu stellen, damit du *glücklich* werden kannst.« Ich brach ab und verstummte.

Der Pfarrer dachte eine Weile nach. »Ich führe diese Gemeinde seit dreißig Jahren«, sagte er dann. »In dieser Zeit habe ich an vielen Sterbebetten gesessen, das gehört auch zu meinen Aufgaben. Wenn ein Mensch begreift, dass es mit ihm zu Ende geht, dann reflektiert er unweigerlich sein Leben. Er hat das Bedürfnis zu reden, zu beichten. Viele Dinge, die Sterbende zu mir gesagt haben, begannen mit den Worten: ›Ich wünschte, ich hätte …‹.«

Ich spürte, wie eine Gänsehaut meinen Rücken entlanglief.

»Ich wünschte, ich hätte …«, wiederholte der Pfarrer nachdenklich, bevor er seine Aufmerksamkeit erneut mir zuwandte. »Die meisten Menschen wünschen sich, sie hätten mehr Zeit mit ihren Kindern verbracht, ihren Partnern mehr Aufmerksamkeit geschenkt. Freundschaften besser gepflegt. Frieden geschlossen. Es ist erstaunlich, wie sich Menschen selbst das Leben schwer machen. Aus einem nichtigen Streit heraus brechen sie den Kontakt zu denen ab, die sie lieben, und merken gar nicht, was sie sich damit antun. Und erkennen es erst, wenn es zu spät ist.« Er wiegte den Kopf. »Mir ist nichts Menschliches fremd, Hannah, ich habe wirklich alles gehört. Nur eines hat kein Sterbender jemals zu mir gesagt.«

»Was?«, fragte ich, meine Stimme kaum mehr als ein Flüstern.

Der Pfarrer musterte mich eindringlich. »Keiner hat jemals gesagt: ›Ich wünschte, ich hätte in meinem Leben mehr gearbeitet.‹«

Betroffen starrte ich ihn an und schluckte. Das musste ich erst mal verdauen. Auf einmal kam ich mir schrecklich dumm vor. So als hätte ich jahrzehntelang an eine Wahrheit geglaubt, die sich plötzlich als falsch herausstellte. Und zwar auf eine solch haarsträubende Art und Weise falsch, dass man sich im Nachhinein nicht mehr erklären konnte, wie man sie jemals für zutreffend hatte halten können.

Nachdem ich den ersten Schock überwunden hatte, begann ich die Dinge in einem anderen Licht zu sehen. Vor mir erschien Aarons Gesicht, und auf einmal wusste ich, was ich zu tun hatte. Ich erhob mich und drückte dem verdutzten Pfarrer einen Kuss auf die Wange. »Danke!«, rief ich und eilte davon.

~

Beschwingt kehrte ich ins Hotel zurück. In meinem Zimmer hängte ich meinen Rucksack an die Garderobe und begegnete im Spiegel meinem lächelnden Gesicht. Heute waren zwei außergewöhnliche Dinge geschehen: zuerst die Aussprache mit Jascha, die etwas in mir gelöst hatte.

Einen Splitter, der sich in meiner Seele versteckt hatte. Nicht so groß, dass er mich ständig schmerzte, aber präsent genug, um für Unbehagen zu sorgen. Nun war er draußen, und ich fühlte mich so erleichtert, dass ich beinahe durch das Zimmer tanzte. Was meine Euphorie noch verstärkte, war das Gespräch mit Pfarrer Bertelsbeck. Es hatte mir die Augen geöffnet. *Ich wünschte, ich hätte mehr gearbeitet* … Nein, diese Worte hatte kein Sterbender jemals gesagt, und ich würde nicht die Erste sein, wenn es mit meinem Leben dereinst zu Ende ging.

Entschlossen zog ich die Vorhänge zur Seite und öffnete das Fenster. Sofort strömte die warme, nach Blumen und Gras duftende Abendluft ins Zimmer. Ich nahm ein paar tiefe Atemzüge. Danach blickte ich mich suchend um. Wo hatte ich nur mein Handy gelassen? Mir fiel ein, dass es noch immer in der Seitentasche meines Rucksacks steckte. Ich lief zur Garderobe und nahm es heraus. Mit klopfendem Herzen setzte ich mich aufs Bett und wählte Aarons Nummer.

Nach dem dritten Klingelton ging er ran. »Hallo, Hannah«, sagte er mit einer Stimme, die so vertraut klang, dass mir ganz warm wurde.

»Hallo«, antwortete ich. In dieser Sekunde war ich vollkommen zufrieden damit, hier in Herzbach auf der Kante meines Bettes zu sitzen und zu wissen, dass sich Aaron am anderen Ende der Leitung befand.

»Wie geht es dir?«, fragten wir gleichzeitig und mussten beide lachen.

»Gut«, erwiderten wir wieder wie aus einem Mund, was uns noch mehr zum Lachen brachte. Aaron fing sich als Erster.

»Bevor du fragst«, sagte er, und ich konnte das Grinsen

in seiner Stimme hören, »ich hätte dir deinen Pullover ja gerne zugeschickt, aber dafür hätte ich deine Adresse kennen müssen.«

Ich spürte, wie ich vor Verlegenheit rot wurde. »Das war nur ein Vorwand«, gab ich zu. »Ich wollte mit dir sprechen, doch dann ging nur deine Mailbox ran, und mir fiel so schnell nichts anderes ein. Entschuldige.«

Erneut hörte ich ihn leise lachen. »Ich habe dich vermisst«, sagte er unvermittelt, worauf pure Freude durch meinen Körper hindurchschoss.

»Ich dich auch«, bekannte ich.

»Wann sehen wir uns wieder?«

Ein leichtes Schwindelgefühl ergriff von mir Besitz. Vor mir stiegen Bilder unserer gemeinsamen Nacht auf, und bei der Erinnerung, wie wir miteinander geschlafen hatten, fühlte ich pures Begehren. Aber da war noch mehr, ein warmes Pulsieren in meiner Brust. »Sobald du nach Herzbach kommst«, antwortete ich.

»Du bist in *Herzbach?*«, erkundigte er sich verblüfft. So, wie er den Namen Herzbach aussprach, schien es, als verbinde er etwas mit meinem Heimatdorf. Ein Umstand, der meine Neugier entfachte.

»Ja, ich bin hier aufgewachsen«, erklärte ich. »Aber Herzbach ist winzig. So klein, dass man eine Lupe braucht, um es auf der Landkarte zu entdecken. Kennst du es etwa?«

»Es gibt dort diese kleine Buchhandlung, die *Büchertruhe*«, erwiderte er. »Da habe ich mal eine Lesung gehalten. Es ist eine Weile her. Sebastian, der Besitzer der *Büchertruhe,* hatte mich eingeladen. Wir stehen immer noch in Kontakt miteinander.«

Stimmt, dachte ich. Aaron war Schriftsteller. Und Sebastian war dafür bekannt, dass er unbekannte Autoren unterstützte. Nicht wenige Karrieren hatten in Herzbach ihren Ursprung genommen. Die von Aaron gehörte allerdings nicht dazu. Ich hatte seinen Namen gegoogelt. Der einzige Eintrag, den ich zu ihm gefunden hatte, entstammte dem Sportteil eines Lokalmagazins. Aaron hatte bei einem Fußballturnier den entscheidenden Treffer erzielt und damit seiner Mannschaft zum Sieg verholfen. Damals war er neunzehn.

»Ich werde sehen, was ich tun kann«, hörte ich Aaron sagen.

»Bitte?«, erwiderte ich, in Gedanken meilenweit entfernt.

»Ich kann nichts versprechen, aber ich versuche alles, um nach Herzbach zu kommen«, sagte er.

Ich vergaß, Luft zu holen, und verschluckte mich.

»Keine gute Idee?«, fragte er.

»Doch!«, beeilte ich mich zu sagen. »Eine sehr gute Idee.«

»Schön«, antwortete Aaron, und in diesem einen Wort schwang so viel mit, dass mein Herz vor Freude überfloss. Wir sprachen noch eine Weile über dieses und jenes, und mir wurde wieder bewusst, wie einfach es war, sich mit ihm zu unterhalten. Nach einer gefühlten Ewigkeit verabschiedeten wir uns voneinander und legten auf. Ich ließ mich längs auf die Matratze fallen und schaute zur Decke. Mir gingen so viele Gedanken durch den Kopf, dass es mir schwerfiel, sie zu ordnen. Aber vielleicht musste ich das auch gar nicht, wenn mein Herz bei der Aussicht, Aaron wiederzusehen, vor Freude jubilierte.

19

Amelie Mein Yogakurs fand im ehemaligen Gemeindehaus statt, das nach seiner Renovierung im letzten Winter zum Veranstaltungszentrum des Dorfes geworden war. Das Motto lautete: von Herzbachern für Herzbacher. Und so waren es ausschließlich Freunde, Bekannte und Nachbarn, die in dem schmucken Fachwerkhaus mit dem grünen Tor zusammenkamen. Die einen, um Kurse zu geben, die anderen, um daran teilzunehmen.

Die Sonne schien schräg durch die Fenster und malte honigfarbene Lichtkreise auf das Eichenholzparkett. Mit seinen hohen Decken und den massiven Stützbalken besaß der große Raum im Erdgeschoss eine ganz besondere und sehr gemütliche Atmosphäre, die wie geschaffen für den Yogaunterricht war.

Ich kam auf die Minute pünktlich. Alle anderen Kursteilnehmer waren schon da und hatten ihre Matten ausgerollt. Ich rief ihnen einen Gruß zu, griff im Gehen nach einer Decke und einem Yogaklotz und nahm meinen gewohnten Platz in der letzten Reihe ein. Ein Geräusch beim Eingang ließ mich aufblicken. Zu meinem Erstaunen entdeckte ich Biene, die mit einer Yogamatte unter dem Arm in den Raum huschte. Was machte sie denn hier? Sie war doch gar nicht angemeldet! Mit einer Handbewegung bedeutete sie Lisa, die mit ihr im Chor sang, ein Stück zur Seite zu rücken, dann rollte sie ihre Matte neben mir aus und ließ sich mit einem Ächzen darauf nieder. Biene trug eine Art Haremshose in Türkisblau und dazu das schwarze T-Shirt, das sie als Mitglied des *Kleinen Chors der großen Herzen* zu erkennen gab. Um ihren Hals hatte sie einen bunten Schal geschlungen.

»Hast du dich im Kurs vertan?«, flüsterte ich ihr zu.

Biene schüttelte den Kopf. »Wir müssen reden«, raunte sie. »Über unseren Plan …« Beim letzten Wort sah sie sich verstohlen nach allen Seiten um.

Entgeistert starrte ich sie an. »Aber doch nicht hier!«

»Wir haben heute einen Gast«, eröffnete Sara die Stunde und brachte mich damit vorerst zum Schweigen. »Biene hat mich gefragt, ob sie eine Schnupperstunde machen darf, und da Greta heute nicht teilnimmt, weil sie mit ihren Eltern in Südfrankreich ist, habe ich Biene eingeladen, uns Gesellschaft zu leisten.« Sie lächelte ihr Grübchenlächeln. »Herzlich willkommen, Biene.«

Alle Köpfe drehten sich nach Biene um, worauf diese huldvoll in die Runde winkte. Das konnte ja heiter werden.

Sara nahm vorne auf ihrer Matte Platz. »Wir beginnen im Schneidersitz«, sagte sie mit ihrer sanften Stimme. »Wenn du magst, nimm dir deinen Klotz zur Hilfe, sodass du etwas erhöht sitzt. Leg deine Hände entspannt auf deine Knie. Dein Gesäß ist fest auf der Matte verankert. Schließ deine Augen, und nimm dir die Zeit, um auf der Matte anzukommen. Lass deine Atmung fließen. Atme tief ein und wieder aus.« Sara atmete entspannt, und wir taten es ihr geräuschvoll nach.

»Im Ernst?«, murmelte Biene erstaunt, und ich gab ihr mit einem Pssst-Laut zu verstehen, sie möge die Klappe halten. Im nächsten Moment hörte ich sie die Luft übertrieben stark einsaugen und wieder ausstoßen.

Entnervt öffnete ich ein Auge und begegnete ihrem Blick.

»Was denn?«, fragte sie scheinheilig, und ich seufzte und fuhr fort, meine Atmung fließen lassen. Doch mit Biene neben mir konnte ich mich nur schwer darauf konzentrieren.

»Nun öffne die Augen«, hörte ich Sara sagen. »Mit deiner nächsten Einatmung strecke deine Arme zu den Seiten aus. Finde Weite.«

Biene schielte zu mir herüber, um sich an meinen Bewegungen zu orientieren, was ihr nicht richtig gelingen wollte. Umso eleganter wirkte Sara, als sie ihre schlanken Arme zu Seite bog. »Mit der Ausatmung komm zurück, und mach einen runden Rücken, als ob du eine riesige Kugel umarmen wolltest.«

Ich machte einen Katzenbuckel und genoss das Gefühl der Dehnung in meinem Rücken. Wir wiederholten die Übung ein paarmal, begleitet von der Melodie von Saras Stimme. »Nun leg deinen Klotz beiseite«, fuhr sie fort. Wir taten wie geheißen und legten uns anschließend flach auf den Rücken. »Stell die Füße hüftbreit vor dir auf. Bring die Hände unter deine Kniekehlen. Hebe nun deine Unterschenkel parallel zum Boden. Löse den Oberkörper, zieh die Füße an, und streck die Arme nach vorne. *Navasana,* die Bootsstellung.«

Neben mir stieß Biene einen gequälten Laut aus, und

ich spürte, wie mich ein Hauch von Schadenfreude überkam. »Schau, es ist ganz einfach«, konnte ich mir nicht verkneifen zu sagen und erhielt als Antwort ein Knurren, das in einen schmerzerfüllten Laut überging. Biene hielt sich den Bauch und stöhnte, während wir anderen im Einklang mit Saras Weisungen fortfuhren.

»Wenn du bereit bist, komm in die stehende Vorbeuge«, sagte Sara, nachdem wir weitere Übungen absolviert hatten. »Das kann ich«, meinte Biene triumphierend.

»Behalte mit den Fingerspitzen den Kontakt zum Boden«, setzte Sara hinzu.

»Das kann ich nicht«, stöhnte Biene. Ich sah sie streng von der Seite an, und sie verzog trotzig das Gesicht. »Ich bin nur deinetwegen hier. Was ist mit unserem Plan?«, zischte sie.

»Später«, zischte ich zurück und konzentrierte mich dann wieder auf die Übung. Die nächsten Minuten verliefen störungsfrei. Zwar hatte ich mich anfangs nur aus Neugier zu Saras Kurs angemeldet, doch es dauerte nicht lange, und ich war begeistert. Yoga war wie Ferien für die Seele. Mein Tag in der Buchhandlung gestaltete sich oft hektisch. Zudem waren das viele Stehen und Herumrennen im Laden körperlich anstrengend. Hier hatte ich Zeit für mich. Ich liebte es, in diesem wunderschönen Raum zur Ruhe zu kommen, mich auf mich selbst zu besinnen und den Moment bewusst wahrzunehmen. Besonders jetzt, wo mir die Sorge um meinen Großvater so zusetzte. Mein Blick fiel auf Johanna Schulze-Zumkley, die mit dem Rücken zu mir mittig in der ersten Reihe stand. Sie war groß und hager, und wie sie so dastand, aufrecht und mit geradem Nacken, wirkte sie wie eine Königin auf mich.

Johanna war die Älteste in unserem Yogakurs. Die Jüngste, Greta, die zurzeit im Sommerurlaub war, war vierzehn und mit ihrem herzförmigen Gesicht, dem geflochtenen weißblonden Zopf und den strahlend blauen Augen so hübsch, dass es mich immer wieder aufs Neue verblüffte. Dann gab es Claudia, die im letzten Jahr Mutter von Zwillingen geworden war und die Entspannung dringend nötig hatte, wie sie häufiger – nur halb im Scherz – betonte. Die quirlige Mathilda mit den lustigen Sommersprossen arbeitete im Kindergarten und kam gemeinsam mit ihrer besten Freundin Astrid, die, obwohl erst sechsundzwanzig, bereits zum zweiten Mal geschieden war. Doro Westkamp war mit Henning, dem Besitzer des *Kiepenkerl,* zusammen und bewirtschaftete mit ihren Eltern und Geschwistern Herzbachs größten Bauernhof. Mit Monika Averbeck, der Frau des Polizisten, und Ellie, Avas Großnichte, waren wir komplett.

»Komm nun in den Yoga-Liegestütz«, forderte Sara uns auf.

Ein Schnaufen neben mir brachte mir Bienes Anwesenheit wieder ins Gedächtnis. Ich drehte den Kopf und bemerkte, wie ihre molligen Oberarme ob der ungewohnten Anstrengung bedenklich zitterten.

»Nun senk die Knie ab, roll deine Schultern zurück, hebe den Oberkörper. Die Ellbogen sind eng am Körper, so kommst du in die Position *Kleine Kobra.*«

»Wer denkt sich solche Namen aus?«, fragte Biene nicht besonders leise, was ihr einen Tadel von Johanna einbrachte. Die alte Frau sagte kein Wort, sie sah nur über ihre Schulter zu Biene und hob dabei leicht eine Augenbraue an, während sich ihre Mundwinkel kaum merklich nach unten verzogen. Genauso hatte sie mich neulich vor der *Büchertruhe* angeblickt.

Biene zuckte zusammen. »Ich hasse es, wenn sie das tut«, flüsterte sie mir zu, blieb dann aber den Rest der Stunde stumm.

Ich verbiss mir ein Lächeln. Ausgenommen Ava, die vor nichts und niemandem Angst hatte, gab es vermutlich niemanden in Herzbach, der sich nicht ein wenig vor Johanna Schulze-Zumkley fürchtete. Ihr Mienenspiel war legendär, und ein einziger Blick von ihr reichte, um den stärksten Mann zum Stottern zu bringen.

Nach dem frühen Unfalltod ihrer Eltern hatte sie mit Anfang zwanzig den heimischen Hof übernommen und dabei ihre beiden Schwestern, die damals noch im Kleinkindalter waren, aufgezogen. Geheiratet hatte sie nie. Wie auch, wenn kein Mann sich näher als ein paar Schritte an sie herantraute.

Schließlich beendete Sara ihren Kurs wie immer mit den Worten: »Vertiefe langsam wieder deinen Atem. Komm über die Seite hoch in einen bequemen Sitz. Lass die Augen geschlossen. Mit der Einatmung falte deine Hände vor deinem Herzen zusammen. *Namaste*. Verneige dich vor dir selbst, und bedanke dich für die Zeit, die du dir selbst geschenkt hast.«

Ich öffnete die Augen und bemerkte, dass ich lächelte. Zum ersten Mal an diesem Tag, wie es mir vorkam. Den anderen ging es genauso. Nach ein paar Sekunden erhoben sich die Ersten. In friedvollem Schweigen falteten wir die Decken zusammen und legten sie zusammen mit den Yogaklötzen in die dafür vorgesehenen Kisten. Als der Raum aufgeräumt war, verabschiedeten wir uns von Sara.

»Also?«, erkundigte sich Lisa auf dem Weg nach draußen bei Biene. »Was machst du hier? Du bist doch nicht wirklich gekommen, um Yoga zu üben, oder?«

Biene schüttelte den Kopf und senkte verschwörerisch die Stimme. »Amelie und ich haben etwas zu besprechen, das keinen Aufschub duldet. Es geht um Leben und Tod. Metaphorisch gesprochen«, fügte sie schnell hinzu, als sie meinen warnenden Blick auffing.

»Ach, das klingt ja aufregend. Erzähl!«, forderte Lisa.

Biene versteinerte. Vermutlich kam ihr gerade wieder in den Sinn, dass wir Stillschweigen vereinbart hatten. »Nicht hier. Zu viele Menschen …«, versuchte sie sich herauszuwinden.

Lisa wirkte verblüfft. »Einen solchen Satz aus deinem Mund … Sonst kann dir das Publikum doch gar nicht groß genug sein.«

Ich sprang Biene zur Hilfe. »Bitte, sei uns nicht böse, Lisa, aber Biene und ich müssen jetzt los. Du hast es gehört: Wir haben dringende Angelegenheiten zu besprechen.«

Lisa wirkte enttäuscht, weil wir sie nicht einbezogen.

»Wir hätten es ihr ruhig erzählen können«, meinte Biene, als wir außer Hörweite waren. »Lisa und ich singen zusammen im Chor. Wir sind wie Schwestern.«

»Johanna Schulze-Zumkley singt auch in deinem Chor, wenn ich mich nicht täusche, und besonders schwesterlich kam mir euer Verhältnis gerade nicht vor«, konterte ich. Darauf wusste Biene nichts zu erwidern. »Komm«, sagte ich versöhnlich. »Lass uns ein paar Schritte gehen.«

Das Schicksal schmiedet seltsame Konstellationen, dachte ich bei mir, als wir mit unseren Yogamatten unter dem Arm in Richtung Flussufer spazierten. Schon vor der Begegnung mit Biene war ich mir darüber im Klaren gewesen, dass die Archäologen ein Risiko für meinen Großvater darstellten. Doch auf die Idee, sie an ihrer Arbeit zu hindern, war ich erst durch Biene gekommen. Vermutlich fehlte es mir an krimineller Energie. Dazu kam das schlechte Gewissen, Hannah, oder vielmehr noch Kai, Steine in den Weg zu legen. Aber in diesem Fall heiligt der Zweck die Mittel, versuchte ich mich zu trösten.

»Am einfachsten wäre es, wenn Alexander Hoven Widerspruch einlegt«, holte mich Biene aus meinen Überlegungen. Sie betastete mit der freien Hand ihren Bob, der mit so viel Haarspray fixiert war, dass nicht einmal ein Tornado ihm etwas hätte anhaben können. »Ihm gehört doch das Land, auf dem die Münze gefunden wurde. Bestimmt darf Hannah da nicht so einfach herumsuchen, wenn er etwas dagegen hat.«

Ich sah sie von der Seite an. Der Einwand war klug, allerdings war Hannah auf Alexanders Einladung hin in Herzbach. Da war es mehr als unwahrscheinlich, dass er sich nun dagegen aussprach. Ich äußerte meine Vermutung, worauf Biene antwortete: »Das war, bevor er wusste, dass Hannah sich an Jascha heranmacht und damit dessen Beziehung zu Nadine gefährdet.«

Ich rief mir Alexanders souveräne Erscheinung vor Augen und schüttelte den Kopf. »Alexander ist ein Mann, der sich von rationalen Überlegungen leiten lässt. Er wird gar nicht verstehen, wo unser Problem liegt, geschweige denn seine Entscheidung deswegen zurücknehmen.«

»Hm«, erwiderte Biene und ließ ihren Blick über den Fluss schweifen. »Und wenn wir Sara einweihen? Wenn sie ihren Freund bittet, dass er die Genehmigung zurückzieht, dann tut er ihr bestimmt den Gefallen.«

Ich spürte ein unangenehmes Gefühl in der Magengrube. Sara war ein so aufrichtiger, liebenswerter Mensch, und sie besaß ein Herz aus Gold. Es widerstrebte mir zutiefst, sie unter dem Vorwand, Nadine beschützen zu wollen, in die Sache hineinzuziehen. Also schüttelte ich abermals den Kopf. »Das können wir nicht machen. Sara würde Alexander in einen Gewissenskonflikt bringen und sich selbst damit auch.«

Biene brummte, was ich als widerwillige Zustimmung deutete. Eine Weile gingen wir schweigend nebeneinanderher, während sich langsam der Abendhimmel über Herzbach senkte. Plötzlich blieb Biene stehen.

»So kommen wir nicht weiter, Amelie. Wir brauchen ein Team.«

Ich hielt ebenfalls an. »Was denn für ein Team?«, fragte ich verdutzt.

Biene bedachte mich mit einem Blick, der eindeutig mitleidig war. »Hast du *Ocean's Eleven* etwa nicht gesehen?« Ohne meine Antwort abzuwarten, fuhr sie in belehrendem Ton fort: »Darin geht es um einen Casinoraub. Für den Coup stellt George Clooney eine Mannschaft zusammen. Jeder hat eine besondere Fähigkeit, die für das Gelingen des Plans entscheidend ist.« Biene sah mich erwartungsvoll an. »Verstehst du? Wenn wir die Untersuchungen verhindern wollen, braucht es mehr als nur uns zwei. Wir brauchen ein Team!« Biene, die sich sekündlich mehr für ihre Idee zu begeistern schien, fing an, mögliche Kandidaten aufzuzählen. »Ellie sollte auf jeden Fall dabei sein. Denk daran, wie kreativ sie letztes Jahr gegen Gretas Schüchternheit und Hermanns Heimweh nach dem Meer vorgegangen ist. Wenn sie hört, dass Nadine im Begriff ist, die Liebe ihres Lebens zu verlieren, wird sie uns garantiert helfen. Außerdem brauchen wir jemanden, der sich auf Einschüchterung versteht. Da fällt mir eigentlich nur Johanna Schulze-Zumkley ein.«

Ich spürte, wie es zwischen meinen Schläfen erneut zu ziehen begann. »Wer hat denn etwas von Einschüchterung gesagt?«, fragte ich matt.

Biene wischte meine Rückfrage mit einer Handbewegung beiseite. »Nur für den Fall der Fälle. Wir versuchen es zunächst im Guten.« Bienes Bemerkung war nicht dazu angetan, mich zu beruhigen, doch die Friseurin war nun zu sehr in Fahrt, um sich von mir bremsen zu lassen. »Dann brauchen wir natürlich Monika Averbeck.«

»Hilf mir«, erwiderte ich ratlos. »Warum sie?« Monika war eine freundliche Frau, die an zwei Nachmittagen in der Woche ehrenamtlich in der Kirchenbücherei arbeitete, sich liebevoll um ihren Ehemann Paul kümmerte und ansonsten ihre gesamte Energie auf ihren Garten verwendete, der so bezaubernd war, dass er in der letzten Ausgabe des *Münsterlandspiegels* eine eigene Fotostrecke erhalten hatte.

Biene, die das Fragezeichen in meinen Augen erkannte, erklärte geduldig: »Es kann nicht schaden, die Frau eines Polizisten im Team zu haben. Wenn es hart auf hart kommt, wird Paul wohl kaum seine eigene Gattin ins Kittchen bringen.«

Fassungslos starrte ich Biene an. »Wir planen keinen Casinoraub«, erinnerte ich sie, nachdem ich meine Sprache wiedergefunden hatte. »Wir wollen lediglich dafür sorgen, dass Hannah so schnell wie möglich abreist.«

Das aufgeregte Blitzen in Bienen Augen zeigte mir,

dass meine Argumente nicht zu ihr durchdrangen. »Wir nennen uns *Herzbach's Five*«, rief sie, als hätte ich nichts gesagt, und runzelte im nächsten Moment unzufrieden die Stirn. »Nein, das klingt doof. *Herzbach's Nine* wäre schöner. Nur brauchen wir dafür noch vier weitere Personen. Meinst du, wir können Pfarrer Bertelsbeck davon überzeugen, bei uns mitzumachen? Der ist mit allen Wassern gewaschen. Dem fällt bestimmt etwas ein, wie wir die Sache stoppen können. Und wenn nicht ihm, dann Irene. Sie rechnet immer mit dem Schlimmsten. Bestimmt kann sie uns auf Knopfdruck zehn Szenarien nennen, die die Suche verhindern würden, und wenn wir ihre Visionen von plötzlichen Todesfällen, Überschwemmungen oder sonstigen Naturkatastrophen herausrechnen, bleibt vielleicht etwas Sinnvolles übrig. Fehlen noch zwei Teammitglieder.« Sie schenkte mir ein bedauerndes Lächeln. »Ava und dein Großvater kommen leider nicht infrage. Zu vernünftig. Sie würden eher probieren, uns davon abzubringen, als uns zu unterstützen. Aber wir können stattdessen Marion, Johannas Schwester, bitten. Mir fällt zwar nichts ein, womit sie uns nützlich sein könnte, aber dafür ist sie meine Freundin. Und mit Siggi wären wir dann neun. Er könnte uns bei unseren konspirativen Treffen Kaffee und Plätzchen bringen.«

Höchst zufrieden strahlte Biene mich an. Während sie geredet hatte, war mein Unbehagen immer stärker geworden. Wir hatten noch nicht einmal begonnen, und schon gewann ich den Eindruck, dass mir die Sache über den Kopf wuchs. »Ich finde, wir sollten so wenig Menschen einweihen wie nötig«, setzte ich entgegen. »Unser Vorhaben ist heikel. Da sollten wir die Anzahl der Mitwisser unbedingt begrenzen.«

Biene kniff die Augen zusammen. »Du hast recht«, antwortete sie nach einer kurzen Denkpause. »Zu viele Köche verderben den Brei.« Ihr Gesicht hellte sich wieder auf. »Aber das macht nichts. Dann starten wir eben zu fünft, mit dir, mir, Monika, Ellie und Johanna. Wir sind das Kernteam. Und wenn wir feststellen, dass wir weitere Expertissen brauchen, damit unser Plan gelingt, holen wir die einfach ein.«

»Expertisen.«

»Bitte was?«

»Das Wort *Expertissen* gibt es nicht. Du meinst Expertisen: Wenn wir weitere Expertisen brauchen, holen wir die einfach ein.«

Grinsend schlug mir Biene mit ihrer Yogamatte auf den Po. »Jetzt weiß ich wenigstens, was deine Expertisse ist«, scherzte sie, wobei sie das Wort absichtlich falsch aussprach. »Du weißt alles besser.«

»Spinnst du?«, entfuhr es mir, wobei ich mir den Allerwertesten rieb. »Du kannst mich doch nicht einfach so schlagen!«

»Schlagen? Mit einer Yogamatte? Das war höchstes eine Zuneigungsbekundung.«

»Komische Art, mir deine Zuneigung zu zeigen«, brummelte ich, wurde aber bereits wieder zugänglicher. »Wenn ich mich richtig erinnere, fangen Hannah und Kai morgen an, die Gegend mit dem Metalldetektor abzusuchen«, lenkte ich das Gespräch zurück auf unser Vorhaben. »Wir müssen uns mit unserem Plan also beeilen. Was schlägst du vor?«

Biene brachte erneut ihre Idee des Kernteams vor und zog bereits ihr Smartphone aus den tiefen Taschen ihrer Haremshose, um eine WhatsApp-Gruppe einzurichten.

»Wir treffen uns morgen früh um acht bei mir«, sagte sie. »Das sollte bei allen passen. Du und ich müssen erst um zehn im Laden sein, Monika arbeitet gar nicht, Ellie von zu Hause aus und Johannas Hof kommt auch mal zwei Stunden ohne sie aus.« Plötzlich kam ihr ein Gedanke, und sie ließ das Handy sinken. »Du musst die Gruppe einrichten, Amelie. Wenn du sie einlädst, werden sie kommen. Ich gebe es ja nur ungern zu, aber du bist vertrauenswürdiger als ich.«

Ihre Worte verursachten ein unangenehmes Ziehen in meiner Brust. Vertrauenswürdigkeit war keine Eigenschaft, in der ich mich gerade besonders hervortat. Denn anders, als Biene glaubte, veranstaltete ich das ganze Theater nicht, um Nadine zu helfen. Es ging mir um meinen Großvater, aber das durfte niemand erfahren. Schweigend zog ich mein Smartphone hervor. Da sämtliche Mitglieder unseres »Kernteams« in meinem Yogakurs waren, für den ebenfalls eine Gruppe existierte, besaß ich die erforderlichen Handynummern. »Wie wollen wir uns nennen?«, fragte ich.

Bienes Antwort kam wie aus der Pistole geschossen. »*Herzbach's Five* natürlich«, sagte sie. »Und schreib dazu, dass es Frühstück gibt.«

Nachdem ich die Gruppe erstellt und Biene, Monika, Ellie und Johanna hinzugefügt hatte, lud ich sie für morgen früh um acht zu Biene nach Hause ein. Als Grund gab ich dringende Dorfangelegenheiten an und bat gleichzeitig darum, niemandem etwas davon zu erzählen. Alles Weitere würden die Frauen morgen erfahren. »Das wäre geschafft«, sagte ich.

In diesem Moment ging eine Nachricht ein. Das ging ja schnell, dachte ich und blickte auf das Display. »Monika hat geschrieben«, teilte ich Biene mit. »Sie würde gerne kommen, fährt aber heute Nacht mit Paul für eine Woche in den Urlaub. Wir sollen ihr danach alles erzählen.«

Biene seufzte. »Dann sind wir jetzt wohl nur noch *Herzbach's Four*«, stellte sie fest. »Egal. Eine Woche ohne Polizeibeobachtung ist auch nicht zu verachten.«

Ich enthielt mich jeden Kommentars, kam aber zu der Einsicht, dass Biene definitiv zu viel Fernsehen schaute.

20

Amelie In Bienes Haus duftete es nach frisch gebrühtem Kaffee. Siggi, der mir in Pantoffeln die Tür geöffnet hatte, führte mich ins Wohnzimmer und entschuldigte sich dann mit den Worten, sein Typ würde in der Küche verlangt. Staunend sah ich mich um. Ich war noch nie bei Biene zu Hause gewesen und war verblüfft von dem orientalisch anmutenden Einrichtungsstil mit viel Gold, bunten Teppichen, bestickten Kissen, glitzernden Lampen und Kerzen, wohin das Auge blickte. Instinktiv hatte ich sie und Siggi in der Kategorie »Eiche rustikal« verortet, was mir wieder eindrücklich bewies, dass man Menschen nicht in Schubladen stecken sollte.

In der Mitte des Raumes befand sich ein ausladender runder Tisch, der für das Frühstück gedeckt war. Neben den üblichen Dingen wie Käse, Aufschnitt, Marmelade und Honig gab es zahlreiche kleine Schälchen mit verschiedenen Dips und Oliven. Auf einer Etagere türmte sich raffiniert aussehendes Gebäck. Beim Anblick der vielen Köstlichkeiten merkte ich, wie hungrig ich war.

»Da bist du ja, Amelie«, begrüßte mich Biene, die soeben mit einem Krug Orangensaft den Raum betreten hatte. »Wann hast du das alles gezaubert?«, erkundigte ich mich und wies beeindruckt auf die üppige Tafel.

Biene zuckte mit den Schultern. »Ach, das bisschen«, sagte sie beiläufig, aber ich konnte ihr ansehen, dass sie sich über mein Kompliment freute. Siggi schlurfte mit dem Kaffee herein. Er war genauso rundlich wie seine Ehefrau. Zu den Pantoffeln, die an den Zehen schon ganz ausgefranst waren, trug er eine alte Cordhose. Was nicht ganz ins Bild passte, war sein makellos gebügeltes blütenweißes Anzugshemd mit dem gestärkten Kragen. Die ungewöhnliche Kombination war mir schon oft bei ihm aufgefallen, aber bisher hatte ich nie den Mut gefunden, ihn darauf anzusprechen.

In diesem Moment klingelte es an der Tür. Mit einem auffordernden Blick wandte sich Biene an Siggi, woraufhin dieser hinausging und eine halbe Minute später mit Johanna Schulze-Zumkley zurückkehrte. Die alte Frau sah von Biene zu mir. »Ich hoffe für euch, dass es wichtig ist«, sagte sie anstelle einer Begrüßung.

»Kaffee?«, fragte Biene schnell und hielt ihr die Kanne unter die Nase.

Die Klingel ertönte erneut. Diesmal war es Ellie, Avas Großnichte, die von Siggi hereingeführt wurde. Die Mittdreißigerin war mit ihrem glänzenden braunen Haar, das sie heute zu einem lockeren Pferdeschwanz gebunden trug, und ihrem knallroten Lippenstift, der ihr schönes Lächeln unterstrich, eine sehr attraktive Frau. Letztes Jahr hatte sie sich selbst eine dreimonatige Auszeit von ihrem Leben in Düsseldorf verordnet und war nach Herzbach gereist, um sich darüber klar zu werden, was sie von ihrer Zukunft erwartete. Denn ihr stressiger Job als Unternehmensberaterin und ihre On-Off-Beziehung mit einem Mann, der nie da war, erfüllten sie immer weniger.

In Herzbach hatte Ellie nicht nur wunderbare Freunde gefunden, sondern auch die große Liebe. Und sie hatte ihre eigentliche Berufung entdeckt: sich um Menschen zu kümmern, die Hilfe benötigten, und alles dafür zu geben, damit es ihnen besser ging. Mit ihrem Freund Jonas lebte Ellie in derselben Straße wie Ava und Biene. »Dann erzählt mal«, rief sie, nachdem sie ein fröhliches Hallo in die Runde geworfen hatte. »Ich bin so gespannt!«

»Jetzt setzt euch doch erst mal«, erwiderte Biene ungewohnt zurückhaltend. Nachdem wir Platz genommen hatten, forderte unsere Gastgeberin uns auf, beherzt zuzugreifen. Währenddessen ging Siggi um den Tisch herum und schenkte uns Kaffee und Orangensaft ein. Johanna betrachtete misstrauisch die Schälchen mit den Dips und entschied sich schließlich für ein halbes Brötchen mit Käse.

»Ich habe nicht viel Hunger«, erklärte sie. »Mein Tag beginnt um fünf. Dies ist mein zweites Frühstück.« In ihrer Stimme schwang die deutliche Botschaft mit, auf den Punkt zu kommen, anstatt noch länger ihre kostbare Zeit zu verschwenden.

Ellie dagegen schien die unverhoffte Einladung zum Frühstück zu genießen. Sie häufte sich von allem ein bisschen auf ihren Teller, bemerkte zwischendurch begeistert, wie lecker alles aussehe, und biss dann genussvoll in eine Scheibe Weißbrot, die sie dick mit Quark bestrichen hatte. »Sind da Datteln drin?«, fragte sie entzückt, und als Biene eifrig nickte, sagte sie: »Du musst mir unbedingt das Rezept geben.«

»Ich unterbreche eure kleine Unterhaltung ja nur ungern«, ließ sich Johanna vernehmen und sah demonstrativ auf ihre Armbanduhr, »aber könnte ich jetzt bitte erfahren, warum ich hier bin?«

Ellie betrachtete die alte Frau mit plötzlichem Interesse. »Hat meine Großtante Sie schon mal sonntags zum Mittagessen zu sich nach Hause eingeladen?«, erkundigte sie sich freundlich.

Johanna wirkte irritiert. »Ava? Nein. Warum sollte sie das tun?«

Ellie schwieg einen Moment. »Ach, nur so«, meinte sie dann betont beiläufig.

Ich ahnte, dass sie sich in Gedanken eine Notiz machte, und musste mir ein Lächeln verkneifen. Ava war Gastgeberin der *Herzbacher Tafelrunde.* Alle zwei Wochen gab sie sonntags ein Mittagessen für eine Gruppe von Dorfbewohnern. Dafür verwendete sie Rezepte aus einem geheimnisvollen alten Buch, die nicht nach dem Alphabet, sondern nach Stimmungen geordnet waren, die es aufzuhellen galt. Ava sprach nie über die *Tafelrunde,* und auch die Gäste hielten sich bedeckt über das, was während der Treffen geschah. Ich selbst wusste nur Näheres, weil mein Großvater nach Großmutters Tod ein paar Monate lang Mitglied der *Tafelrunde* gewesen war.

Nachdem es ihm wieder besser ging, verließ er die Gruppe, damit jemand anderes, der Avas Hilfe dringender brauchte, seinen Platz einnehmen konnte. »Das ist das Prinzip der *Tafelrunde*«, erklärte er mir damals. »Es gibt nur eine Person, die seit Beginn dabei ist«, ergänzte er, »und das ist Irene.« Danach verstummte er, als hätte er bereits zu viel verraten, doch ich erinnerte mich noch gut an das Mitgefühl, das auf seinem Gesicht gelegen hatte.

Irene, die nicht über den Verlust ihres Verlobten hinwegkam …

Mein Magen zog sich unangenehm zusammen, als ich mir wieder ins Gedächtnis rief, warum wir heute hier zusammensaßen. Am besten war es, wir brachten die Sache hinter uns. Ich räusperte mich, und sofort richteten sich alle Augenpaare am Tisch auf mich. »Der Grund, warum wir euch heute eingeladen haben«, sagte ich und hielt inne. Noch war nichts geschehen. Noch konnte ich mir eine Ausrede einfallen lassen, warum wir dieses Frühstück veranstalteten. Biene wäre zwar enttäuscht, aber sie würde darüber hinwegkommen, spätestens, wenn es einen neuen Skandal gab. Aber was wäre dann? Wenn wir nichts unternahmen, würden die Archäologen im Wald womöglich auf etwas stoßen, das das Rätsel um Irenes Verlobten löste. Und meinen Großvater in Schwierigkeiten bringen könnte. Wenn sich herausstellte, dass er die ganze Zeit über die Wahrheit gekannt hatte, würden die Herzbacher ihn mit Verachtung strafen, bis ihm nichts anderes mehr übrig blieb, als seine Heimat zu verlassen. Mit Schimpf und Schande aus dem Dorf gejagt … mein Großvater wäre ein gebrochener Mann. Die Vorstellung, wie dieser geliebte Mensch mit hängenden Schultern, in jeder Hand einen Koffer, sein Haus verließ und die Straße hinunterstolperte, während sich in den Fenstern der Häuser ringsherum demonstrativ die Vorhänge schlossen, ließ meine Kehle eng werden und trieb mir die Tränen in die Augen. Schnell blinzelte ich sie weg.

»Alles in Ordnung?«, erkundigte sich Ellie besorgt.

»Ja, danke, nur ein Staubkorn«, behauptete ich. Dann holte ich tief Luft und begann: »Ihr alle kennt Nadine, meine beste Freundin, die in der Apotheke arbeitet.« Mit einem Nicken gaben mir Johanna und Ellie zu verstehen, dass ich fortfahren sollte. »In Nadines Leben gab es immer nur einen Mann. Jascha. Sie ist in ihn verliebt, seit ich denken kann. Und dann, vor ein paar Wochen, geschah das Unglaubliche, etwas, was sie sich immer ersehnt, aber nie für möglich gehalten hatte: Er küsste sie. Auf dem Sommerfest in Mondstein. Seitdem sind die beiden ein Paar und schweben auf Wolke sieben.« Letzteres entsprach zwar im Moment nicht ganz den Tatsachen, erschien mir aber notwendig, um die Dramatik zu erhöhen. »Doch vor einigen Tagen«, setzte ich hinzu, »kehrte Hannah nach Herzbach zurück, Jaschas große Liebe, die ihn vor zwanzig Jahren eiskalt abserviert hat.«

In Gedanken entschuldigte ich mich bei Hannah. Ich sah zu Ellie, deren Gesichtsausdruck voller Mitgefühl war. Johanna dagegen runzelte leicht die Stirn. Vermutlich fragte sie sich, was das alles mit ihr zu tun hatte. »Jedenfalls hat Hannahs Ankunft Jascha vollkommen aus dem Konzept gebracht. Sie hat es geschafft, ihm erneut den Kopf zu verdrehen. Das wissen wir aus erster Hand, denn Biene hat die beiden gestern zusammen gesehen.«

»Sie haben sich geküsst«, schnaubte die Friseurin, und trotz meiner Gewissensbisse korrigierte ich sie nicht.

»O nein!«, rief Ellie entsetzt. »Wie furchtbar für Nadine. Die Arme, sie tut mir so leid.«

Johanna schwieg. »Wir dürfen dem armen Jungen keinen Vorwurf machen«, übernahm Biene nun das Wort. »Hannah hat ihn verhext, mit ihrem schönen Gesicht, das seit damals um keinen Tag älter geworden zu sein scheint.«

Johanna fuhr mit dem Zeigefinger den Goldrand ihres Tellers entlang. »Es geht doch nichts über ein Porträt auf dem Dachboden, das für einen altert«, sagte sie trocken in Anspielung auf den Roman *Das Bildnis des Dorian Gray* von Oscar Wilde.

Biene sah Johanna eine Sekunde lang irritiert an, dann rief sie: »Ganz genau! Ich sag euch, da stimmt was nicht mit dieser Hannah.«

Ich hob eine Augenbraue. Anzudeuten, Hannah sei eine Hexe oder Ähnliches, ging mir nun doch ein wenig zu weit.

Biene, die meinen warnenden Blick auffing, ruderte ein Stück zurück. »Wie auch immer: Seit Jascha Hannah wiedergesehen hat, ist er nicht mehr er selbst. Nadine leidet furchtbar. Sie hat eine solche Angst, ihn zu verlieren. Und das wird sie, wenn Hannah noch länger vor seiner Nase herumläuft. Dabei ist völlig klar, dass Hannah Jascha gar nicht will. Sobald ihre Zeit hier um ist, wird sie ihn erneut fallen lassen wie eine heiße Kartoffel. Es wird sein wie vor zwanzig Jahren, nur dass Hannah diesmal zwei gebrochene Herzen zurücklässt.« Biene verstummte.

»Und was genau haben wir damit zu tun?«, fragte Johanna nun tatsächlich.

Die Antwort kam prompt, überraschenderweise jedoch von Ellie. »Das liegt doch auf der Hand«, bekundete sie eifrig. »Wir müssen dafür sorgen, dass Hannah das Dorf so schnell wie möglich wieder verlässt, damit Jascha zur Vernunft kommt.« Sie dachte kurz nach. »Die Frau ist nur wegen der Untersuchung hier. Wenn die nicht stattfindet, hat sie keinen Grund, länger zu bleiben.«

Ich war bass erstaunt. Niemals hätte ich damit gerechnet, dass jemand unseren Plan so schnell erfasste. Dann kam mir wieder in den Sinn, was Ellie während ihrer Auszeit alles in Bewegung gesetzt hatte, um ihren Mitmenschen zu helfen, und wie viel Positives sie dabei bewirkt hatte. Innerlich sprach ich Biene ein Lob aus. Ellie für unser Team vorzuschlagen war genau richtig gewesen. Fragte sich nur, ob die Entscheidung für Johanna ebenfalls so klug gewesen war.

Die alte Frau trank einen Schluck Kaffee. »Ihr wollt also die Arbeit der Archäologen boykottieren«, stellte sie fest, was mir einen Stich versetzte, weil es laut ausgesprochen scheußlich klang.

»Von *wollen* kann nicht die Rede sein«, entgegnete Biene, wobei ihre dunklen Äuglein jedoch vor Begeisterung blitzten, »aber wir haben keine Wahl. Wir *müssen* es tun, Nadine und Jascha zuliebe. Du erinnerst dich doch bestimmt noch, wie es damals war, Johanna: Jascha war am Boden zerstört, nachdem Hannah ihn verlassen hatte. Er hat danach nie wieder eine Frau kennengelernt, die ihm etwas bedeutet hätte. Und jetzt, wo er endlich wieder glücklich ist, kommt diese Frau daher, als wäre nichts gewesen, und macht alles zunichte. Was unsere Chorleiterin Sophie wohl dazu sagen würde? Sie liebt ihren Bruder Jascha über alles.«

Dass Biene nun den Schwerpunkt auf Jascha richtete, und dabei dessen Schwester erwähnte, konnte kein Zufall sein. Damit rührte sie an Johannas Werten. Auch wenn sich die alte Frau lieber die Zunge abgebissen hätte, als es zuzugeben: Familie war für sie das Wichtigste. Und die Löwensteins zählten ebenso wie die Schulze-Zumkleys zu Herzbachs ältesten. Seit Generationen betrieben sie die Geigenbau-Meisterwerkstatt am Marktplatz. Zudem leitete Sophie den Chor, in dem Johanna sang. Damit war sie vermutlich die einzige Person auf der Welt, von der Johanna sich etwas sagen ließ. Ab und zu zumindest.

»Warum bittet ihr dann mich, Jascha zu helfen, und nicht Sophie?«, hakte Johanna nach.

Biene prustete ungläubig. »Ich bitte dich, Johanna. Du kennst doch Sophie! Wenn wir ihr erzählen, dass Hannah ihren Bruder geküsst hat, läuft sie schnurstracks zu ihr und stellt sie zur Rede. Und dann wird Hannah erst recht bleiben und Jascha umgarnen. Schon aus Prinzip! Nein, hier ist ein Spiel über Bande gefragt, und dafür ist Sophie die Falsche.«

Johanna schürzte die Lippen. Ihr Blick fiel auf mich und bekam etwas Nachdenkliches. »Die Münze wurde auf der Lichtung gefunden«, murmelte sie, wobei sie klang, als spreche sie zu sich selbst.

Ich zuckte erschrocken zusammen. Aus den Augenwinkeln bemerkte ich, wie sich Biene und Ellie fragend ansahen. Für sie mochte Johannas Bemerkung zusammenhangslos erscheinen, für mich wirkte sie wie eine geheime Botschaft. Ahnte sie, was mich wirklich umtrieb? Nein, versuchte ich mich zu beruhigen, das war unmöglich. Johanna betrachtete mich noch einen kurzen Moment, dann wandte sie sich erneut Biene zu. »Ich bin dabei«, sagte sie bestimmt.

Biene wirkte, als traue sie ihren Ohren nicht. Das hatte ich mir schwerer vorgestellt, sagte ihre verdatterte Miene.

Johanna stellte energisch ihre Tasse ab. »Also schön«, meinte sie. »Lasst uns die Untersuchungen verhindern. Was ist meine Rolle?«

Biene, die sich von ihrer Überraschung offenbar erholt hatte, grinste. »Du bist unser Joker, Johanna. Du machst das Unmögliche wahr. So wie letzten Oktober, als es um den Chorwettbewerb ging.« Für eine winzige Sekunde hatte es den Anschein, als würden sich Johannas Lippen zu einem Lächeln kräuseln, doch im nächsten Moment bildeten sie bereits wieder einen geraden Strich.

Ellie angelte nach einem orientalisch anmutenden Gebäckstück und biss hinein. »Gut«, sagte sie kauend. »Schmieden wir einen Plan.«

Biene zog nun ebenfalls die Etagere zu sich heran und nahm ein kleines Küchlein herunter, das mit Honig und Pistaziensplittern garniert war. »Das machen wir. Sobald Siggi uns frischen Kaffee gebracht hat. Siggi!«

Wie auf Kommando betrat ihr Gatte mit einer Kanne den Raum und stellte sie auf den Tisch. »Habt ihr alles, was ihr braucht?«, erkundigte er sich freundlich. »Dann fahre ich jetzt zur Arbeit.«

Biene bejahte, worauf Siggi sich zu ihr herunterbeugte und ihr einen schmatzenden Kuss auf die Wange gab.

Plötzlich streifte ein Gedanke meine Wahrnehmung. »Was macht Siggi noch mal beruflich?«, erkundigte ich mich.

Biene lächelte stolz. »Siggi ist Facility Manager«, gab sie bereitwillig Auskunft, wobei die Berufsbezeichnung aus ihrem Mund wie »Fäzillitie-Männätscher« klang. Sie fügte hinzu: »Er arbeitet bei der Naturschutzbehörde in Sternbeck.« Biene stockte. Ihre Augen wurden groß. »Bei der Naturschutzbehörde«, wiederholte sie langsam.

»Na, sieh mal einer an«, meinte Johanna. Ein paar Sekunden lang war es still am Tisch, während wir uns mit bedeutungsschweren Blicken anschauten.

Schließlich war es Ellie, die das Schweigen brach. »Man hört doch immer wieder von Tieren, die Bauprojekte verzögern«, sprach sie aus, was alle dachten. »Die Bechsteinfledermaus im Hambacher Forst zum Beispiel. Und bei Stuttgart 21 war es irgendein Käfer.«

Ich nickte, während mich Aufregung erfasste. »Und denkt nur an den Feldhamster, der ständig irgendwelche Straßenbaumaßnahmen verhindert.«

»Jetzt müssen wir nur noch ein Tier finden, das auf der Lichtung wohnt und vor den Archäologen geschützt werden muss«, ergänzte Biene begeistert. »Vielleicht eine Vogelart, die gerade brütet. Obwohl … dafür könnte es schon zu spät im Jahr sein.« Sie hielt inne. »Aber was zerbreche *ich* mir darüber den Kopf? Dafür gibt es doch die Behörde. Die Damen und Herren können ruhig mal was tun für ihr Geld. Ich setze Siggi sofort darauf an. Als Facility Manager kennt er jeden dort und ist mit allen per Du.«

Lächelnd hob Ellie beide Daumen, um ihre Zustimmung zu bekunden.

»Wenn wir die Naturschutzbehörde einschalten«, bemerkte Johanna mit ernster Stimme in die allgemeine Euphorie hinein, »ist der Fund der Goldmünze bald kein Geheimnis mehr.«

Ihr Einwand setzte unserer Heiterkeit ein jähes Ende. »Verflixt!«, entfuhr es mir. »Das stimmt. Und dann wimmelt es hier von selbst ernannten Schatzjägern.« Alexanders eindringliche Worte zu Beginn der Dorfversammlung waren mir noch gut in Erinnerung.

»Papperlapapp«, erwiderte Biene. »Unterschätzt meinen Siggi nicht. Wir bekommen das Verbot. Und zwar diskret. Lasst mich nur machen.«

»Okay«, meinte Ellie. »Aber nur mal angenommen, Siggi schafft es nicht oder die Sache dauert einfach zu lange: Gibt es etwas anderes, was wir tun können?«

»Natürlich«, erwiderte Johanna seelenruhig. »Die Archäologen verwenden für ihre Arbeit technische Geräte.«

»Ja, und weiter?«, erkundigte sich Biene ratlos.

»Ohne Geräte keine Untersuchung.«

»Du meinst, wir sollen ihnen die Ausrüstung klauen?«, fragte Biene ungläubig.

»Ja, genau das meine ich«, antwortete Johanna und goss sich ruhig eine weitere Tasse Kaffee ein.

»Äh, ich weiß nicht«, stotterte Biene und sah Hilfe suchend zu mir.

Ich schluckte. Hannah und Kai die Naturschutzbehörde auf den Hals zu hetzen war bestimmt nicht die feine englische Art, aber ein Diebstahl ... das ging mir nun doch zu weit. »Ich möchte nicht die Empfindsame spielen«, sagte ich deshalb an Johanna gewandt, »aber Stehlen kommt nicht infrage.«

Ellie pflichtete mir bei: »Wir sind doch keine Kriminellen.«

»Gott bewahre«, erwiderte Johanna, und obwohl ihre Miene unbeeindruckt blieb, sagte mir mein Gefühl, dass sie sich köstlich amüsierte.

Ellie klatschte in die Hände und lenkte damit die Aufmerksamkeit am Tisch auf sich. »Also, Leute. Wir werden keine technischen Geräte klauen. Was machen wir stattdessen?«

In den nächsten Minuten überlegten wir hin und her, ohne zu einem überzeugenden Ergebnis zu gelangen. Schließlich sagte Ellie: »Auf der Dorfversammlung wurde die Frage gestellt, ob bei der Arbeit der Archäologen Besucher erlaubt seien. Ich schlage vor, dass wir die beiden heute in den Wald begleiten. Vielleicht fällt uns ja währenddessen etwas ein.«

Biene nickte. »Das ist eine tolle Idee, Ellie! Und selbst wenn nicht: So können wir auf jeden Fall Hannah im

Auge behalten, damit sie sich nicht an Jascha heranmacht.«

Ich rief mir die Szene auf der Dorfversammlung ins Gedächtnis. Tatsächlich hatte ein Herzbacher gefragt, ob während der Arbeit Besucher erlaubt seien, allerdings hatte ich Kais Antwort *Ich bin sicher, hierfür finden wir eine Lösung, die allen Interessen gerecht wird* nicht unbedingt als ein Ja interpretiert. Ich hasste das Gefühl, mich aufzudrängen. Doch noch mehr fürchtete ich mich davor, Kai wiederzusehen, nachdem ich bei unserer letzten Begegnung so überstürzt die Flucht ergriffen hatte. Zudem graute mir vor der Aussicht, neben ihm herzuspazieren, als sei alles in bester Ordnung, während ich in Wirklichkeit gegen ihn und Hannah intrigierte. Wenn ich schon zu so drastischen Maßnahmen bereit war, um meinen Großvater zu schützen, dann wollte ich Kai dabei wenigstens nicht in die Augen schauen müssen.

»Auf die Gefahr hin, dass ihr mich für eine Spielverderberin haltet«, wandte ich ein. »Aber ich glaube nicht, dass Hannah und Kai uns erlauben werden, ihnen über die Schulter zu schauen, wenn sie mit der Metallsonde durch den Wald laufen.«

Ellie grinste spitzbübisch. »Wie heißt es doch so schön? Lieber hinterher um Entschuldigung bitten, als vorher um Erlaubnis.« Sie sah in die Runde. »Also, wer ist dafür, dass wir uns den Archäologen heute an die Fersen heften?«, fragte sie und hob den Arm.

Bienes Hand schoss in die Höhe. Johanna neigte leicht den Kopf, was man als Zustimmung deuten konnte. Damit stand es drei zu eins. Alle Blicke richteten sich auf mich, sodass ich, mich innerlich windend, nun ebenfalls nickte.

Voller Tatendrang sprang Ellie auf. »Na dann, worauf warten wir noch? Los geht's!«, rief sie. »Wenn wir Glück haben, erwischen wir sie noch im Hotel.«

Biene erhob sich, doch im nächsten Augenblick verdüsterte sich ihr Gesichtsausdruck. »Mist!«, schimpfte sie. »Ich kann ja gar nicht mitkommen. Ich muss um spätestens zehn Uhr in Mondstein im Salon sein.« Sie seufzte betrübt. »Was ist mit euch? Müsst ihr nicht arbeiten?«

»Ich habe mein Büro zu Hause und kann meine Zeit flexibel einteilen«, antwortete Ellie. »Von daher fange ich heute später an und lege dafür eine Nachtschicht ein. Jonas ist sowieso nicht da, er hat Semesterferien und ist bei seinem Sohn in Neuseeland.«

»Und meine Schwestern sind alt genug, um einen halben Tag ohne mich auszukommen. Schließlich ist es für einen guten Zweck«, ergänzte Johanna.

Die alte Frau gab mir Rätsel auf. War es wirklich die Fürsorge für Jascha, die sie so kooperativ machte? Der Hof war Johannas Leben. Dass sie ihn im Stich ließ, und sei es nur für ein paar Stunden, war höchst ungewöhnlich und irgendwie auch verdächtig.

»Was ist mir dir, Amelie?«, holte mich Ellie aus meinen Gedanken. »Kannst du heute später in der *Büchertruhe* anfangen?«

Ich kämpfte mit mir. Es wäre ein Leichtes, den Laden vorzuschieben, um nicht mit zur Lichtung zu müssen. Seit Henry Miles' neuer Thriller erschienen war, wussten wir vor Arbeit nicht mehr ein noch aus. Andererseits war ich diejenige, die den Stein überhaupt erst ins Rollen gebracht hatte. Da konnte ich mich jetzt, wo es ernst wurde, nicht in Ausflüchten verlieren. »Ja, ich sage meinem Großvater Bescheid.«

21

Amelie Auf dem Weg zum Dorfplatz war ich sehr still. Mein Großvater hatte überrascht und besorgt reagiert, als ich ihn auf dem Handy angerufen hatte, um mitzuteilen, dass ich heute später in die *Büchertruhe* kam. Auf seine Frage, was los sei, hatte ich etwas von dringenden Besorgungen gemurmelt. Zum Glück hatte er nicht weiter nachgefragt. Ich war nicht gut darin, ihn anzulügen, und froh darüber, dass wir am Telefon sprachen, sodass er mein Gesicht nicht sehen konnte. Der schuldbewusste Ausdruck darin hätte mich sofort verraten.

Meine Gedanken wanderten zu Kai, und sofort fingen meine Nerven an zu flattern. Das letzte Mal war ich regelrecht vor ihm davongelaufen. Eigentlich genauso wie bei unserer ersten Begegnung, ging es mir durch den Sinn, und ich schloss peinlich berührt die Augen. Ich wollte mir gar nicht vorstellen, was Kai von mir dachte. Ellie, die mit Johanna vor mir lief, schien dagegen sehr entspannt. Munter redete sie auf die alte Frau ein und ließ sich von den einsilbigen Antworten, die sie erhielt, nicht abschrecken. Im Gegenteil, Johannas harsche Art wirkte auf Ellie offenbar wie eine Einladung, sich genauer zu erkundigen. Unter normalen Umständen hätte mich die Beobachtung belustigt, weil mich Ellie in ihrer Beharrlichkeit so stark an Ava erinnerte, doch die Umstände waren nicht normal.

Im Gehen wandte sich Ellie nach mir um. »Warum läufst du hinter uns her?«, fragte sie. »Hier ist genug Platz, um nebeneinanderzugehen.«

»Vermutlich will sie ihre Ruhe haben«, bemerkte Johanna.

Johannas Sarkasmus ignorierend, blieb Ellie stehen und hakte sich bei mir unter. »Du musst kein schlechtes Gewissen haben, Amelie«, bemerkte sie einfühlsam. »Wir tun niemandem weh. Bestimmt wird es sogar lustig.«

Lustig? Was das anging, hatte ich starke Zweifel. »Erst mal müssen sie uns überhaupt mitnehmen«, gab ich zu bedenken und schaute unglücklich zu Boden. Johanna gab einen Laut von sich, den ich nicht zu deuten wusste, allerdings verspürte ich auch kein Verlangen nachzufragen.

Als wir den Dorfplatz überquerten und am Brunnen vorbeikamen, sah ich davor ein Centstück auf dem Boden liegen. Als kleines Mädchen hatte ich Münzen ins Wasser geworfen und mir etwas gewünscht. Heute wünschte ich mir nur, dass unser Plan aufging und bald alles ausgestanden war. Aus einem Impuls heraus hob ich das Geldstück auf und ließ es in den Brunnen gleiten, wo es zu den anderen Münzen hinabsank. Aus den Augenwinkeln bemerkte ich, wie Johanna den Kopf schüttelte. Sollte sie sich doch über meinen Aberglauben lustig machen – ich konnte jede Hilfe gebrauchen.

Obwohl es ein warmer Sommermorgen war, brannte in der Lobby des Hotels ein Feuer im Kamin. Die Luft war erfüllt vom Duft der Tannennadeln, die die Angestellten in die Flammen gaben. Am Empfang erwartete uns ein schlanker, junger Mann in einem gut sitzenden grauen Anzug, den ich als den ältesten Sohn der Sieverts erkannte, die in unserer Straße wohnten. Jetzt, wo ich Oliver sah, fiel mir ein, dass er mir von seiner Ausbildung zum Hotelfachmann erzählt hatte. Als er mich bemerkte, lächelte er. Dann fiel sein Blick auf Johanna, und sein Gesichtsausdruck bekam etwas Furchtsames.

Unbeeindruckt steuerte Johanna auf ihn zu. Oliver wich reflexartig einen Schritt zurück, wobei er mit dem Rücken gegen das altmodische Schlüsselbrett stieß. In Reiseführern wurde das Hotel am Dorfplatz mit den Worten beschrieben, es versprühe den Charme vergangener Jahrhunderte. Das trifft es sehr gut, dachte ich, während ich beobachtete, wie die schweren Zimmerschlüssel klirrend gegeneinanderstießen. Johanna beugte sich über den Tresen, worauf Oliver nervös an seiner Krawatte zu nesteln begann.

»Ich möchte mit den beiden Archäologen sprechen«, verlangte sie. »Sind sie da?«

Stumm machte Oliver eine Geste mit dem Kinn. Ich drehte mich um und fand mich Kai gegenüber. Mein Atem stockte.

»Wollen Sie zu uns?«, fragte er.

Ich sah in seine blauen Augen und spürte, wie meine Knie weich wurden. Halt suchend stützte ich mich bei Ellie ab.

»Alles okay?«, flüsterte sie, und ich nickte schwach.

»Dann sind wir ja jetzt beisammen, wie schön«, übernahm Johanna das Kommando und sagte an Kai gewandt: »Sie haben auf der Versammlung in Aussicht gestellt, dass wir Ihnen bei der Arbeit zusehen dürfen. Davon würden wir gerne Gebrauch machen.«

Amüsiert lächelte Kai die alte Frau an. »Ich kann mich gar nicht erinnern, dass ich das so gesagt habe.«

Ich sah zu Boden und wünschte mir, die Erde möge sich unter mir auftun. Anders Johanna. Sie blickte Kai unter schweren Lidern an. »Sie sind Gast in Herzbach, junger Mann«, sagte sie streng. »Wir dagegen leben hier. Wenn wir zur Lichtung wollen, gehen wir zur Lichtung. Allerdings sind wir höflich und geben Ihnen die Gelegenheit, uns einzuladen.«

Zutiefst verlegen schielte ich zu Kai, der allerdings eher belustigt als verärgert schien.

»Gibt es ein Problem?«, ertönte hinter uns eine kühle Frauenstimme. Es war Hannah, die mit einer unförmigen Tasche über der Schulter soeben die Treppe heruntergekommen war. Darin befindet sich bestimmt die Metallsonde, schoss es mir durch den Kopf. Statt T-Shirt und Cargohose trug Hannah heute einen schwarzen Jogginganzug aus Baumwollstoff, in dem sie hinreißend aussah. Die Frau würde auch dann noch wie ein Filmstar ausschauen, wenn sie mit einem Kartoffelsack bekleidet war. An Ellies bewundernder Miene konnte ich ablesen, dass sie ähnliche Gedanken hegte.

»Ein Problem? Das wird sich zeigen«, antwortete Johanna.

Entnervt sah Hannah von ihr zu Kai. »Kann mich bitte jemand aufklären?«

Ich fühlte, wie mir der Schweiß ausbrach. Die Situation wurde immer peinlicher.

»Die drei möchten uns zur Lichtung begleiten«, informierte Kai sie.

Hannah runzelte die Stirn. Ich konnte sehen, wie es dahinter zu arbeiten begann.

Ellie trat einen Schritt vor und lächelte entwaffnend. »Entschuldigen Sie, dass wir Sie so überfallen«, sagte sie begütigend. »Aber Ihre Ausführungen auf der Versammlung haben uns fasziniert. Deshalb würden wir gerne einen Eindruck davon bekommen, wie Sie arbeiten.« Ihr Tonfall war offen und ehrlich. Nicht weil sie sich gut verstellen konnte, sondern weil sie jedes Wort so meinte. Natürlich ging es ihr um unseren Plan. Aber so, wie Ellie guckte, war sie tatsächlich neugierig auf den Alltag eines Archäologen. Sie fuhr fort: »Außerdem wird in Herzbach nicht jeden Tag eine wertvolle Römermünze gefunden. Das ganze Dorf ist aufgeregt. Da ist eine transparente Kommunikation wichtig. Wenn wir drei heute mitkommen, können wir den anderen Herzbachern davon berichten. Anderenfalls möchte ich wetten, dass Sie morgen mindestens hundert neugierige Zuschauer haben.«

Hannah schwieg. Bestimmt verspürte sie nicht das geringste Interesse, von uns begleitet zu werden. Nicht von einer bissigen alten Frau wie Johanna und erst recht nicht von mir, da ich bei unserem Kennenlernen so unhöflich zu ihr gewesen war. Ich bemerkte, dass Kai mich ansah, und begegnete vorsichtig seinem Blick. Er lächelte mir zu und ich erwiderte sein Lächeln, bevor ich verlegen die Augen niederschlug. Wenn Kai mich so anschaute, fand er mich vielleicht doch nicht so furchtbar. Aber er würde dich furchtbar finden, wenn er wüsste, warum du *wirklich* hier bist, sagte eine schonungslose Stimme in meinem Kopf. Ich schluckte.

»Als Kai sagte, dass wir dafür eine Lösung finden«, setzte Hannah an, »meinte er, dass wir einen Termin anbieten, an dem wir unser Vorgehen erklären und Fragen beantworten. Eine öffentliche Führung. So handhaben wir das normalerweise.«

»Und heute handhaben wir es eben mal anders«, erwiderte Ellie so treuherzig und vergnügt, dass selbst Hannah gegen ihren Willen lächeln musste.

Halb überredet, drehte sie den Kopf zu Kai. »Was meinst du?«

Er bemühte sich um einen ernsten Gesichtsausdruck, doch das Zucken um seine Mundwinkel verriet ihn. »Lass uns eine Ausnahme machen«, sagte er und sah mich dabei direkt an. »Eine gewisse Volksnähe tut uns Archäologen ganz gut«, fügte er verschmitzt hinzu.

»Okay, von mir aus«, erwiderte Hannah und atmete geräuschvoll aus. »Dann kommen Sie eben mit.«

Obwohl unser Aufenthalt im Hotel nicht länger als eine Viertelstunde gedauert haben konnte, kam es mir so vor, als ob die Temperatur in der Zwischenzeit weiter in die Höhe geklettert war. Ich zog meine Strickjacke aus und stopfte sie in meine Handtasche. Unter den neugierigen Blicken einiger Herzbacher, die auf dem Marktplatz ihren Besorgungen nachgingen, setzte sich unsere kleine Gruppe in Bewegung. Wie schon vorhin bildete ich das Schlusslicht. Kai gesellte sich zu mir. Seine plötzliche Nähe freute und verunsicherte mich gleichermaßen.

»Wenn wir jetzt schon zusammenarbeiten, wollen wir dann nicht Du zueinander sagen?«, fragte er.

»Sehr gerne!«, entfuhr es mir, und etwas sachlicher fügte ich hinzu: »Ich bin Amelie.«

»Ich weiß«, bemerkte Kai mit einem Lächeln.

In seiner Stimme schwang ein weicher Unterton mit, der meinen Herzschlag ins Stolpern brachte. Es war nicht zu leugnen: Kai Behrends hatte etwas an sich, das mich unwiderstehlich anzog. Wenn nur die Umstände anders wären …

Eine Weile gingen wir schweigend nebeneinanderher. Normalerweise hatte ich keine Probleme, mit jemandem ins Gespräch zu kommen. Nur heute wollte es mir nicht gelingen. Was sollte ich Kai auch sagen? Zu schwer wog der Plan, den ich gegen ihn im Schilde führte. Ein Plan, der das Ziel hatte, ihn und Hannah so schnell wie möglich aus Herzbach zu vertreiben. Ein dumpfes Gefühl von Traurigkeit breitete sich in mir aus. Bestimmt hatte Biene schon mit Siggi gesprochen. Vielleicht war die Naturschutzbehörde in diesem Moment bereits dabei, ein Verbot gegen die Untersuchungen zu bewirken.

Ich war so in meine Gedankenwelt versunken, dass ich einen Moment brauchte, um zu realisieren, dass Kai mich angesprochen hatte. Erschrocken schaute ich ihn an. »Entschuldige, was hast du da gesagt?«

Kai wiederholte seine Worte: »Ich sagte, ich freue mich, dass ihr mitkommt.« Er lächelte. »Besonders, weil *du* mitkommst.«

Ich erwiderte sein Lächeln und fühlte mich noch schlechter.

Inzwischen hatten wir den Wald erreicht. Tief sog ich die würzige, nach Baumharz duftende Luft in meine Lungen. Ein paar Meter weiter vorne waren die drei Frauen stehen geblieben, um auf uns zu warten. Schweigend schlossen wir zu ihnen auf.

Als wir sie erreicht hatten, ertönte aus dem Unterholz

ein lautes Rascheln. Ellie lauschte und rückte dichter an mich heran. »Leben Feldhamster auch im Wald?«, raunte sie mir ins Ohr.

»Keine Ahnung«, flüsterte ich zurück. »Vermutlich nicht, sonst würden sie ja nicht Feldhamster, sondern Waldhamster heißen.«

Ellie kicherte. »Klingt logisch.« Sie senkte erneut die Stimme. »Und wenn wir einen Feldhamster auf der Lichtung aussetzen und sein Foto der Naturschutzbehörde zuspielen?«

Die Vorstellung war so albern, dass ich lachen musste, obwohl mir nicht danach zumute war.

»Wovon wollen Sie ein Foto machen?«, erkundigte sich Hannah, die näher getreten war.

»Von uns beiden«, reagierte Ellie geistesgegenwärtig.

Ehe ich wusste, wie mir geschah, legte sie einen Arm um mich, zog mit der anderen Hand ihr Handy hervor und schoss ein Selfie von uns. Sie betrachtete das Foto und gluckste. Anschließend hielt sie mir ihr Smartphone hin, damit ich das Bild ebenfalls begutachten konnte. Ellie war gut getroffen und lächelte sympathisch in die Kamera. Ich dagegen riss erschrocken die Augen auf. Den schuldbewussten Gesichtsausdruck bildete ich mir hoffentlich nur ein.

»Ganz allerliebst«, kommentierte Johanna. »Können wir jetzt weitergehen?«

Ellie und ich nickten ergeben. Auf dem letzten Stück wurde der Weg so schmal, dass wir hintereinander herlaufen mussten. Ich ging hinter Kai und bewunderte seine breiten Schultern und den kräftigen Rücken, bevor mein Blick an seinem wohlgeformten Po hängen blieb. Mir wurde warm, und ich sah schnell woanders hin.

Schließlich erreichten wir die Lichtung, die in goldenes Sonnenlicht getaucht war.

»Da wären wir«, unterbrach Hannah die andächtige Stille, die sich für einen Moment über die Szenerie gelegt hatte. Sie nahm die Tasche von ihrer Schulter.

»Darf ich mal?«, fragte Johanna. »Ich möchte gerne wissen, wie schwer so eine Metallsonde ist.«

Ohne Hannahs Antwort abzuwarten, griff die alte Frau nach der Tasche. Dabei entglitten ihr die Riemen, und die Tasche landete unsanft auf dem Boden.

»Oh, wie ungeschickt von mir«, sagte Johanna.

Hannahs Augen verengten sich zu Schlitzen. »Kann ja mal passieren«, presste sie hervor. Sie bückte sich nach der Tasche, zog den Reißverschluss auf und unterzog den Inhalt einer eingehenden Untersuchung. Als sie sich wieder aufrichtete, wirkte sie erleichtert. »Alles in Ordnung«, bemerkte sie zu Kai.

»Da sind wir aber froh«, ließ Johanna sich vernehmen.

Während Kai und Hannah ihr Vorgehen besprachen, entfernte sich Ellie ein paar Schritte und winkte Johanna und mich zu sich heran. »Was sollte das eben?«, fragte sie streng.

Johanna zuckte mit den Schultern. »Ich habe improvisiert«, meinte sie. »Die Gelegenheit beim Schopf ergriffen, wenn Sie so wollen.«

Ellie rollte mit den Augen. »Jetzt lassen Sie doch mal das komische Sie. Das kommt mir vor dem Hintergrund dessen, was wir hier tun, fehl am Platz vor.«

Johanna sah Ellie ein paar Sekunden lang schweigend an. Dann sagte sie: »Von mir aus. Du beherrschst den Genitiv. Ich schätze, das macht es erträglich.«

Ellie deutete einen ironischen Knicks an. »Zu viel der

Ehre«, sagte sie. »Aber jetzt mal ehrlich, Johanna. Wir haben uns darauf verständigt, dass wir das Eigentum anderer Menschen respektieren. Wir stehlen nicht, und wir machen auch nichts kaputt.«

Johanna sah aus, als bereue sie bereits wieder, mit Ellie per du zu sein. »Wir wollen, dass Hannah so schnell wie möglich geht«, erwiderte sie kühl. »Das erreichen wir nicht, indem wir ihnen bei der Arbeit *zugucken.*«

Darauf wusste Ellie nichts zu erwidern, ebenso wenig wie ich. Johanna hatte ja recht. Ein paar Meter von uns entfernt nahm Hannah soeben den Metalldetektor zur Hand. Mein Mund wurde trocken. Was sollte ich nur tun? Ich konnte ihr das Gerät ja schlecht entreißen und damit wegrennen.

In diesem Moment klingelte mein Smartphone. Es war mein Großvater.

»Du musst sofort herkommen, Amelie«, drängte er. Im Hintergrund waren laute Stimmen und Rufe zu hören.

»Was ist denn los bei dir?«, fragte ich. »Ist eine Busladung Touristen eingetroffen?«

Großvater stöhnte. »So ähnlich. Beeil dich bitte.«

»Ich mache mich sofort auf den Weg. In spätestens zwanzig Minuten bin ich da«, versprach ich und beendete das Gespräch. Johanna und Ellie sahen mich fragend an.

»Es tut mir leid, aber mein Großvater braucht mich im Laden«, erklärte ich. Einerseits war ich dankbar, der Situation entkommen zu können, andererseits fühlte ich mich unwohl, die beiden Frauen alleine zu lassen. Zudem erfüllte mich der Gedanke, nicht mitzubekommen, was als Nächstes geschah, mit Unruhe.

Ellie nickte verständnisvoll. »Natürlich. Geh ruhig. Johanna und ich halten hier die Stellung. Wir erzählen dir dann später alles im Detail.«

Johanna wirkte, als wolle sie noch etwas entgegnen, doch dann entschied sie sich offenbar anders. Ich verabschiedete mich von den beiden und ging zu Hannah und Kai, um ihnen ebenfalls Auf Wiedersehen zu sagen. Hannah hatte sich soeben ein Paar schwarzer Kopfhörer aufgesetzt. Mein Blick blieb an der Metallsonde in ihren Händen haften, die an eine Art modernen Staubsauger erinnerte, und mein Magen zog sich schmerzhaft zusammen. Gleich würde sie beginnen, den Waldboden abzusuchen, und ich konnte nur bangen und hoffen, dass ihre Suche ohne Ergebnis blieb.

22

Amelie Die innere Unruhe begleitete mich den ganzen Weg zurück zur *Büchertruhe*. Mehrmals war ich versucht umzukehren und meinem Großvater zu sagen, dass er sich noch etwas gedulden müsse. Die Vorstellung, nicht dabei zu sein, wenn das Metallsuchgerät ausschlug, bereitete mir Unbehagen. Doch dann hielt ich mir vor Augen, dass Großvater alleine im Geschäft war und sich dem Andrang nicht gewachsen fühlte. Wäre es anders, hätte er mich nicht angerufen. Und richtig … als ich die Tür zum Geschäft öffnete, wimmelte es darin nur so vor Kunden. Vor der Kasse hatte sich eine Traube von Menschen gebildet, die aufgeregt durcheinanderredete. Es waren so viele, dass ich meinen Großvater zunächst gar nicht sehen konnte. Was um alles in der Welt ging hier vor? Fassungslos bahnte ich mir einen Weg durch das Gedränge.

»Amelie, Gott sei Dank!«, rief mein Großvater, als ich mich zur Kasse durchgeschlagen hatte. Die Kunden, die gerade noch wild auf ihn eingeredet hatten, drehten sich nun zu mir um und bestürmten mich mit Fragen.

»Wo ist Henry?«, kreischte ein junges Mädchen mit sich überschlagender Stimme. Ein Mann mit Glatze schob sie einfach zur Seite und hielt mir einen Stapel Romane unter die Nase.

»Können Sie ihm die hier geben? Das sind meine, ich habe sie von zu Hause mitgebracht. Er soll *Für Herbert* hineinschreiben.«

»Ich war zuerst da!«, beschwerte sich die Frau neben ihm empört und schlug ihm mit ihrer Ausgabe von *Dark Secrets* auf den Arm.

»Nein, ich!«, ertönte es aus einem Dutzend anderer Kehlen. »Jetzt lassen Sie mich doch bitte vorbei!«, forderte ich die Menschen auf und streckte beide Arme aus, um mir Platz zu schaffen. Widerstrebend wich die Menge zurück, sodass ich zu meinem Großvater hinter den Verkaufstresen schlüpfen konnte. »Was ist denn hier los?«, fragte ich verwirrt.

In einer Geste der Verzweiflung hob mein Großvater die Schultern. So zerzaust hatte ich ihn noch nie gesehen. Seine Haare standen in alle Richtungen ab, und auf seiner Stirn glänzten Schweißperlen. »Es geht das Gerücht um, dass Henry Miles hier ist.«

Ich starrte ihn an. »Wo hier? In der *Büchertruhe?*«, war alles, was ich hervorbrachte.

»Ich weiß es doch auch nicht«, erwiderte mein Großvater. »Henry hat nichts von einem Besuch gesagt.«

Ich ließ meinen Blick über die aufgeregte Menge gleiten. »Aber wie kommen die denn dann darauf?«, fragte ich ratlos.

Ein Jugendlicher mit schwarz gefärbten Haaren hielt mir sein Smartphone hin. »Der Post geht seit heute Morgen viral«, sagte er.

Mein Großvater starrte ihn entgeistert an. »Was bedeutet das denn jetzt schon wieder?«

Der Junge schaute mitleidig. »Das bedeutet, dass sich die Nachricht wie ein Virus in den sozialen Netzwerken ausbreitet.«

Mein Großvater und ich blickten uns stumm an. Durch die Tür strömten immer weitere Menschen in die Buchhandlung, viele mit Henry-Miles-Romanen in den Händen. Schon jetzt war die Luft so heiß und stickig, dass man sie schneiden konnte. Wir mussten dringend etwas unternehmen. In meiner Verzweiflung kletterte ich auf den Tresen und hob beide Hände. »Ruhe!«, brüllte ich. Und es funktionierte. Die Kunden, die unmittelbar vor der Kasse Stellung bezogen hatten, hielten inne und sahen zu mir hoch. Nach und nach verstummten auch die Stimmen weiter hinten, bis sich eine fast gespenstische Stille im Laden ausbreitete.

Ich atmete tief durch. »Ich habe verstanden, dass Sie alle heute hierhergekommen sind, um Henry Miles zu sehen. Doch ich muss Sie enttäuschen: Das Gerücht stimmt nicht, er ist nicht hier. Es tut mir leid.«

Ich sah in traurige und enttäuschte Gesichter. Ein paar wirkten auch verärgert.

»Und dafür bin ich extra so weit gefahren«, versetzte ein großer Mann mit Brille wütend. Er funkelte mich durch seine dicken Gläser an, als sei ich persönlich dafür verantwortlich.

»Wir beruhigen uns jetzt alle mal«, erklang eine feste Stimme von der Tür her. Es war Ava. Sämtliche Köpfe im Laden drehten sich nach ihr um. »Sie haben die junge Frau gehört: Henry Miles ist nicht hier. Und wenn Sie nichts kaufen wollen, wovon ich ausgehe, da Sie ja offenbar Ihre Bücher mitgebracht haben, dann gehen Sie jetzt bitte. Aber geordnet! Unser guter Dr. Kreutzer hat auch so schon genug tun, wenn er sich nicht um Ihre lädierten Zehen kümmern muss.«

Vereinzelt war Gelächter zu hören. Zwar gab es auch das ein oder andere Murren, doch schließlich kamen die ersten Menschen Avas Aufforderung nach und verließen die *Büchertruhe*. Der Mann mit der Brille warf mir einen letzten finsteren Blick zu, dann machte auch er kehrt und strömte mit der Menge nach draußen.

Ich kletterte vom Tresen herunter, und nach wenigen Minuten war der Spuk vorbei. Erleichtert riss ich alle Fenster auf, um frische Luft in das Geschäft zu lassen.

»Gut, dass du vorbeigekommen bist, das war Rettung in letzter Sekunde«, sagte mein Großvater zu Ava. »Du hast so eine beruhigende Wirkung auf Menschen. Auf dich hören sie.«

Bescheiden winkte Ava ab. »Ihr hättet das auch ohne mich hinbekommen.«

»Mag sein, aber nicht so mühelos. Danke.«

»Keine Ursache. Funktioniert eure Kaffeemaschine eigentlich wieder?«, wechselte Ava das Thema. »Ich weiß nicht, wie es euch geht, aber ich könnte jetzt einen starken Kaffee gebrauchen.«

Eine Viertelstunde später saßen wir zu dritt auf dem Sofa am Fenster und nippten an unserem Kaffee. An die Eingangstür hatte ich ein Schild mit den Worten »Wir sind gleich wieder für Sie da« gehängt. Nach der Aufregung um Henry Miles tat die Verschnaufpause gut. Für einen Moment hatte ich sogar meine Sorge wegen der Ausgrabung im Wald vergessen. So unauffällig wie möglich schielte ich auf mein Handy. Das Display zeigte keine neuen Anrufe oder Nachrichten an. Also hieß es weiter, sich in Geduld zu üben.

»Ich werde Henry anrufen«, sagte mein Großvater nachdenklich. »Er sollte wissen, was hier los war. Dann kann sein Verlag die Sache in den sozialen Netzwerken richtigstellen. Sonst stehen wir morgen wieder vor derselben Situation.« Er erhob sich, um ins Büro zu gehen.

Als wir alleine waren, sah Ava mich eindringlich an. »Du, Ellie und Johanna habt die Archäologen zur Lichtung begleitet. Warum?«

Überrascht erwiderte ich ihren Blick. Ich war nicht erstaunt darüber, dass sie davon gehört hatte, sondern nur, wie schnell sie es erfahren hatte. »Wir waren neugierig«, antwortete ich vage. »Es kommt ja nicht so oft vor, dass in Herzbach Schätze aus der Römerzeit geborgen werden.«

»Und sind Hannah und Kai fündig geworden?«, erkundigte sie sich.

»Ich weiß es nicht«, antwortete ich. »Ich bin früher gegangen, um Großvater im Laden beizustehen.«

In diesem Moment kehrte mein Großvater zurück und enthob mich der unangenehmen Verpflichtung, weiter auf Avas Fragen eingehen zu müssen. Doch meine Erleichterung währte nur kurz. Großvater war so blass, wie ich ihn selten gesehen hatte.

»Was ist passiert?«, erkundigte ich mich besorgt.

Er ließ sich schwer auf das Sofa fallen und murmelte dann: »Das war kein Gerücht. Henry wollte wirklich nach Herzbach kommen. Nur der Tag stimmte nicht.«

Die Neuigkeit verschlug mir die Sprache. Ich öffnete den Mund, um etwas zu entgegnen, und schloss ihn direkt wieder. Henry Miles in Herzbach? Einen Eindruck dessen, was das bedeutete, hatten wir soeben erlebt.

Wie in Trance fuhr Großvater fort: »Henry wollte nicht, dass es publik wird. Er hasst den Rummel um seine Person. Aber die Nachricht ist trotzdem irgendwie nach außen gedrungen.«

Ich fuhr mir über die Lippen, denn mein Mund war auf einmal ganz trocken. »Und nun?«

Mein Großvater rieb sich die Stirn. »Sein Verlag wird sich darum kümmern. Er wird behaupten, dass es sich um Fake News gehandelt hat.«

Ich nickte schwach. »Er hat es sich anders überlegt. Das kann ich verstehen.«

Mein Großvater schüttelte den Kopf. »Henry kommt nach wie vor. Nur will er nicht, dass ihn das halbe Land hier erwartet.« Das musste ich erst mal verdauen. »Was will er überhaupt in Herzbach? Uns besuchen oder vielmehr dich?«, fragte ich schließlich.

Großvater antwortete: »Davon war nicht die Rede. Vielleicht will er für sein neues Buch recherchieren. Frag mich nicht, Liebes, er hat mir keine Details verraten.«

Ein Klopfen an der Tür ließ mich den Kopf heben. Ich stand auf und erblickte Nadine vor dem Geschäft.

»Ich wollte nur nachsehen, ob bei euch alles in Ordnung ist«, meinte sie atemlos, als ich ihr geöffnet hatte. »Da waren plötzlich so viele Menschen vor eurem Laden. Angeblich wollten sie Henry Miles sehen.« Sie senkte die Stimme. »Ist an dem Gerücht etwas dran? Ist er tatsächlich in Herzbach?«

Da Nadine als meine beste Freundin quasi zur Familie gehörte, nickte ich matt. Nadine riss die Augen auf. »Wo ist er?«, hauchte sie, und ich zog sie in den Laden und schloss die Tür.

»Er kommt voraussichtlich morgen Abend«, beantwortete Großvater ihre Frage. Er und Ava waren aufgestanden und kamen zu uns. »Aber das musst du für dich behalten. Henry möchte unerkannt bleiben.«

»Natürlich«, versprach Nadine. Ihre Augen waren groß wie die eines Kindes und leuchteten vor Aufregung. Sie sah meinen Großvater an. »Werdet ihr euch treffen?«

Großvater nickte.

»Wahnsinn«, sagte Nadine beeindruckt. Sie blinzelte ein paarmal. »Weißt du, wie Henry Miles heute aussieht, Sebastian? Wenn man seinen Namen im Internet eingibt, findet man so gut wie nichts. Nur einen Schnappschuss von der Buchmesse in Frankfurt, aber der ist zwanzig Jahre alt und total verschwommen.«

»Tut mir leid, Nadine«, erwiderte mein Großvater. »Ich habe keine Ahnung. Unsere letzte Begegnung liegt ähnlich lange zurück.«

»Es könnte also jeder sein. Wie spannend!«, rief meine Freundin und blickte mich an. »Findest du nicht auch, Amelie?«

Ich nickte abwesend. In meinem Kopf purzelten die Gedanken wild durcheinander. Heute hatte ich hautnah mitbekommen, was Henry Miles' Name in den sozialen Netzwerken ausgelöst hatte. Die Menschen waren nach Herzbach und in die *Büchertruhe* geströmt. Von einer Sekunde auf die nächste war die Situation schrecklich unübersichtlich geworden. An einen normalen Geschäftsbetrieb war nicht mehr zu denken gewesen. Der Umstand schien mir bedeutsam, auch wenn ich noch nicht genau fassen konnte, warum.

»Ich würde ja gerne noch bleiben«, holte mich Nadine in die Gegenwart zurück, »aber meine Kolleginnen warten auf mich. Die Chefin hat ein Brainstorming angesetzt. Wir wollen überlegen, wie wir uns von der Apotheke in Mondstein besser absetzen können.« Sie verzog das Gesicht. »Uns laufen die Kunden davon. Also, Amelie: Wenn du und Biene Ideen habt, dann nehme ich die gerne mit. Ihr wolltet euch ja ebenfalls Gedanken machen.« Sie schaute mich erwartungsvoll an.

»Äh, mir ist leider noch nichts eingefallen«, entgegnete ich ausweichend. Nadines Aufforderung hatte mich kalt erwischt. Biene und ich hatten nichts dergleichen getan. Es war lediglich ein Vorwand gewesen, um Nadine abzulenken. Die Situation wurde immer komplizierter: Meine beste Freundin dachte, wir schmiedeten einen Plan, um der Apotheke zu helfen. Biene, Johanna und Ellie wiederum wollten Hannah von Jascha fernhalten. Und ich wünschte mir nichts anderes, als dass mein Großvater in Ruhe und Frieden in Herzbach leben konnte. Ohne mit Geschehnissen in Verbindung gebracht oder für diese verantwortlich gemacht zu werden, die vierzig Jahre zurücklagen.

War es wirklich erst ein paar Tage her, seit Irene in die *Büchertruhe* spaziert war, um mich abzuholen und zu meinem kranken Großvater zu bringen? Still rechnete ich nach. Tatsächlich war nicht einmal eine Woche vergangen. Seitdem stand mein Leben Kopf. Plötzlich blitzte Kais Gesicht vor mir auf, und mein Herz wurde schwer. Die Gefühle, die er in mir auslöste, machten die Situation noch verfahrener, als sie ohnehin schon war.

»Schade«, erwiderte Nadine mit leiser Enttäuschung in der Stimme. Nachdem sie gegangen war und auch Ava sich verabschiedet hatte, drehte ich das Schild an der Eingangstür um, und es dauerte nicht lange, da betraten bereits wieder die ersten Kunden den Laden.

Es war Nachmittag, als Ellie anrief. Die Suche mit der Metallsonde hatte nichts ergeben. Vor Erleichterung wurde mir schummrig, und ich musste mich für einen Moment in der *Büchertruhe* aufs Sofa setzen.

»Wusstest du, dass Wälder für Hobby-Sondengänger tabu sind?«, plauderte Ellie munter weiter. »Das hat Kai mir erzählt. Es besteht nämlich die Gefahr, dass sie auf alte Fliegerbomben stoßen, wenn sie nach einem vermeintlichen Schatz graben.«

»Nein, das wusste ich nicht.«

»Wie auch immer. Hannah und Kai wollen ihre Suche morgen weiter ausdehnen, bevor es am Freitag mit der geophysikalischen Prospektion weitergeht. Erinnerst du dich? Das war diese Methode, bei der sie *unter* die Erde schauen können. Da fällt mir ein: Hast du schon etwas von Biene gehört?«

In diesem Moment kündigte ein *Ping* eine neue Nachricht auf meinem Handy an.

»Wenn man vom Teufel spricht«, meinte Ellie. »Biene hat in unsere Gruppe geschrieben. Wir sollen heute Abend um sieben zu ihr kommen. Die macht es aber spannend. Kein Wort davon, was ihr Gespräch mit Siggi ergeben hat.«

Im Hintergrund hörte ich ein Telefon schellen.

»Das ist mein Diensthandy«, erklärte Ellie. »Da muss ich rangehen. Wir sehen uns später. Mach's gut, Amelie.«

Ich steckte mein Smartphone weg. Meine Handflächen fühlten sich mit einem Mal feucht an, und ich wischte sie an meinem Kleid trocken. In dieser Sekunde fühlte ich heftige Sehnsucht nach meinem früheren Leben, das vielleicht ein wenig langweilig gewesen war, aber dafür in geordneten Bahnen verlief. Die größte Aufregung hatte darin bestanden, Lesungen in der *Büchertruhe* zu organisieren. Die nächste würde in drei Wochen stattfinden, und bisher hatte ich nicht einen Finger für die Vorbereitung gerührt. So schnell konnten sich Prioritäten verschieben.

Ich sah mich nach meinem Großvater um, der hinter der Kasse stand und eine Kundin bediente. Die elegant gekleidete Frau mit dem zitronengelben Sommerkleid und den Perlenohrringen hatte eine Zeit lang in verschiedenen Sommerromanen geblättert, ohne sich für einen entscheiden zu können. Schließlich hatte sie gleich drei genommen. Die dicksten.

»Mein Mann und ich fahren übermorgen mit den Kindern an den Gardasee«, erklärte sie gerade meinem Großvater. »Da brauche ich unbedingt Lesestoff. Wissen Sie, wir sind seit Jahren im selben Hotel. Meine Familie macht den ganzen Tag Wassersport, und ich liege am See und lese. Stundenlang.« Sie lächelte. »Wenn ich arbeite, komme ich einfach nicht zum Lesen. Sie ahnen nicht, wie sehr ich mich darauf freue.«

Die Frau bezahlte, und mein Großvater verstaute ihre Einkäufe in einer Papiertüte, die die Aufschrift der *Büchertruhe* trug. Ich sah auf meine Uhr. Noch zwei Stunden bis zu unserem Treffen bei Biene. Ob Siggi etwas erreicht hatte? Ich hoffte es sehr, denn es wurde allerhöchste Zeit, dass die Daueranspannung, in der ich mich befand, ein Ende nahm.

23

Hannah »Die drei haben uns doch nicht zur Lichtung begleitet, weil sie sich so sehr für unsere Arbeit interessieren. Nein, da steckt etwas anderes dahinter«, sagte ich zu Kai. Wir hatten unsere Ausrüstung zurück ins Hotel gebracht und saßen nun auf dem Rand des Brunnens in der Mitte des Dorfplatzes und ließen uns die köstlichen Macarons schmecken, die wir soeben in der Bäckerei gekauft hatten. Auf dem Grund des Brunnens glitzerten unzählige Münzen. Ich dachte an die vielen Herzenswünsche, die sie begleitet hatten, und hoffte, dass sich wenigstens ein paar von ihnen erfüllt hatten. Unwillkürlich wanderten meine Gedanken zu Aaron, und bei der Vorstellung, ihn bald wiederzusehen, fing mein Herz vor Freude an zu hüpfen. Ein warmes Gefühl breitete sich in meinem Inneren aus. Er kam nach Herzbach. Meinetwegen. Ich lächelte in mich hinein. Was für ein Zufall, dass er meine Heimat kannte. Schließlich war das Dorf winzig. Dennoch gab es bestimmt Ecken, die er noch nicht besucht hatte, und ich freute mich darauf, sie ihm zu zeigen. Verblüfft hielt ich inne. *Meine Heimat* … hatte ich das gerade wirklich gedacht? Wie es aussah, begann ich mich in Herzbach richtig wohlzufühlen. Ein seltsames Gefühl, aber auch sehr beschwingend.

Kai steckte sich das letzte Macaron in den Mund und rieb anschließend seine Hände gegeneinander, um sie von Krümeln zu befreien.

»Was soll denn dahinterstecken, Miss Marple?«, erkundigte er sich belustigt und brachte mich damit wieder ins Hier und Jetzt zurück. »Meinst du, die drei haben es auf den Schatz abgesehen? Du kommst aus Herzbach, du kennst die Einwohner besser. Muss ich Angst haben, dass Johanna mir von hinten den Spaten über den Kopf zieht, sobald der Metalldetektor ausschlägt?«

»Du nimmst mich nicht ernst«, beschwerte ich mich.

Kai grinste. »Sonst immer, nur diesmal nicht. Die Herzbacher sind eben neugierig. Außerdem ist da etwas dran an dem, was Ellie gesagt hat. Eine kleine Delegation von Zuschauern ist immer noch besser, als wenn uns das halbe Dorf auf Schritt und Tritt begleitet.«

»Das mag ja alles sein, dennoch ist es merkwürdig. Ellie nehme ich ihr Interesse ja noch ab. Aber Johanna und Amelie?« Ich schüttelte den Kopf. Nachdenklich blickte ich zur *Büchertruhe,* in der ein ständiges Kommen und Gehen herrschte. Heute Morgen hatte unsere Bedienung beim Frühstück uns erzählt, dass die kleine Buchhandlung zu den ausgewählten Geschäften gehörte, die die Thriller von Henry Miles verkaufen durften. Der Grund hierfür lag viele Jahre zurück. Damals hatte Sebastian dem jungen Schriftsteller eine Chance gegeben, als niemand anderes dazu bereit gewesen war. Seitdem hatte der Autor an die zwanzig Bücher geschrieben, und jedes hatte auf der Bestsellerliste gestanden, oftmals monatelang. Sein Name wurde in einem Atemzug mit Stephen

King genannt. Zudem umgab ihn eine Aura des Unnahbaren und Geheimnisvollen: Henry Miles gab keine Interviews und veranstaltete keine Lesungen, niemand wusste, wie er aussah. Das Gerücht ging um, er wohne ganz alleine in einem Schloss an der Loire. Die Augen der Bedienung waren ehrfurchtsvoll geweitet, als sie dies sagte, bevor sie zurück in die Küche eilte.

Natürlich war mir Henry Miles ein Begriff, auch wenn ich noch kein Buch von ihm gelesen hatte. Doch sein Bezug zu Herzbach war mir neu. Seine Bekanntschaft mit Sebastian musste ungefähr zu der Zeit entstanden sein, als ich zum Studium nach München ging.

»Erde an Hannah«, drang Kais Stimme zu mir durch. Er wedelte mit einer Hand vor meinem Gesicht herum.

Blinzelnd kehrte ich in die Gegenwart zurück. »Ich habe gerade an Henry Miles gedacht«, sagte ich und musste über mich selbst schmunzeln, weil die Aussage so zusammenhangslos erschien.

Entsprechend verwirrt schaute Kai mich an. »Wie kommst du denn jetzt auf den?« Er folgte meinem Blick zur *Büchertruhe*. »Ach, wegen unserer Kellnerin heute Morgen.« Er machte eine kurze Pause. »Kennst du seinen neuen Roman schon, *Dark Secrets?*«

»Nein.«

Kai sprang auf und reichte mir seine Hand. »Dann komm.«

»Wohin?«, fragte ich begriffsstutzig.

»Na, in die Buchhandlung. Die führen seine Bücher doch. Komm schnell, bevor sie zumacht.«

Ich ließ mich von ihm hochziehen. »Kann es sein, dass dein plötzliches Interesse an Henry Miles mit einer gewissen jungen Buchhändlerin zu tun hat?«, fragte ich scheinheilig.

Kai setzte eine unschuldige Miene auf. »Ich weiß nicht, worauf du hinauswillst«, sagte er, doch das Grinsen um seinen Mund verriet mir, dass ich ins Schwarze getroffen hatte.

Amelies Gesichtsausdruck, als sie uns entdeckte, erinnerte mich an ein Reh, das nachts auf der Straße von Scheinwerferlicht geblendet wird. Sie balancierte gerade einen Stapel Bücher in beiden Händen, als sich unsere Blicke begegneten. Der Berg geriet bedrohlich ins Wanken, doch im nächsten Moment fand Amelie ihr Gleichgewicht zurück und drückte die Bücher fest gegen ihre Brust. Kai tat so, als bemerke er ihre Unsicherheit nicht, und trat lächelnd auf sie zu.

Einen tiefen Seufzer unterdrückend, folgte ich ihm. Im Grunde kannte ich die junge Frau nicht, und ihre Reaktionen waren für mich nicht einzuordnen. In einem Moment erschien sie fröhlich und voller Energie, im nächsten so vorsichtig und zurückhaltend, als ob sie befürchte, wir könnten ihr etwas antun. Nur was sollte das sein? Ich hatte nicht die geringste Vorstellung.

»Hallo Amelie«, begrüßte Kai sie, und das Strahlen in seinen Augen verriet mir, dass er in diesem Moment nichts anderes wahrnahm als sie. »Ich hoffe, du bist heute Morgen gut zurückgekommen. War viel los seitdem?«

Amelie schaute ihn mit einem Ausdruck an, den ich als Überforderung interpretierte. Mehr noch, sie wirkte regelrecht panisch. Was geht nur in ihrem Kopf vor?, fragte ich mich erneut.

»Ja, danke«, murmelte sie und setzte ein Lächeln auf,

das geschauspielert auf mich wirkte. »Irgendwer hat in den sozialen Netzwerken das Gerücht verbreitet, Henry Miles sei in Herzbach. Die Menschen haben uns beinahe überrannt. Aber dann konnten wir sie davon überzeugen, dass er nicht hier ist, und sie sind wieder abgezogen.« Sie legte den Bücherstapel auf einem Tisch ab. Erst jetzt erkannte ich, dass es sich um Exemplare von *Dark Secrets* handelte.

»Was für eine Aufregung«, meinte Kai mitfühlend. Er sah Amelie an und schien für einen Augenblick vergessen zu haben, was uns in die *Büchertruhe* geführt hatte.

»Apropos Henry Miles«, meldete ich mich zu Wort und wies auf den Büchertisch. »Ich würde gerne seinen neuen Krimi kaufen.«

»Thriller«, erwiderte Amelie.

»Bitte?«

Sie räusperte sich. »Entschuldigung, Biene hat letztens auch schon zu mir gesagt, ich sei besserwisserisch.« Das Lächeln, das ihre Worte begleitete, wirkte diesmal echt. »Was ich eigentlich sagen wollte: Henry Miles schreibt Thriller, keine Krimis.«

»Wo ist denn der Unterschied?«, fragte ich ratlos.

Amelie strich sich eine dunkle Locke aus der Stirn. »Bei Krimis steht das Verbrechen im Vordergrund, das entweder schon passiert ist oder ganz zu Anfang geschieht. Zum Beispiel ein Mord, der dann im weiteren Verlauf aufgeklärt wird. Hierfür stellt der Ermittler – ein Polizist, Detektiv oder dergleichen – eine Reihe von Fragen. Wie war der Tathergang? Welche Beweise und Zeugen gibt es? Wer kommt als Täter infrage und warum?« Sie hatte so schnell gesprochen, dass sie erst Luft holen musste, bevor sie fortfuhr: »Ein Krimi ist ein Rätsel. Der

Leser darf ermitteln und freut sich, wenn er den Täter identifiziert, bevor es der Kommissar tut. Dabei sind Opfer, Zeugen und Täter wichtige Figuren, die wir im Laufe der Handlung meist gründlich kennenlernen.«

Während sie redete, hatten Amelies Wangen einen frischen Himbeerton angenommen, und ihre dunklen Augen glänzten vor Begeisterung. So seltsam sie sich uns gegenüber benahm – wenn sie über Bücher redete, war sie in ihrem Element.

Kai betrachtete sie hingerissen. »Und wie ist das bei einem Thriller?«, wollte er wissen.

»Der Begriff *Thrill* stammt aus dem Englischen und bedeutet so viel wie Nervenkitzel«, erläuterte Amelie. »Die Spannung wird zumeist durch eine unmittelbare Bedrohung der Hauptfigur erzielt. Diese gerät in Lebensgefahr und wird dabei extremer physischer oder psychischer Gewalt ausgesetzt oder muss sich zumindest davor fürchten. Oft beschränkt sich die Bedrohung nicht auf den Protagonisten alleine, sondern richtet sich auch gegen Menschen aus seiner Familie oder seinem Umfeld, vielleicht auch gegen die Bewohner einer Stadt, eines Landes oder gar der ganzen Welt.« Sie machte eine kurze Pause. »Beim Thriller ist diese Bedrohung schon ganz zu Anfang erkennbar und nimmt im Laufe der Handlung dramatisch zu, was den angesprochenen Nervenkitzel erzeugt. Anders als bei einem Krimi ist die Hauptfigur in der Regel kein Ermittler, sondern aufgrund persönlicher Umstände in das Geschehen verwickelt.« Amelie nahm das oberste Buch vom Stapel und reichte es mir. »In *Dark Secrets* ist die bedrohte Heldin übrigens Archäologin.« Als sie meinen überraschten Gesichtsausdruck bemerkte, fügte sie mit einem verschmitzten Lächeln hinzu: »Das war nur ein Scherz. Die Hauptfigur ist ein junger Mann, der seine Verlobte verdächtigt, einen Mord begangen zu haben.«

Ich nahm den Roman entgegen und musste grinsen. Seltsames Verhalten hin oder her, irgendwie mochte ich Amelie trotzdem. Ich senkte den Kopf und las die Autorenvita, die hinten im Buch stand:

Henry Miles wurde 1977 in einem kleinen Ort im Sauerland geboren. Nach dem Abitur studierte er Sport in Köln. Mit zwanzig zog er sich bei einem Fußballspiel einen komplizierten Beinbruch zu, der ihn mehrere Monate ans Bett fesselte. In dieser Zeit entstand sein erster Roman. Heute erreicht Henry Miles Werk eine Gesamtauflage von fünfunddreißig Millionen Büchern, die in dreißig Sprachen übersetzt wurden. Alle seine Geschichten wurden verfilmt.

Ich las den Text ein zweites Mal. Mir war gar nicht bewusst gewesen, dass Henry Miles Deutscher war. Dann war der Name bestimmt ein Pseudonym. Ich studierte den Klappentext auf der Innenseite und bekam direkt Lust, mit dem Lesen anzufangen.

»Möchtest du auch eines kaufen?«, erkundigte sich Amelie bei Kai.

Der schüttelte den Kopf. »Ich habe es mir bereits als E-Book heruntergeladen.«

»Wie es aussieht«, meinte ich und klappte das Buch mit einem Knall zu, »musst du dir heute Abend eine andere Begleitung zum Essen suchen, Kai. Ich jedenfalls habe ein Date mit Henry.«

Kai schaltete sofort, wandte sich an Amelie und fragte: »Du hast nicht zufällig Lust, nachher mit mir essen zu gehen?« Er lächelte. »Nicht, weil Hannah keine Zeit hat. Ich hätte dich auch so gefragt.«

Amelie erwiderte sein Lächeln, offenbar ehrlich erfreut, doch dann schien ihr ein Gedanke zu kommen, und ihre Miene verschloss sich. »Ich kann nicht, ich bin schon mit Biene verabredet. Tut mir leid.«

Bevor Kai etwas entgegnen konnte, wies Amelie auf eine Kundin, die ein Stück entfernt stand und Blickkontakt zu ihr suchte. »Ich muss jetzt leider weiterarbeiten«, teilte sie uns mit und war im nächsten Moment verschwunden.

24

Hannah Als wir nach unserem Besuch in der *Büchertruhe* zurück zum Hotel gingen, strich ich mitfühlend über Kais Arm. Ich merkte, dass er geknickt war. »Sei nicht enttäuscht, dass Amelie heute Abend keine Zeit hat. Es wird sich eine andere Gelegenheit ergeben.«

Kai blinzelte kurz in die Sonne, dann wandte er mir seine Aufmerksamkeit zu. »Ich fürchte, mich hat es erwischt. Auch wenn sie ständig vor mir wegläuft.« Er steckte seine Hände in die Hosentaschen. »Amelie hat so eine seltene Mischung aus Verletzlichkeit und Stärke, die mich total anzieht.« Er wich einem Bernhardinerwelpen aus, der auf flauschigen Pfoten einem Tennisball hinterhertollte.

»Entschuldigung«, rief ein kleiner Junge in kurzer Hose und flitzte hinterher.

»Ich finde Amelies Mischung weniger selten als seltsam«, meinte ich, während ich dem niedlichen Paar hinterhersah.

Leichte Verärgerung blitzte in Kais Zügen auf. »Jetzt hör doch mal auf damit, Hannah. Sie wird schon ihre Gründe für ihr Verhalten haben.«

Ich zuckte mit den Achseln und ließ es gut sein. Kai war verliebt, er sah Amelie und alles, was sie betraf, durch eine rosarote Brille. Meine Kritik störte das Bild, das er sich von ihr gemacht hatte. Das sah ich ein und nahm mir vor, meine kritischen Bemerkungen zukünftig für mich zu behalten.

Wir hatten den Marktplatz zur Hälfte überquert, als mich eine laute Stimme nach rechts blicken ließ. Reflexartig blieb ich stehen, und Kai tat es mir nach. Die Frau, der die Stimme gehörte, war jung und hübsch und sehr aufgebracht. Sie stand vor dem Eingang der Geigenbau-Meisterwerkstatt und redete mit erhitzten Wangen auf Jascha ein. Das ist bestimmt seine Freundin, schoss es mir durch den Kopf. Wie hieß sie noch gleich? Nadine, fiel es mir wieder ein. Ich wollte nicht lauschen, doch meine Füße waren auf einmal wie festgewachsen.

»Seit Tagen versuche ich dich zu erreichen«, sagte die Frau mit einer Mischung aus Tränen und Wut. »Ich weiß, dass ich mich falsch verhalten habe, aber du gibst mir überhaupt keine Gelegenheit, mich zu entschuldigen. Du ignorierst mich einfach.«

»Das ist jetzt nicht der richtige Zeitpunkt, Nadine«, erwiderte Jascha mit leichter Überforderung in der Stimme und bestätigte damit meine Vermutung, dass es sich bei der Frau um seine Freundin handelte.

»Doch«, entgegnete diese zornig. »Genau jetzt. Ich lass nicht länger zu, wie du mich behandelst.«

Jascha fuhr sich mit einer Hand durchs Gesicht. Dabei bemerkte er mich und nickte mir zu. Nadine drehte den Kopf. Als sie sah, wem Jaschas Gruß galt, wich jede Farbe aus ihrem rosigen Gesicht. Sie starrte mich finster, beinahe hasserfüllt an, dann wandte sie sich wieder ihrem Freund zu und stieß ihm einen Zeigefinger gegen die Brust.

»Ist sie der Grund, warum du mir aus dem Weg gehst?«

»Natürlich nicht«, erwiderte Jascha. »Aber das müssen wir nicht hier draußen besprechen.« Mit diesen Worten schloss er die Tür zur Werkstatt auf und bedeutete Nadine einzutreten. Bevor er ihr ins Innere folgte, warf er mir noch einen gequälten Blick zu, und ich deutete mit einer Geste an, dass ich ihm für sein bevorstehendes Gespräch viel Glück wünschte.

»Was war denn da los?«, erkundigte sich Kai, nachdem die beiden verschwunden waren.

»Das waren Jascha und seine Freundin Nadine«, erklärte ich und setzte mich wieder in Bewegung. Unangenehm berührt, erinnerte ich mich daran, wie Biene uns vor meinem Elternhaus beobachtet hatte. Wer wusste schon, was die sensationsgierige Frau aus unserer Umarmung gemacht hatte. So, wie Nadine mich angesehen hatte, hatte sie die Geschichte vermutlich bereits gehört. Ich spürte ein schmerzhaftes Ziehen zwischen meinen Schläfen. Auf diese Art von Aufmerksamkeit konnte ich wirklich verzichten. Ich erzählte Kai von meiner Begegnung mit Jascha. »Und ausgerechnet, als wir uns umarmt haben, ist Biene vorbeigelaufen. Jetzt heißt es bestimmt, ich hätte es auf ihn abgesehen und wäre nur deshalb zurückgekommen, um ihm erneut das Herz zu brechen.«

»Du bist aber auch ein Vamp«, schmunzelte Kai. »Wenn du möchtest, erzähle ich Biene von deiner eisernen Regel, die besagt, dass du mit jedem Mann nur einmal ausgehst. Vielleicht ändert das ihr Urteil über dich.«

»Nichts und niemand wird Bienes Urteil über mich

verändern. Sie hat vor zwanzig Jahren ihren Stab über mich gebrochen. Die Frau gehört nicht zu den Menschen, die eine einmal gefällte Meinung revidieren.«

Kai schwieg einen Moment. »Komisch, dass Amelie heute Abend ausgerechnet mit ihr verabredet ist. Wenn Biene so ist, wie du sie beschreibst, hätte ich nicht gedacht, dass die beiden eine enge Freundschaft verbindet.«

Ich musste daran denken, wie Amelie bei unserer ersten Begegnung vor dem Eiscafé auf mich reagiert hatte. Nichts verbindet zwei Menschen so sehr wie ein gemeinsames Feindbild, dachte ich, ohne den Gedanken laut auszusprechen. Plötzlich durchzuckte mich ein Verdacht: Nadine und Amelie waren im gleichen Alter. Sie wohnten beide in Herzbach und waren bestimmt zusammen zur Schule, wenn nicht in dieselbe Klasse gegangen. Konnte es sein, dass die beiden Freundinnen waren? War das der Grund für Amelies Verhalten mir gegenüber? Sah sie in mir eine Konkurrentin um Jaschas Liebe, eine Gefahr für das Glück ihrer Freundin? Je mehr ich darüber nachsann, umso wahrscheinlicher erschien es mir, dass ich mit meiner Vermutung richtiglag.

Ich spürte, wie sich etwas in meinem Inneren löste. *Dieses* Verhalten war für mich nachvollziehbar. Ihm lag eine Befürchtung zugrunde, die ich den Beteiligten nehmen konnte. Zumindest würde ich es versuchen. Denn ich erinnerte mich noch gut an meinen eigenen Liebeskummer und wie schrecklich ich darunter gelitten hatte. Natürlich war die Situation nicht vergleichbar. Im Gegensatz zu Nadine war ich tatsächlich an den Falschen geraten. Dennoch … Nadine war unglücklich, und diesen Schmerz gönnte ich niemandem. Ich nahm mir vor, die Sache bei der nächstbesten Gelegenheit aus der Welt zu räumen. Und wer weiß, dachte ich, vielleicht können Kai und ich danach wieder in Ruhe arbeiten, ohne von einer Abordnung der Herzbacher verfolgt zu werden.

25

Amelie Zieht etwas Bequemes an, wir gehen walken, hatte Biene in unsere WhatsApp-Gruppe geschrieben. Erst hatte ich an einen Scherz geglaubt, doch als sie mir in quietschbunter Funktionskleidung die Haustür öffnete, wurde ich eines Besseren belehrt. Staunend betrachtete ich sie von Kopf bis Fuß. »Wo sind deine Stöcke, Amelie?«, fragte sie missbilligend.

»Ich besitze keine.«

Biene rollte mit den Augen. »Du kannst von Glück sagen, dass ich zwei Paar habe.«

In diesem Moment stieß Johanna zu uns. Sie trug ihre Yogakombination aus Schwarz und Grau, in der sie sehr elegant wirkte. »Bevor du fragst, Biene: Ich habe auch keine Stöcke, und eher friert die Hölle zu, als dass ich damit auch nur einen Schritt vor die Tür gehe.« Ihre Stimme klang sehr bestimmt, und Bienes Mund, der sich bereits geöffnet hatte, klappte wieder zu.

»Was für eine schöne Idee mit dem Nordic Walking«, rief Ellie, die soeben den Vorgarten betreten hatte. Um ihre Worte zu bekräftigen, hielt sie ihre Stöcke in die Höhe.

Biene warf Johanna einen triumphierenden Blick zu, den diese geflissentlich ignorierte.

Auch wenn mir der Tag noch in den Knochen steckte, spürte ich, wie sich meine Mundwinkel wie von selbst zu einem Lächeln hoben. Bevor Hannah nach Herzbach gekommen war, hatte ich wenig mit den drei Frauen zu tun gehabt. Natürlich kannte ich Biene und Johanna schon mein gesamtes Leben, doch nur so, wie man sich eben kannte, wenn man im selben Dorf lebte. Ellie hingegen wohnte erst seit letztem Jahr in Herzbach, und bisher hatten sich unsere Begegnungen auf zufällige Momente beschränkt, bei denen wir ein paar freundliche Worte miteinander wechselten. Und nun hatten die Ereignisse uns vier zusammengeführt, und ich merkte, wie ich unsere Zusammenkünfte zu genießen begann. Auch wenn der Grund dafür so hässlich war.

Ich erinnerte mich an die Szene vorhin in der *Büchertruhe*. In Kais Nähe hatten die Schmetterlinge in meinem Bauch ihren gewohnten Tanz aufgeführt, ungeachtet dessen, was seine Anwesenheit für meinen Großvater bedeutete. Und Hannah hatte auch etwas an sich, was ich mochte. Wären die Umstände anders, hätte ich mich vielleicht sogar um ihre Freundschaft bemüht. Bei Kai gab es kein Vielleicht. Wenn die Situation eine andere wäre, würde ich nichts lieber tun, als mit ihm auszugehen.

Fünf Minuten später waren wir unterwegs. Biene hatte eine Wanderstrecke ausgesucht, die aus Herzbach heraus in Richtung Mondstein führte. Nachdem wir etwa fünfhundert Meter an der Landstraße entlanggelaufen waren, bogen wir in einen schmalen Weg ein, der zwischen weitläufigen Feldern hindurchführte. Die Luft war immer noch brütend warm. Weit über uns am Himmel kreiste ein Raubvogel.

»Jetzt schieß endlich los, Biene«, forderte Ellie, die ihre Neugier nicht länger im Zaum halten konnte. »Konnte Siggi bei der Naturschutzbehörde etwas erreichen? Werden sie die Untersuchungen stoppen?«

Ich ahnte die Antwort bereits, als ich Bienes betrübten Gesichtsausdruck sah.

»Leider nein«, sagte sie kopfschüttelnd.

Meine erste Reaktion war seltsamerweise Erleichterung, dann riss ich mich zusammen und fragte: »Und wieso nicht?«

Sie hob die Schultern. »Das hat mehrere Gründe. Zum einen, weil Hannah und Kai Archäologen sind. Damit sind sie aus Naturschutzgesichtspunkten so etwas wie der Feldhamster. Meine Worte, nicht Siggis.«

»Das ist ja schön, dass du deine eigenen Worte verwendest, um uns die Sache zu erklären, aber könntest du dich bitte etwas präziser ausdrücken?«, fragte Johanna stirnrunzelnd.

Biene fuchtelte mit einem ihrer Stöcke in der Luft herum. »Na, wenn ein großes Bauprojekt ansteht, sagen wir mal, ein neues Wohngebiet, dann kann sich dieses durch verschiedene Dinge verzögern. Zum Beispiel dadurch, dass auf dem Gelände eine Feldhamsterfamilie wohnt, die es zu retten gilt. Oder eben durch archäologische Voruntersuchungen, bei denen Bodendenkmäler zutage treten, die sich die Wissenschaftler gerne näher anschauen möchten. Mit anderen Worten: Archäologen behindert man nicht in ihrer Arbeit, sie behindern höchstens andere.«

»Was ist mit Brut- und Setzzeiten?«, warf Ellie ein. »Ich

habe im Internet von einer Ausgrabung gelesen, die sich um mehrere Monate verschoben hat, damit die Tiere in dem Gebiet in Ruhe ihre Jungen zur Welt bringen konnten.«

Johanna schüttelte den Kopf. »Dafür sind wir zu spät dran. Die Zeit ist schon vorbei.«

Biene nickte. »Das stimmt. Und abgesehen davon: Hannah und Kai graben ja gar nicht. Bislang sind sie nur mit ihren merkwürdigen Geräten unterwegs, und die tun keinem Tier weh.«

Eine Gruppe von Spaziergängern kam uns auf dem Weg entgegen, und wir wichen ein Stück zur Seite, damit sie an uns vorbeigehen konnten. Ich nutzte die entstandene Gesprächspause, um meine Gefühle zu erkunden. Die Naturschutzbehörde hatte sich als Sackgasse erwiesen. Von ihrer Seite war keine Unterstützung zu erwarten, sodass wir wieder am Anfang standen. Dennoch war ich nicht so am Boden zerstört, wie ich es hätte sein müssen. Das konnte nur eines bedeuten: Ich war dabei, meinen Fokus zu verlieren, und das durfte unter keinen Umständen passieren. Das Bild meines Großvaters erschien vor mir, und der Beschützerinstinkt, der mich dabei überkam, half mir, mich wieder auf unser Vorhaben zu konzentrieren.

»Dann lasst uns überlegen, was wir stattdessen tun können«, forderte ich die anderen auf. »Hannah und Kai auf die Lichtung zu begleiten mag ja für die beiden störend und nervtötend sein, aber aus Herzbach verschwinden werden sie deswegen wohl kaum.«

»Die zwei sind überhaupt nur hier, weil sich ihre Ausgrabung in Tunesien verzögert«, überlegte Biene laut. »Wenn die fortgesetzt wird, gehen sie von alleine.«

»Das ist ein interessanter Gedanke«, lobte Ellie, »aber ich sehe nicht, wie wir den Vorgang beschleunigen könnten.« Sie erhöhte ihr Tempo. »Los, kommt«, rief sie.

Johanna gesellte sich an ihre Seite, Biene und ich folgten mit einem knappen Meter Abstand. Nach ungefähr einer halben Minute wandte Johanna den Kopf und blickte Biene über ihre Schulter strafend an. »Wenn du mir noch einmal mit deinen Stöcken in die Fersen pikst, nehme ich sie dir weg.«

Biene nickte, schaffte es aber nicht ganz, ihr Grinsen zu unterdrücken. »Und das ist keine leere Drohung«, raunte sie mir zu. »Bei der letzten Chorprobe hat sie mein Notenblatt entwendet und es durchgerissen.«

»Weil es keinen Unterschied macht, ob du draufschaust oder nicht«, versetzte Johanna. »Du singst so schief, dass es in den Ohren wehtut.«

»Es kommt auf die Leidenschaft und die Liebe zur Musik an«, verteidigte sich Biene. »Wir sind schließlich *Der kleine Chor der großen Herzen* und nicht *Der kleine Chor der großen Stimmen.*«

Ellie schmunzelte. »Wenn ihr für unseren Plan dieselbe Energie aufwenden würdet wie für eure kleinen Scharmützel, wären wir einen guten Schritt weiter.«

Biene giggelte, während Johanna ihr übliches Pokerface zeigte, das nichts über ihre wahren Gefühle verriet. Wir ließen die Felder hinter uns und folgten einem Pfad, der mitten durch eine malerische Streuobstwiese führte. Biene ließ ihre Stöcke bei jedem Schritt locker mitschwingen, wobei sie penibel darauf achtete, Johanna damit nicht zu nahe zu kommen. »Ich habe so viel Energie, dass ich beides kann«, griff sie Ellies Kommentar gut gelaunt auf. »Ich meinte vorhin auch gar nicht, dass wir die Ausgrabung in Tunesien beschleunigen sollen. Mir ist schon klar, dass wir darauf keinen Einfluss haben. Aber wir müssen es ja auch nur schaffen, dass Hannah *denkt,* die Ausgrabung würde beginnen. Versteht ihr, was ich meine?« Biene hatte extra laut gesprochen, damit Johanna und Ellie vor uns sie hören konnten.

Erneut kamen uns Spaziergänger entgegen, diesmal ein junges Paar mit einem Bobtail, der gemächlich hinter ihnen hertrottete. Wir grüßten einander, wie es auf dem Land üblich war. Was die beiden wohl dachten, wenn sie uns sahen, überlegte ich und versuchte unser Trüppchen mit ihren Augen zu sehen. Eine über Achtzigjährige in eleganter Yogakleidung, stolz wie eine Gräfin, dazu eine rundliche Sechzigjährige, die mit ihrem schwarzen Bob wie Betty Geröllheimer aussah und ihren Körper in schreiend bunte Funktionskleidung gezwängt hatte, dazu die hübsche Ellie mit ihrem braunen Pferdeschwanz, dem knallroten Lippenstift und dem perfekt sitzenden Joggingoutfit und schließlich ich, die Jüngste im Bunde, mit meinen geliehenen Nordic-Walking-Stöcken, von denen ich nicht die geringste Idee hatte, wie ich sie einsetzen sollte. Vielleicht hielten sie uns für drei Generationen derselben Familie. Wenn die wüssten, was wir aushecken …, schoss es mir durch den Kopf. Ein Kichern entrang sich meiner Kehle, das selbst in meinen eigenen Ohren ein wenig hysterisch klang. Schnell biss ich mir auf die Unterlippe.

Ellie war die Erste, die auf Bienes Frage antwortete. »Ich verstehe, was du meinst, aber wie sollen wir das anstellen? Wir wissen doch gar nichts über diese Ausgrabung.«

So schnell gab Biene nicht auf. »Wir finden heraus,

wer Hannah und Kai nach Tunesien eingeladen hat, und dann schicken wir in dessen Namen eine E-Mail: *Liebe Hannah, lieber Kai, es geht weiter, bitte lasst alles stehen und liegen und kommt her, so schnell ihr könnt. Grüße an die Füße.*« Biene lachte schallend und fügte hinzu: »Das ist so bescheuert, dass es schon wieder genial ist.«

»Nein«, sagte Johanna. »Das ist nur bescheuert.«

»Ich bemühe mich wenigstens um Vorschläge«, entgegnete Biene beleidigt. »Was ist dein Beitrag, Johanna? Außer der Idee, Hannah und Kai die Ausrüstung zu klauen?«

»Wer redet denn von klauen?«, erwiderte Johanna. »Wir borgen sie uns aus. Und dann schreiben wir ihnen einen anonymen Erpresserbrief: *Ihr bekommt die Ausrüstung zurück, wenn ihr Herzbach verlasst.*«

Ellie, Biene und ich musterten sie in fassungslosem Staunen.

»Du meinst, wir sollen Buchstaben aus der Tageszeitung ausschneiden?«, fragte ich, nachdem ich meine Sprache wiedergefunden hatte. »So wie im Fall des verschwundenen Bahlsen-Kekses?«

»*Der* Brief war mit *Krümelmonster* unterschrieben«, wusste Biene zu berichten. »Und das Lösegeld bestand darin, ein Kinderkrankenhaus mit Leibniz-Keksen zu versorgen und die ausgesetzte Belohnung von eintausend Euro an ein Tierheim zu spenden.«

»Stimmt. Sogar das echte Krümelmonster meldete sich zu Wort – über den Twitter-Account der amerikanischen Sesamstraße ließ es verkünden, es habe nichts mit dem Diebstahl des goldenen Kekses zu tun, doch es helfe gerne, ihn zu finden«, ergänzte Ellie und brach in helles Lachen aus, und Biene und ich stimmten mit ein.

»Ich weiß nicht, was es hier zu lachen gibt«, ließ Johanna sich vernehmen. »Das war ein ernst gemeinter Vorschlag.« Daraufhin lachten wir noch lauter. Ellie liefen die Tränen über die Wangen. Schwer atmend wischte sie sie weg.

»Ich wünschte, ich würde einmal mit Profis zusammenarbeiten«, meinte Johanna nüchtern, doch in dem Moment, in dem sie den Kopf wegdrehte, meinte ich das Aufblitzen eines Lächelns auf ihrem Gesicht zu entdecken.

Den Rest unserer Nordic-Walking-Strecke alberten Biene, Ellie und ich herum, während Johanna ab und zu trockene Bemerkungen einstreute, was unsere Heiterkeit nur noch verstärkte. Als wir gegen neun Uhr abends wieder vor Bienes Haustür eintrafen, waren wir zwar mit unserem Plan keinen Schritt vorangekommen, dafür waren wir uns aber als Freundinnen nähergekommen und hatten trotz der Umstände eine vergnügliche Zeit miteinander verbracht.

»Auch wenn es nichts bringen mag«, meinte Biene zum Abschied, »gehe ich morgen früh trotzdem mit Hannah und Kai in den Wald. Ich muss erst mittags im Salon sein, und vielleicht kommt mir unterwegs die zündende Idee. Was ist mit euch?« Sie schaute erwartungsvoll in die Runde.

Johanna lehnte ab. »Ich werde auf dem Hof gebraucht. Meine Schwestern neigen dazu, Unfug anzustellen, wenn ich sie zu lange alleine lasse.«

Ellie schüttelte ebenfalls den Kopf. »Ich habe am Vormittag eine Videokonferenz mit einem neuen Kunden und muss danach geschäftlich nach Münster.«

Biene sah mich an. »Und du? Kann dein Großvater dich morgen noch einmal entbehren?«

Ich verzog das Gesicht. »Leider nicht. Abgesehen davon, dass wir im Laden gerade sehr viel zu tun haben und er das kaum alleine schafft, würde er wissen wollen, was los ist.«

»Kannst du nicht eine Ausrede erfinden?«, wollte Biene wissen, nur um sich ihre Frage im nächsten Moment selber zu beantworten. »Nein, kannst du nicht. Sebastian würde dich sofort durchschauen.« Sie seufzte. »Ich verstehe das, Amelie. Dein Großvater hat so etwas durch und durch Gutes und Anständiges. Ihn anzuflunkern würde ich auch nur schwer übers Herz bringen.«

»Mhm«, machte ich, weil ich nicht wusste, was ich darauf erwidern sollte. Plötzlich fühlte ich Johannas Blick auf mir. Er hatte etwas Prüfendes. Als sie bemerkte, dass ich sie ansah, veränderte sich ihr Ausdruck und wurde neutral, beinahe gelangweilt. Erneut beschlich mich der Gedanke, dass Johanna meine wahren Beweggründe erahnte. Du siehst Gespenster, sagte ich zu mir selbst.

In diesem Moment öffnete sich Bienes Haustür, und ihr Ehemann Siggi erschien auf der Schwelle. »Ich wusste doch, dass ich Stimmen gehört habe«, brummte er gutmütig. Er wandte sich an seine Ehefrau und küsste sie liebevoll auf die Wange. »Diese Sportsachen stehen dir fantastisch. Hattet ihr Spaß?«, erkundigte er sich.

Biene streichelte über sein Gesicht. »Ja, sehr. Danke, mein Engel.«

Ellie und ich tauschten einen amüsierten Blick. Siggi war mit seinem dicken Bäuchlein und den zerfransten Pantoffeln, aus denen der große Zeh herauslugte, äußerlich so weit von einem Engel entfernt wie nur irgendetwas. Aber es wurde uns beiden klar, dass er für seine Frau sogar die Sterne vom Himmel holen würde.

»Wie schade, dass ich jetzt losmuss«, sagte Johanna trocken.

Biene ließ die Ironie der alten Frau an sich abprallen. »Macht ja nichts. Schließlich sehen wir zwei Hübschen uns morgen Abend bei der Chorprobe schon wieder.«

Johanna schürzte die schmalen Lippen. »Ich kann es kaum erwarten.«

26

Hannah »Morgen haben wir bestimmt mehr Glück«, sagte Kai zu mir, als wir am nächsten Nachmittag aus dem Wald traten und über die kleine Holzbrücke ins Dorf zurückkehrten. Leider war unsere Suche mit der Metallsonde auch heute nicht von Erfolg gekrönt gewesen. Zudem hatte uns Biene den Vormittag über begleitet. Von allen Herzbachern war sie diejenige, die ich am wenigsten dabeihaben wollte. Die giftigen Blicke, mit denen sie mich bedachte, waren schwer zu ertragen. Von daher war ich froh, als sie sich endlich verabschiedete, um ihre Schicht im Friseursalon in Mondstein anzutreten.

Während Kai und ich dem kopfsteingepflasterten Weg zum Marktplatz folgten, fühlte ich mich in meinem Verdacht bestätigt, dass es nicht unsere Arbeit war, die die Herzbacherinnen interessierte, sondern dass sie mich schlichtweg im Auge behalten wollten, damit ich nicht auf dumme Ideen kam, die mit Jascha zusammenhingen. Wäre Biene nicht Biene, hätte ich vorhin versucht, das Missverständnis aufzuklären. Doch so war es vergebene Liebesmühe, denn ich war mir sicher, dass sie die Wahrheit gar nicht hören wollte.

Unser Hotel kam in Sichtweite, und bei der Aussicht auf eine erfrischende Dusche fühlte ich Vorfreude in mir aufsteigen. Plötzlich wurde meine Aufmerksamkeit von einer Person in Beschlag genommen, die auf den Stufen des Hotels saß und zu uns herüberblickte. Es war ein Mann, und er hatte etwas an sich, das mir vertraut vorkam. Im Gehen kniff ich die Augen zusammen, um besser sehen zu können.

Der Mann erhob sich. Trotz der Entfernung konnte ich erkennen, dass er groß und dunkelhaarig war. Mein Herz fing schneller an zu klopfen. Aaron?, ging es mir durch den Kopf, und allein der Gedanke reichte aus, um einen Stromstoß durch meinen Körper zu schicken, der sämtliche Nerven zum Klingen brachte. Wie von selbst beschleunigten sich meine Schritte. Kai neben mir sagte etwas, doch ich hörte ihn kaum. Mein Gehirn war wie leer gefegt, während ich immer zügiger auf das Hotel zueilte.

Mit jedem Meter, den ich zurücklegte, wurde das Bild klarer. Der Mann war nicht nur sehr groß, er war auch extrem gut gebaut. Und das Lächeln, mit dem er mich nun ansah, brachte mein Innerstes zum Schmelzen. Aaron! Ohne dass ich etwas dagegen tun konnte, begann ich zu strahlen.

Aaron kam mir entgegen. Als wir nur noch einen halben Meter voneinander entfernt waren, blieben wir stehen und schauten uns an. Ich wagte nicht zu atmen. Mein Blick glitt über Aarons Gesicht, während ich jedes Detail in mich aufnahm. Das Funkeln seiner blauen Augen, den dunklen Bart, den sinnlichen Schwung seiner Lippen. Bei der Erinnerung, wie er mich geküsst hatte, so fest und gleichzeitig sanft, stieg Hitze in mir auf.

»Hannah …«, setzte er an, und der sexy Klang seiner Stimme löste die letzte Zurückhaltung in mir auf. Ich trat auf ihn zu, und er legte seine Hände um mein Gesicht und küsste mich mit einer Leidenschaft, die mich alles um mich herum vergessen ließ. Herzbach, die Suche nach der Münze, Biene … das alles verschwand und machte einem Gefühl Platz, das mich bis in den letzten Winkel meines Körpers ausfüllte. Ich nahm nur noch Aaron wahr, seinen Geruch, seine Hände, seinen Mund.

Während wir uns wie zwei Verdurstende küssten, verlor ich jedes Zeitempfinden. Als wir uns schwer atmend voneinander lösten, hätte ich nicht sagen können, ob eine Minute oder eine Stunde vergangen war.

Aaron und ich sahen einander in die Augen. »Hallo«, sagte er zärtlich, und mit einer seltsamen Mischung aus Glück und Verlegenheit antwortete ich: »Hallo.« Ich räusperte mich. »Warum hast du mir nicht gesagt, dass du heute kommst?«

»Ich wollte dich überraschen«, antwortete er, und selig lächelte ich ihn an.

Plötzlich erinnerte ich mich wieder an Kai. Suchend sah ich mich um und entdeckte ihn ein paar Meter weiter gegen einen Baumstamm gelehnt, wo er vorgab, interessiert auf sein Handy zu schauen. Unsere Blicke begegneten sich, und ich winkte ihn zu mir. Als hätte er nur darauf gewartet, stieß sich Kai vom Stamm ab und schlenderte zu uns.

Ich holte tief Luft, bevor ich die beiden Männer einander vorstellte. »Aaron, das ist Kai, mein bester Freund und ebenfalls Archäologe. Kai, das ist Aaron, er ist …« Ich verstummte. Ja, dachte ich. Wer war Aaron für mich?

»… der Mann, der nach Herzbach gefahren ist, um die Frau zu sehen, an die er pausenlos denken muss«, vervollständigte Aaron meinen Satz und streckte Kai grinsend seine Hand entgegen.

Mit einem breiten Lächeln schlug Kai ein. »Ich habe mich schon gefragt, wann wir uns kennenlernen.«

Die Männer schauten einander an, und es war offensichtlich, dass sie sich sympathisch waren.

Wenn man sie nebeneinander sieht, groß gewachsen, mit dunklen Haaren und blauen Augen, kann man sie beinahe für Brüder halten, dachte ich überrascht. Ein Umstand, der mir vorher nie in den Sinn gekommen war. Denn während ich Kai immer nur freundschaftliche Gefühle entgegengebracht hatte, reichte ein Lächeln von Aaron aus, um meine Gliedmaßen in Wachs zu verwandeln.

»Es war nett, dich kennenzulernen«, sagte Kai zu Aaron. »Aber ich muss mich jetzt leider verabschieden.«

Er hob die Hand zum Gruß, zwinkerte mir noch einmal zu und sprang die Stufen zum Hotel hinauf.

Erneut schauten Aaron und ich einander an. »Und was machen wir zwei jetzt?«, fragte ich leise.

Aaron umfasste meinen Hinterkopf und zog mich an sich. »Ich wüsste da etwas«, flüsterte er und küsste mich auf den Mund.

~

Später lag ich nackt in Aarons Armen, während der Gesang eines Rotkehlchens durch das geöffnete Fenster zu uns hereinwehte. Der Geruch schweißfeuchter Haut lag in der Luft und verriet, was sich in den letzten zwei Stunden in diesem Hotelzimmer abgespielt hatte. Bei der Erinnerung spürte ich ein sanftes Nachbeben. Lächelnd streckte ich eine Hand aus und streichelte über Aarons Gesicht, das im Schlaf jungenhaft und friedvoll wirkte. Meine Finger wanderten über seinen Bart weiter zu seinem Haar. Es fühlte sich so weich an, dass ich am liebsten meine Nase darin vergraben hätte. Gefühle wallten in mir auf, die ich längst verloren geglaubt hatte, und drohten mich zu übermannen.

Hastig, als hätte ich mich verbrannt, zog ich meine Hand zurück. Die altbekannte Angst, noch einmal fallen gelassen zu werden, stieg in mir auf. Obwohl ich es nicht wollte, musste ich an Leon denken und daran, wie tief mich sein Verhalten damals getroffen hatte. Durch ihn hatte ich das Vertrauen in die Liebe verloren und danach niemanden mehr an mich herangelassen. Damit war ich zwar gut gefahren, aber glücklich gemacht hatte es mich nicht.

Erneut rief ich mir Kais Worte ins Gedächtnis. In dem kleinen Café in Bamberg hatte er zu mir gesagt, ich lebe mein Leben so vorsichtig, als hätte ich danach noch eines in petto. Die Umschreibung brachte es auf den Punkt, überlegte ich, als ich Aarons schlafendes Gesicht neben mir betrachtete. Doch an dem, was ich in seiner Gegenwart empfand, war nichts vorsichtig. Ich fühlte mich auf eine Art zu ihm hingezogen, die weit über das Maß hinausging, das ich sonst bereit war zu akzeptieren. Mit Aaron spürte ich mich selbst wieder, und dieses Gefühl war so unglaublich, dass ich mehr davon wollte.

Wie befreit beugte ich mich zu Aaron und küsste ihn auf die Lippen.

Schläfrig öffnete er die Augen. »Hallo, Liebling«, murmelte er mit einem Lächeln, bei dem mein Herz einen

Sprung machte. Er zog mich an sich, und dann sprachen wir lange Zeit kein Wort mehr.

Hinterher lag ich mit dem Kopf auf seiner Brust, während er zärtlich über mein Haar strich. Draußen neigte sich ein heißer Sommertag dem Ende zu. Plötzlich begann mein Magen laut zu knurren.

Aaron lachte. »Soll ich uns etwas zu essen organisieren?«, fragte er und hielt über mich hinweg nach seinem Handy Ausschau, das auf dem Nachtisch lag.

»Dies ist nicht Bamberg«, erinnerte ich ihn. »*Lieferando* gibt es hier nicht.«

»Das ist mir klar«, schmunzelte Aaron. »Ich wollte nur nachsehen, wie spät es ist.« Plötzlich stutzte er. »Du liest *Dark Secrets?*«, fragte er, als er den Thriller auf meinem Nachttisch entdeckte. Er nahm das Buch zur Hand und betrachtete es interessiert.

»Wieso, willst du es zuerst lesen?«, lachte ich, wurde aber schnell ernst, als ich seinen merkwürdigen Gesichtsausdruck bemerkte. »Stimmt etwas nicht?«, fragte ich, plötzlich besorgt.

Aaron schüttelte den Kopf. »Nein, alles in Ordnung. Ich hatte mich nur gewundert.«

Gewundert? Henry Miles' Thriller war auf Platz eins der Bestsellerliste. War es da so erstaunlich, dass es auf meinem Nachttisch lag? Ich nahm ihm das Buch aus der Hand und legte es zurück.

»Bist du etwa eifersüchtig?«, gab ich einen Schuss ins Blaue ab. Aaron war schließlich ebenfalls Schriftsteller. Vielleicht wurmte es ihn, dass Henry Miles' Roman in aller Munde war, während sein eigenes Schreiben bisher nicht von Erfolg gekrönt war.

Ein Lächeln erschien um seinen Mund. »Eifersüchtig? Auf den? Nie im Leben.«

Ich betrachtete ihn. »Willst du damit etwa behaupten, dass du Henry Miles kennst?«

Aarons Lächeln vertiefte sich. »In der Tat. Ich kenne ihn sogar ziemlich gut.«

Meine Augen weiteten sich vor Überraschung. »Du veralberst mich.«

»Das würde ich nie wagen.«

Ich stützte einen Ellbogen auf und sah ihn an. Noch immer war ich mir unsicher, ob er sich über mich lustig machte oder mir die Wahrheit sagte. »Und wie ist er so?«, fragte ich.

Aaron dachte einen Moment nach. »Das ist gar nicht so leicht zu beantworten«, antwortete er schließlich.

Jetzt war ich mir sicher, dass er mich auf den Arm nahm.

»Ach, nicht?«, fragte ich lauernd. »Dann verrate mir wenigstens das: Lebt Henry Miles wirklich auf einem Schloss an der Loire?«

Aaron setzte zu einer Antwort an, als es an der Tür klopfte. »Housekeeping«, schallte es durch das Holz.

»Das ist die abendliche Schokolade«, flüsterte ich ihm zu, »die ist zu gut, um darauf zu verzichten.«

Ich hüllte mich in ein Bettlaken und öffnete die Tür. Als ich zum Bett zurückkehrte, hatte Aaron sich aufgesetzt und studierte etwas in seinem Handy.

»Das *Kiepenkerl* hat noch auf«, meinte er und sah zu mir hoch. »Möchtest du essen gehen, oder sollen wir uns etwas aufs Zimmer bestellen?«

»Was ist denn nun mit dem Schloss an der Loire?«, schmunzelte ich.

Aaron antwortete grinsend: »Das ist aus purem Gold.«

Ich schnappte mir ein Kissen und warf es nach ihm. »Na klar«, sagte ich und lachte.

27

Amelie Ich sah Hannah schon von Weitem. Im ersten Moment dachte ich, der große, dunkelhaarige Mann an ihrer Seite sei Kai, doch bereits in der nächsten Sekunde registrierte ich, dass ich mich geirrt hatte. Mein Herzschlag, der unwillkürlich in die Höhe geschnellt war, beruhigte sich wieder.

Ich begegnete Ellies Blick. »Hast du eigentlich irgendetwas von dem gehört, was ich zu dir gesagt habe?«, fragte sie amüsiert. »Ich hatte gerade darüber philosophiert, wie herrlich dieser Sommerabend ist. Unfassbar, wie warm es um diese Uhrzeit noch ist.« Sie schob den leeren Dessertteller beiseite und griff nach ihrem Weinglas.

Wir saßen vor dem *Kiepenkerl* und hatten soeben unser Abendessen beendet. Die restlichen Mitglieder unserer konspirativen Gruppe, Johanna und Biene, waren noch bei der Chorprobe im ehemaligen Gemeindehaus, wollten aber danach zu uns stoßen.

»Schau jetzt nicht hin«, meinte ich beschwörend, »aber dahinten kommt Hannah. Mit einem Mann.« Der leider nicht Kai war, dachte ich bedauernd und schalt mich im nächsten Moment selbst für diesen Gedanken.

»Und wie sieht sie aus?«, erkundigte sich Ellie gespannt. »Wie jemand, der einem Schatz auf der Spur ist?«

Nachdem Biene die Archäologen heute Mittag verlassen hatte, um in den Friseursalon nach Mondstein zu fahren, hatte sie eine Nachricht in unsere WhatsApp-Gruppe geschrieben:

> Bisher Fehlanzeige. Stopp.
> Alles Weitere nach der Chorprobe,
> Treffpunkt *Kiepenkerl*.
> Over and out.

Ich hoffte inständig, dass die Suche auch nach Bienes Aufbruch weiter erfolglos geblieben war. Die Zeit drängte, und wir waren uns immer noch nicht im Klaren darüber, was wir tun konnten, um die Archäologen zur Abreise zu bewegen.

Hannah und ihr Begleiter hatten das *Kiepenkerl* in der Zwischenzeit erreicht. Es war kein Tisch frei, und so wandten sie sich an einen Kellner, der gerade mit einem Tablett voller Getränke an ihnen vorbeieilte. Er bedeutete ihnen, dass sie kurz warten sollten. In diesem Moment fiel Hannahs Blick auf mich. Sie stutzte, dann bekam ihre Miene etwas Entschlossenes. Hannah sagte etwas zu dem Mann an ihrer Seite, ließ ihn stehen und steuerte direkt auf unseren Tisch zu.

Ellie, die mein erschrockenes Gesicht bemerkte, machte eine fragende Geste mit den Händen. Sie saß mit dem Rücken zu Hannah und konnte nicht sehen, was vor sich ging.

»Sie kommt zu uns«, flüsterte ich zwischen zusammengebissenen Zähnen.

»Guten Abend«, ertönte da auch schon Hannahs Stimme. Mit ihrer schlanken Figur und den klassisch anmutenden Gesichtszügen war sie eine beeindruckende Erscheinung. Blond und schön und unnahbar. Doch in diesem Moment war von Hannahs üblicher Distanziertheit nichts zu spüren.

Das Blitzen in ihren Augen verriet, dass sie wütend war. Mein Magen zog sich zu einem harten Knoten zusammen.

»Ich glaube, wir sollten uns mal unterhalten«, sagte sie und verschränkte die Arme vor ihrem Oberkörper. »Ich weiß, warum ihr uns auf Schritt und Tritt begleitet.«

Mir wurde übel, und ich starrte sie entsetzt an. Hatten sie und Kai doch noch etwas gefunden? Etwas, das meinen Großvater belastete? Ich konnte kaum atmen, während mein Herz so hart gegen meinen Brustkorb schlug, dass es wehtat.

»Es ist wegen Jascha«, fuhr Hannah fort. »Biene hat beobachtet, wie wir uns umarmt haben, und jetzt glaubt ihr, ich würde ihn seiner Freundin ausspannen, wenn ihr nicht rund um die Uhr auf mich aufpasst.«

Ich stieß den Atem aus, den ich sekundenlang angehalten hatte. Eine so große Erleichterung erfasste mich, dass es vor meinen Augen zu flimmern begann. Sie hatten nichts gefunden! Hannah hatte lediglich eins und eins zusammengezählt und war auf die naheliegende Antwort gestoßen.

»Und liegen wir damit so falsch?«, fragte Ellie ruhig. »Du und Jascha habt euch immerhin geküsst.«

Hannahs Augen verengten sich zu Schlitzen. »Hat Biene das behauptet?«, fragte sie mit einer Stimme, die plötzlich so kalt war, dass mir eine Gänsehaut über den Rücken lief.

»Ja«, erwiderte Ellie. Sie warf mir einen schnellen Blick zu und sah dann wieder zu Hannah. Ihre Miene verriet deutlich, wie verwirrt sie war.

Die Erleichterung, die ich eben noch verspürt hatte, löste sich in Luft auf. Stattdessen überkam mich das schlechte Gewissen mit einer solchen Heftigkeit, dass ich mich innerlich zusammenkrümmte. »Dann stimmt es gar nicht?«, fragte Ellie leise. »Ihr habt euch nicht geküsst?«

Hannah schüttelte den Kopf. »Nein«, sagte sie schlicht.

Ellie schaute Hannah prüfend ins Gesicht und schien zu dem Schluss zu kommen, dass die Archäologin die Wahrheit sagte. Fragend wandte sie sich mir zu.

Ich sah auf meine Hände. »Dann hat Biene da wohl ein klein wenig übertrieben«, murmelte ich mit hochrotem Kopf.

»Womit habe ich übertrieben?«

Hannah, Ellie und ich fuhren herum. Vor unserem Tisch stand Biene, die Hände angriffslustig in die Hüften gestemmt. Johanna neben ihr sagte nichts.

Das hatte mir gerade noch gefehlt. Hätten die beiden nicht fünf Minuten später kommen können?

»Ich schlage vor, ihr setzt euch erst mal«, sagte Ellie vernünftig. »Die anderen Leute gucken schon.«

Erst jetzt wurde mir bewusst, dass das fröhliche Stimmengewirr um uns herum deutlich abgeebbt war. Von allen Seiten streiften uns neugierige Blicke.

»Nicht nötig«, meinte Hannah. »Es dauert nicht lange.« Sie sah von mir zu den anderen Frauen. »Es geht mir gehörig gegen den Strich, dass ich diese Unterhaltung überhaupt führen muss, aber offenbar geht es nicht anders.« Sie holte tief Luft. »Als ich mich damals von Jascha getrennt habe, war das keine Sternstunde. Ich habe mich falsch verhalten, das gebe ich zu. Doch die Hintergründe gehen nur Jascha und mich etwas an. Sie haben nicht das Geringste mit euch zu tun. Dennoch, damit ihre Ruhe gebt und uns unsere Arbeit tun lasst: Jascha und ich haben uns ausgesprochen. Wir haben die Sache geklärt und uns freundschaftlich umarmt.« Sie sah Biene mit einem durchdringenden Blick an. »Und jeder, der etwas anderes behauptet, lügt.«

Biene schnaubte. »Vielleicht habt ihr euch nicht geküsst«, räumte sie widerwillig ein. »Aber es wäre dazu gekommen. Das ist so sicher wie das Amen in der Kirche. Und dann hättest du Jascha wieder eiskalt abserviert und zwei Leben zerstört: seines und das seiner Freundin Nadine.«

Ein beinahe mitleidiger Ausdruck glitt über Hannahs Züge. »Du tust mir leid, Biene«, sagte sie. Sie drehte sich um und winkte ihrem Begleiter zu, der sich in der Zwischenzeit an einen frei gewordenen Tisch niedergelassen hatte. Der Mann stand auf und schlenderte zu ihr.

»Die Damen«, sagte er mit sexy Stimme, als er unseren Tisch erreicht hatte. Aus der Nähe war er noch attraktiver, als es bereits von Weitem den Anschein gehabt hatte. Er war hochgewachsen und muskulös. Der dunkle Bart gab seinem männlichen Gesicht etwas Verwegenes, und das dunkelbraune Haar wirkte ein wenig zerzaust, so als sei er gerade erst aufgestanden.

Er legte einen Arm um Hannah und zog sie an sich. Der Blick, den sie einander zuwarfen, brachte die Luft um sie herum zum Knistern. Hannah legte ihre Hände um sein Gesicht und küsste ihn leidenschaftlich. Wenn der Kuss anfangs als Demonstration in unsere Richtung gedacht war, so verwandelte er sich in Bruchteilen von Sekunden in etwas anderes, etwas Intimes, das uns und alle ausschloss.

Biene wollte etwas sagen, schwieg dann aber. Es bedurfte auch keiner Worte. Die Geschichte, mit der wir Johanna und Ellie zum Mitmachen bewegt hatten, entpuppte sich als das, was sie war: ein Märchen.

Schwer atmend löste sich das Paar wieder voneinander.

»Das war's, was ich zu sagen hatte«, meinte Hannah. »Ihr entschuldigt uns?« Sie fasste ihren Begleiter an der Hand, um ihn mit sich fortzuziehen. Im Gehen drehte sie sich noch einmal nach uns um. »Und morgen möchte ich keinen von euch im Wald sehen«, sagte sie beinahe freundlich.

Der Mann zuckte zum Abschied lächelnd die Schultern. Ich habe keine Ahnung, was hier vorgeht, sagte sein Gesichtsausdruck, aber ihr macht das schon. Dann waren sie fort.

Biene zog einen der freien Stühle heran und ließ sich erschöpft darauf fallen. »Es tut mir leid«, sagte sie ungewohnt kleinlaut. »Ich habe wirklich geglaubt, dass diese Frau es auf Jascha abgesehen hat. Und dass sie sich nur deshalb nicht geküsst haben, weil ich sie unterbrochen habe. Es konnte ja keiner ahnen, dass Hannah mit dem *sexiest man alive* zusammen ist«, fügte sie mit einer Spur von Neid in der Stimme hinzu. Sie sah sich nach einem Kellner um. »Auf den Schrecken muss ich erst mal etwas trinken.«

Johanna setzte sich nun ebenfalls. »Und was ist mit

dir, Amelie?«, fragte sie. »Hast du das wirklich auch geglaubt?«

»Natürlich hat sie das! Was denn sonst?«, rief Biene, und enthob mich damit einer Antwort.

Johanna schaute mich unter ihren schweren Lidern so intensiv an, dass mir ganz mulmig wurde, dann zog die alte Frau die Getränkekarte zu sich heran und fing an, sie mit unbewegter Miene zu studieren.

Ellie lächelte. »Bin ich denn hier die Einzige, die sich freut?«, erkundigte sie sich. »Ich hätte mir zwar gewünscht, dass Biene uns die Situation so beschreibt, wie sie war, aber Schwamm drüber. Das Entscheidende ist doch, dass Hannah keine Gefahr für Nadines und Jaschas Glück darstellt. Selbst wenn ihre Anwesenheit ihn tatsächlich aus dem Konzept gebracht haben sollte … das gibt sich schon wieder.«

»Ich glaube, es hat sich bereits wieder gegeben«, erwiderte Johanna nüchtern. Wir anderen folgten ihrem Blick und sahen gerade noch, wie Jascha und Nadine Hand in Hand in den kleinen Pfad neben dem Blumengeschäft einbogen, der zur alten Mühle führte. Dann haben sie sich also wieder vertragen, dachte ich und fühlte Freude für meine beste Freundin in mir aufsteigen. Dass ich nichts davon wusste, konnte nur bedeuten, dass die Versöhnung noch ganz frisch war. Bestimmt hatte Nadine im Überschwang der Gefühle vergessen, mir eine Nachricht zu schicken.

Ellie streckte nun ebenfalls die Hand nach der Getränkekarte aus. »Seht ihr«, meinte sie gut gelaunt, »manche Probleme erledigen sich ganz von alleine.«

Stumm schaute ich sie an. Mein Problem hatte sich ganz und gar nicht erledigt. Es war vielmehr größer geworden. Denn nun hatte unsere Gruppe keinen Grund mehr, um Hannahs und Kais Arbeit zu stören. Ich war auf mich allein gestellt und hatte nicht die geringste Idee, was ich tun konnte, um meinen Großvater zu schützen. Morgen begannen die Archäologen mit ihrem Blick unter die Erde. Plötzlich überkam mich eine solche Mutlosigkeit, dass ich Mühe hatte, die Tränen zurückzuhalten. Solange Biene, Johanna und Ellie an meiner Seite waren, hatte ich mich stark gefühlt. Doch das hatte sich nun mit einem Schlag verändert.

Laute Stimmen in der Nähe ließen mich aufhorchen. Ich hob den Kopf und erkannte Hermann, der mit einem älteren Mann vorüberging und dabei streng auf ihn einredete. Er war so aufgebracht, dass er uns gar nicht bemerkte. »Ich kann nicht fassen, dass du deine Zigarette ins Unterholz werfen wollest«, schimpfte der ehemalige Kapitän. »Abgesehen davon, dass es Umweltverschmutzung ist, ist es auch brandgefährlich! Ein Funken genügt, und der Wald steht in Flammen.«

Der Mann nickte schuldbewusst. »Tut mir wirklich leid. Ich habe nicht nachgedacht. Stadtmensch eben.«

Die beiden Männer entfernten sich. Robert, der Kellner, kam mit einem Tablett mit vier Aperol Spritz an unseren Tisch.

»Wir haben doch noch gar nicht bestellt«, wunderte sich Biene.

Robert lächelte. »Die Frau dort drüben lädt euch ein. Sie meinte, ihr sähet so durstig aus und könntet außerdem eine Stärkung vertragen.«

Mit der Frau dort drüben war Hannah gemeint, die uns von ihrem Tisch aus zuprostete. Offenbar hatte sie beschlossen, unsere Aktion mit Humor zu tragen. Ellie hob ihr Glas, um ein Dankeschön zu signalisieren, und mechanisch tat ich es ihr nach.

~

Als ich eine Stunde später nach Hause kam, brannte im Erdgeschoss noch Licht. Ich öffnete die Tür zum Wohnzimmer und lugte herein. Mein Großvater war in seinem Lieblingssessel am Kamin eingeschlafen. Seine Brille saß schief auf der Nase, und auf seinem Schoss lag ein aufgeschlagenes Buch. Ein wildes Gefühl der Zärtlichkeit übermannte mich. Eine Zeit lang stand ich einfach nur da und betrachtete den Mann, der mich mit so viel Liebe großgezogen hatte. Dann löste ich mich vom Türrahmen, ging zu ihm und nahm das Buch von seinem Schoß.

Es war Henrys erster Roman, mit dem er den Durchbruch geschafft hatte. Die Zeit davor war mühsam und steinig für den Autor gewesen. Drei lange Jahre hatte es gedauert, bis Henry einen Buchvertrag in Händen hielt. Die Verlage, die ihn abgelehnt hatten, ärgerten sich vermutlich noch heute, dass sie nicht mehr Weitsicht bewiesen hatten. Denn Henry Miles war ein Garant für Erfolg, eine Gelddruckmaschine. Großvater regte sich und öffnete die Augen. »Amelie«, sagte er mit einem verschlafenen Lächeln. Er streckte sich und gähnte. »Ich muss eingeschlafen sein. Wie spät ist es?«

Ich sah auf meine Armbanduhr. »Kurz nach elf.«

Auf die erste Runde Aperol Spritz im *Kiepenkerl* war noch eine zweite gefolgt. Auch wenn mir nicht danach war, hatte ich beide Gläser bis zum letzten Tropfen geleert. Jetzt fühlte ich mich ein wenig betrunken. Nicht auf die leichte, angenehme Art, sondern auf eine Weise, die einen noch unglücklicher und selbstmitleidiger machte, als man sowieso schon war.

Ich betrachtete das Buch in meiner Hand. »Du kennst den Roman doch schon«, murmelte ich.

»Ja«, erwiderte Großvater. »Aber es ist eine Ewigkeit her, dass ich ihn gelesen habe. Und jetzt, wo ich Henry treffe, wollte ich meine Erinnerung gerne auffrischen.«

Ich setzte mich aufs Sofa. »Weißt du schon, wann ihr euch seht?«, erkundigte ich mich mehr aus Höflichkeit als aus Neugier. Denn in meinem Gehirn war kein Platz für etwas anderes als die Frage, was morgen im Wald geschehen würde. Großvater nickte. »Henry hat mir eine SMS geschickt. Wir treffen uns morgen früh um neun an der kleinen Brücke am Fluss und machen dann einen Spaziergang durch den Wald. Deshalb kann es sein, dass ich ein wenig später in die *Büchertruhe* komme.« Ein erwartungsvolles Grinsen erschien um seinen Mund. »Ich bin so gespannt auf Henry. Wir haben uns beinahe zwanzig Jahre nicht gesehen. Damals war er ein gut aussehender junger Mann, aber wer weiß«, ergänzte er mit einem Augenzwinkern, »die Zeit macht schließlich vor keinem von uns halt. Vielleicht ist er inzwischen ergraut.« Großvater gähnte erneut. Schnell hielt er sich eine Hand vor den Mund. »Ich fürchte, ich muss ins Bett, meine Kleine. Sonst verschlafe ich morgen noch das Treffen mit Henry.« Er erhob sich und schüttelte das Kissen mit dem hübschen Rankenmuster auf, das er beim Lesen immer im Rücken hatte. »Ich möchte zu gerne wissen, was Henry nach Herzbach führt«, sagte er mehr zu sich selbst.

Ich blickte zu ihm hoch. »Ich schätze, er wird es dir morgen verraten«, antwortete ich lahm.

Großvater beugte sich zu mir und streichelte über

meine Wange. »Du hast recht. Die paar Stunden halte ich noch aus. Gute Nacht, Mäuschen.«

»Gute Nacht«, erwiderte ich und sah ihm mit bangem Herzen hinterher, als er durch die Wohnzimmertür verschwand. Danach blieb ich noch eine Weile auf dem Sofa sitzen. Es war stickig und heiß im Zimmer, aber ich hatte keine Energie, um das Fenster zu öffnen. So hilflos hatte ich mich nie zuvor in meinem Leben gefühlt.

28

Amelie In dieser Nacht fand ich wenig Schlaf. Unruhig wälzte ich mich von einer Seite auf die andere, schaute immer wieder auf mein Handy, um zu sehen, wie spät es war, oder richtete mich auf, um einen Schluck aus meinem Wasserglas zu trinken, das neben mir auf dem Nachttisch stand. Als es schließlich Zeit war aufzustehen, fühlte ich mich so gerädert, als sei ein Laster über mich hinweggerollt. Mit schweren Schritten schleppte ich mich unter die Dusche. Während ich mir die Haare einschäumte, musste ich ununterbrochen daran denken, dass Hannah und Kai heute ihre Untersuchungen intensivieren würden. Wenn in den vergangenen Jahrzehnten jemand auf der Lichtung gegraben hatte, würden sie es herausfinden.

Der Gedanke machte mir eine solche Angst, dass ich das Gefühl hatte, mich übergeben zu müssen. Ich stützte mich an der nassen Wand ab und versuchte so gleichmäßig und bewusst zu atmen, wie Sara es mir im Yogaunterricht beigebracht hatte. Langsam ließ die Übelkeit nach. Ich stellte das Wasser ab und stieg aus der Dusche.

Nachdem ich mich angezogen hatte, ging ich zu meinem Großvater hinunter, um mit ihm zu frühstücken. Er hatte Pfannkuchen mit Ahornsirup gemacht, eine meiner Lieblingsspeisen, doch ich war zu angespannt, um mehr als ein paar Bissen davon herunterzukriegen.

»Geht es dir nicht gut?«, fragte er besorgt, als ich mein Besteck niederlegte.

»Doch«, behauptete ich, »ich habe nur keinen Appetit heute Morgen.«

Wie immer, wenn meinem Großvater etwas an meinem Verhalten spanisch vorkam, legte er eine Hand auf meine Stirn, um zu überprüfen, ob ich vielleicht Fieber hatte. Liebevoll, aber bestimmt schob ich seine Hand beiseite.

»Es ist alles in Ordnung«, versicherte ich ihm. Zumindest mit meiner Gesundheit, fügte ich in Gedanken hinzu.

Mein Großvater legte den Kopf schief und betrachtete mich auf eine Weise, die mir verriet, dass er nicht überzeugt war. Schließlich gab er auf und sah auf seine Armbanduhr. »Ich muss los«, meinte er, nahm noch einen schnellen Schluck von seinem Kaffee und sprang auf. In der Küchentür hielt er jedoch noch einmal inne. Etwa zwei Sekunden lang stand er reglos da, dann schaute er über seine Schulter. »Möchtest du mich begleiten?«, fragte er.

Für einen Moment vergaß ich meine Furcht und sah ihn erstaunt an. »Geht das denn so einfach?«, fragte ich, weil ich wusste, wie sehr Henry Miles auf seine Privatsphäre bedacht war.

Dass er sich mit meinem Großvater verabredete, wenn er nach Herzbach kam, war verständlich. Schließlich hatte der Autor ihm viel zu verdanken. Doch mit mir verhielt es sich anders. Als Henry Miles seine Lesung in Herzbach hielt, mit der seine Karriere ihren Anfang nahm, war ich ein kleines Mädchen. Ich erinnerte mich schemenhaft an einen großen Mann, der mir freundlich die Hand gereicht hatte, als mein Großvater mich ihm vorstellte.

Großvater räusperte sich. »Ich habe Henry nicht gefragt«, gestand er, »aber du bist meine Enkeltochter. Wenn du mitmöchtest, dann komm. Und wenn es nur ist, um ihm kurz Hallo zu sagen. Das gebietet schon die Höflichkeit.«

Draußen empfing uns ein Tag, der noch heißer war als die vorherigen. Gegen die Sonne anblinzelnd, schaute mein Großvater zum Himmel, wo weit und breit keine Wolke zu sehen war. »Es ist viel zu trocken«, meinte er mit besorgtem Gesichtsausdruck. »Da genügt ein Funke, und der Wald steht in Flammen.«

»Das Gleiche habe ich Hermann gestern Abend zu jemandem sagen hören. Der Mann wollte offenbar seine Zigarette im Wald entsorgen.«

Missbilligend schürzte Großvater die Lippen. »Die Leute können so gedankenlos sein«, meinte er.

Wir überquerten den Dorfplatz, begrüßten hier und da Bekannte und schlugen dann den Weg zum Wald ein. Schon bald kam die kleine Brücke in Sichtweite, die über die Stever führte. An einem der hölzernen Pfeiler lehnte ein schlanker, groß gewachsener Mann. Er sah auf den Fluss, sodass ich sein Gesicht nicht erkennen konnte.

»Das muss er sein«, flüsterte Großvater mir zu. Seine Stimme klang mit einem Mal aufgeregt. Ich kniff die Augen zusammen, um im hellen Sonnenlicht besser sehen zu können. Irgendetwas an dem Mann kam mir bekannt vor. Als wir ihn beinahe erreicht hatten, drehte er sich zu uns um und lächelte über das ganze Gesicht. Überrascht blickte ich ihn an. Es war derselbe Mann, den Hannah gestern Abend so leidenschaftlich geküsst hatte. Ich fasste es nicht! Hannah war mit Henry Miles zusammen!

Mein Großvater lächelte nun ebenfalls und reichte ihm die Hand. »Hallo Aaron«, sagte er. Aaron? Großvater hatte nie erwähnt, dass Henry Miles nicht sein richtiger Name war. Andererseits war es nachvollziehbar, dass der Schriftsteller ein Pseudonym verwendete, so medienscheu, wie er war.

Die ausgestreckte Hand meines Großvaters ignorierend, trat Aaron einen Schritt vor und umarmte ihn. »Sebastian«, sagte er und klopfte meinem Großvater freundschaftlich auf den Rücken. Anschließend wandte er seine Aufmerksamkeit mir zu. »Und du musst Amelie sein«, meinte er. »Als wir uns das letzte Mal gesehen haben, warst du so groß.« Er hielt seine Hand auf Höhe seiner Brust. »Ich hoffe, es ist okay, wenn wir Du sagen?«, fügte er charmant hinzu.

Ich nickte und antwortete »Natürlich«, bevor ich nach einer kurzen Pause ergänzte: »Aber streng genommen haben wir uns gestern Abend das letzte Mal gesehen.«

Aaron betrachtete mich perplex. »Stimmt«, rief er dann. »Entschuldige, dass ich dich nicht gleich erkannt habe. Du bist eine Bekannte von Hannah.«

Jetzt war es an meinem Großvater, überrascht zu sein. »Du kennst Hannah?«, erkundigte er sich bei Aaron.

Ein verliebter Ausdruck legte sich auf dessen Gesicht. »Noch nicht lange, aber ich arbeite daran.«

Mein Großvater lachte. »Jetzt verstehe ich, warum du hier bist.«

Statt einer Antwort nickte Aaron nur und strahlte.

Plötzlich kam mir ein Gedanke. »Weiß Hannah, wer du bist?«, brachte ich meine Vermutung zum Ausdruck.

Aaron schüttelte den Kopf, und seine Miene wirkte ein wenig zerknirscht. »Ich habe noch nicht die passende Gelegenheit gefunden, es ihr zu sagen. Dafür, dass ich seit zwanzig Jahren Romane schreibe, bin ich verblüffend fantasielos, was das angeht.« Er folgte mit den Blicken einem Schwarm Vögel, der am Himmel vorbeizog.

Ein seltsamer Ausdruck legte sich auf Großvaters Gesicht. »Das kann ich nachvollziehen«, sagte er so leise, dass ich Mühe hatte, ihn zu verstehen.

Alarmiert sah ich ihn an. Spielte er auf sein Geheimnis an?

Als Großvater meinen Blick bemerkte, wirkte er für den Bruchteil einer Sekunde schuldbewusst, doch im nächsten Moment wurde seine Miene wieder klar. Er räusperte sich. »Wie sieht es aus? Wollen wir losgehen? Im Wald ist es um diese Uhrzeit noch einigermaßen frisch.«

Aaron stieß sich vom Geländer ab. »Gerne. Wir dürfen nur nicht zur Lichtung. Das hat Hannah mir ausdrücklich verboten. Sie und ihr Kollege sind da heute mit ihrem abenteuerlich aussehenden Gerät unterwegs und wollen nicht gestört werden.« Er grinste. »Hannah hat behauptet, dieses Ding sei Hightech. Für mich sah es hingegen mittelalterlich aus.«

War da ein Anflug von Besorgnis in den Augen meines Großvaters? Ich konnte es nicht beschwören. Doch wenn er nur ein Minimum dessen empfand, was sich in meinem Inneren abspielte, dann mussten ihn Aarons Worte in höchste Alarmbereitschaft versetzt haben. Mir jedenfalls erging es so. In meinen Ohren setzte ein mittlerweile schon vertrautes Rauschen ein, und vor meinen Augen begann es zu flimmern. Doch diesmal waren es keine Anzeichen einer bevorstehenden Panikattacke. Ich spürte etwas, was neu war. Keine Angst. Keine Verzweiflung. Das Gefühl, das jetzt wie heiße Lava durch meine Adern strömte und meinen Pulsschlag in die Höhe trieb, war Wut. Ich war so zornig wie nie zuvor in meinem Leben. Denn ich war nur eine Unbeteiligte in dem ganzen Spiel.

Als Hans vor vierzig Jahren spurlos verschwand, war ich noch nicht einmal geboren. Die Ereignisse wurden von anderen Menschen in Gang gesetzt. Doch war ich offenbar die Einzige, die sich davor graute, dass sie ans Licht kamen. Abgesehen von einer leichten Unruhe, die ich bei meinem Großvater hin und wieder zu beobachten glaubte, war er entspannt. Und auch Ava, die irgendwie in die Sache verwickelt war oder zumindest darüber Bescheid wusste, verhielt sich wie immer.

Auf einmal hatte ich das Bild von Lemmingen vor Augen, die fröhlich auf den Abgrund zuhüpften. Und es mir überließen, sie davon abzuhalten, ungeachtet der blauen Flecken und Verletzungen, die ich mir dabei holte. Als Nächstes richtete sich meine Wut gegen Hannah. Warum musste sie ausgerechnet hierherkommen? Gab es nicht genügend andere Fleckchen auf dieser Welt? Und dann die verschobene Ausgrabung in Tunesien. Wenn diese wie geplant stattgefunden hätte, wäre es gar nicht so weit gekommen.

Mein Gedankenkarussell drehte sich immer weiter. Als ich schließlich bei dem römischen Offizier germanischer Abstimmung angekommen war, der seine vermaledeite Goldmünze unbedingt in Herzbachs Wald vergraben musste, hielt ich inne und schüttelte über mich selbst den Kopf. Ich hatte jedes Recht, zornig zu sein. Doch das half mir nicht weiter. Die Dinge lagen eben so, und dadurch, dass ich die ganze Welt verfluchte, wurden sie nicht besser. Es war an der Zeit zu handeln.

Die Überlegungen, die ich mit Biene, Ellie und Johanna angestellt hatte, waren vergnüglich, aber nutzlos gewesen. In keiner Weise geeignet, um die Arbeiten zu behindern. Ich atmete tief durch.

»Amelie?«, drang die Stimme meines Großvaters in mein Bewusstsein. »Wir möchten los. Was ist mit dir, schließt du dich uns an? Wir können die *Büchertruhe* heute auch später öffnen. Davon geht die Welt nicht unter.« Er gab ein Lachen von sich. »Zumindest nicht, solange Aarons Bewunderer nicht wieder in Scharen anrücken.«

Ich starrte ihn an, während in meinem Kopf eine Idee aufblitzte. Henry Miles' Fans hatten die *Büchertruhe* gestürmt, weil sie ihr Idol dort vermuteten. An Arbeiten war nicht mehr zu denken gewesen. Ein Ruck ging durch meinen Körper. Das war die Lösung!

»Geht ihr zwei nur«, antwortete ich, wobei es mir nur mit Mühe gelang, die Aufregung in meiner Stimme zu unterdrücken. »Ihr habt euch doch mit Sicherheit viel zu erzählen.« Ich wandte mich an Aaron. »Wie lange bleibst du in Herzbach?«

Er zuckte die Schultern. »Ich weiß noch nicht genau. Bis Sonntag vielleicht.«

Perfekt, dachte ich.

Im Laufschritt eilte ich zurück zum Dorfplatz. Als ich die *Büchertruhe* erreichte, standen mir Schweißperlen auf der Stirn, und mein Sommerkleid klebte an meinem

Körper. Mir blieb noch eine gute halbe Stunde bis zur Ladenöffnung. Im Büro im ersten Stock startete ich den Computer. Während er hochfuhr, überschlug ich meine Möglichkeiten. Mein Ziel war, die Arbeit der Archäologen zu stören. Das bedeutete, ich musste möglichst viele Menschen auf die Lichtung schaffen. Mit der Nachricht, dass Henry Miles sich dort aufhielt, konnte es gelingen.

Vor meinem inneren Auge erschien Aarons Gesicht. Er war mir auf Anhieb sympathisch gewesen. Dazu war er ein Freund meines Großvaters. Seinen Aufenthaltsort im Internet zu posten war Verrat der übelsten Sorte. Aber hatte ich eine andere Möglichkeit? Eine, bei der ich Aaron außen vor lassen konnte?

Ich schloss kurz die Augen, und eine Erinnerung stieg in mir auf. Ich sah Alexander Hoven vor mir, wie er auf der Dorfversammlung in eindringlichem Ton an die Herzbacher appelliert hatte. *Wenn sich der Fund herumspricht, wird es in unserem Wald vor Schatzjägern bald nur so wimmeln.* Vor Nervosität begannen meine Finger zu zittern. Jetzt dreh nicht durch, Amelie. Denk nach! Natürlich konnte ich auch die Entdeckung der Goldmünze öffentlich machen. Doch was hatte ich dadurch gewonnen? Deutschlands Abenteurer würden sich auf den Weg nach Herzbach machen. Ja, sie würden Hannah und Kai in ihrer Arbeit behindern, aber am Ende würden auch sie graben, und zwar vollkommen unkontrolliert. Allein die Vorstellung bereitete mir Übelkeit. Den Teufel mit dem Beelzebub austreiben, hätte meine Großmutter dazu gesagt.

Nein, die Schatzgräber in unser Dorf zu holen war keine Option. Blieb also nur Aaron alias Henry Miles.

Das schlechte Gewissen übermannte mich mit einer solchen Wucht, dass ich einen Moment wie versteinert auf dem Schreibtischstuhl saß. Wenn ich die Nachricht losschickte, trat ich eine Lawine los. Konnte ich das verantworten?

Vielleicht finden Hannah und Kai gar nichts, überlegte ich. Dann hätte ich völlig umsonst Chaos gestiftet. Meine Handflächen waren klitschnass. Du musst dich entscheiden, sagte eine Stimme in meinem Kopf. Ich stöhnte auf und rieb mir das Gesicht. Ging ich ein Risiko ein, wenn ich noch ein paar Stunden wartete? Bevor ich einen so schwerwiegenden Entschluss in die Tat umsetzte, wollte ich größere Gewissheit haben. Selbst wenn heute der Worst Case eintrat und Hannah und Kai fündig wurden, würden sie nicht direkt anfangen zu graben. Es blieb noch Zeit, um zu handeln.

Ich sah auf meine Uhr. In wenigen Minuten musste ich das Geschäft aufschließen. Eine Ankündigung in den sozialen Netzwerken, wie ich sie im Sinn hatte, durfte man nicht überstürzen. Ungelenk erhob ich mich von meinem Stuhl. Ich würde noch warten. Das war ich Aaron schuldig. Und Kai auch.

Der Vormittag in der *Büchertruhe* verlief ruhig. Mein Großvater kam gegen elf in bester Laune von seinem Spaziergang zurück und übernahm es, die Kunden zu beraten, während ich mich hinter die Kasse zurückzog. Immer, wenn das Glöckchen über dem Eingang ertönte, hob ich ruckartig den Kopf. Jedes Mal rechnete ich mit einem Herzbacher, der mit den Worten »Habt ihr schon gehört? Die Archäologen haben etwas gefunden!«, hereinstürmte.

Als es dann am Nachmittag wirklich passierte, fühlte ich im ersten Moment nichts als Leere. Es war Kai, der uns die Neuigkeiten persönlich überbrachte. Ich sah, wie seine Lippen sich bewegten, ich hörte auch, dass er etwas sagte, doch der Sinn rieselte erst nach und nach in mein Bewusstsein. Seine Software hatte auf der Lichtung eine Stelle identifiziert, die interessant genug schien, um dort zu graben. Der Landschaftsverband schickte Personal und Ausrüstung, um sie zu unterstützen. Schon morgen sollte es losgehen.

In Kais Augen blitzte freudige Erregung. Großvater nickte ruhig, als habe er gewusst, dass es so kommen würde. Die Erkenntnis traf mich wie ein Faustschlag in die Magengrube. Mein Großvater wollte, dass die Wahrheit ans Licht kam! Er sehnte sich danach, reinen Tisch zu machen und Verantwortung zu übernehmen, ungeachtet der Konsequenzen. Ein kleiner Teil von mir verstand ihn sogar. Es war schrecklich, sich zu verstellen und mit einer Lüge zu leben. Ich tat das erst seit wenigen Tagen und merkte schon, wie es mich veränderte. Wie musste es meinem Großvater ergehen, der seit vierzig Jahren eine Last mit sich herumschleppte, dessen Ausmaß ich nur erahnen konnte? Dennoch … ich konnte nicht zulassen, dass mein Großvater bloßgestellt wurde. Der Preis war zu hoch. Mit beinahe schon unmenschlicher Willenskraft rang ich mir ein Lächeln ab und entschuldigte mich dann mit dem Hinweis darauf, dass ich ein dringendes Telefonat zu erledigen habe.

Ich spürte Kais und Großvaters Blicke in meinem Rücken, als ich über die Treppe nach oben floh. Im Badezimmer stellte ich mich ans Waschbecken, drehte den Hahn auf und ließ kaltes Wasser über meine Handgelenke laufen. Mein Gesicht, das mir aus dem Spiegel entgegensah, war kreidebleich. Nun war es also so weit. Es gab keine Ausreden mehr, ich musste handeln. Sofort. Ich drehte das Wasser ab und lief ins Büro.

In wenigen Minuten hatte ich einen anonymen Account auf Instagram eröffnet und die Fanseiten von Henry Miles mit den meisten Followern gefunden. Es gab ein halbes Dutzend. Der Kommentar, den ich postete, war immer derselbe:

Diesmal stimmt es: Henry Miles ist in Herzbach,
um seiner Freundin einen Heiratsantrag zu machen.
Morgen schon. Auf der kleinen Lichtung im Wald.

29

Hannah Über das ganze Gesicht lächelnd sah ich Kai hinterher, wie er sich aufmachte, um Amelie die frohe Botschaft zu überbringen. Ich selbst war ebenso euphorisch und aufgeregt. Noch auf der Lichtung hatten wir die Messergebnisse in Kais Laptop eingespielt und einen Treffer erzielt. Unter der Erde, unweit der alten Eiche, in deren Wurzelwerk die kleine Maja und ihre Brüder das Goldmultiplum gefunden hatten, befand sich eine von Menschenhand ausgehobene Grube. Ob darin ein Schatz verborgen lag, konnte uns die Technik dagegen nicht verraten. Dass die Metallsonde nicht ausgeschlagen hatte, war kein Indiz. Dafür lag das Loch zu tief. Das bedeutete: Alles war möglich. Vielleicht machten wir schon morgen eine Entdeckung, von der die Welt noch in Hunderten von Jahren sprechen würde. Ich wischte mir mit der Hand den Schweiß von der Stirn. Nach der trockenen Gluthitze der vergangenen Tage kam mir die Luft heute drückend vor. Ich hoffte nur, dass es nicht ausgerechnet dann zum Gewitter kam, wenn wir zu graben begannen.

Gerade als ich den Schlüssel zu meinem Hotelzimmer

herumdrehen wollte, wurde die Tür von innen schwungvoll geöffnet. Im nächsten Moment fand ich mich in Aarons Armen wieder. Er küsste mich leidenschaftlich, und ich erwiderte seinen Kuss mit derselben Intensität. Wie gut er riecht, dachte ich noch, dann verloren sich meine Gedanken in der Wärme seiner Berührungen. Nachdem wir uns geliebt hatten, gingen wir gemeinsam duschen. Während das warme Wasser meinen Rücken hinunterlief, schäumte Aaron mein Haar ein. Dabei ging er so behutsam vor, dass meine Kehle vor Rührung eng wurde. Hinterher hüllte er mich in ein großes, flauschiges Handtuch.

»Fehlt nur noch, dass du mir einen warmen Kakao machst«, witzelte ich.

»Möchtest du einen?«, fragte er ernst, und ich verneinte lächelnd und küsste ihn auf den Mund.

»Erzähl mir von deinem Tag«, verlangte er. Seine Lippen strichen zärtlich über meine.

Ich schlang meine Hände um seinen Nacken. »Du wirst es nicht glauben«, meinte ich und berichtete, was wir gefunden hatten.

»Das ist ja großartig!«, befand Aaron und küsste mich erneut. »Erzähl mir alles ganz genau.«

Während wir uns anzogen, gab ich ihm im Detail Auskunft über unsere Ergebnisse. Aaron war ein aufmerksamer Zuhörer. Noch eine Eigenschaft an ihm, die mir ausnehmend gut gefiel. Ich hatte die Erfahrung gemacht, dass viele Menschen nur mit einem Ohr zuhörten, während sie bereits überlegten, was sie selbst als Nächstes sagen konnten. Nicht so Aaron. Er war ganz bei mir, stellte kluge Fragen und dachte über meine Antworten nach, bevor er erneut das Wort ergriff.

»Und wie war dein Tag?«, fragte ich ihn, nachdem ich zum Ende gekommen war. Dabei musterte ich ihn von Kopf bis Fuß. Er hatte sich für Jeans, T-Shirt und Sneakers entschieden und sah darin zum Anbeißen attraktiv aus. Ich selbst hatte mich für ein weißes Top und eine Leinenhose mit Kordelzug entschieden, was das Eleganteste war, das mein Kleiderschrank aufzubieten hatte.

Aaron trat hinter mich und verschränkte seine Hände vor meinem Bauch. »Ich war heute Morgen mit Sebastian spazieren«, sagte er und knabberte an meinem Hals. »Das war sehr schön.«

Ich drehte den Kopf und sah ihm in die Augen. »Hast du ihn gefragt, ob du eine Lesung in der *Büchertruhe* halten darfst?«

Ein amüsierter Ausdruck erschien auf seinem Gesicht. »Nein.«

»Warum nicht?«, fragte ich ernst. »Es könnte deine Karriere voranbringen.«

Die Lachfältchen um seine Augen vertieften sich. »Meinst du?«

Ich nickte. »Sebastian ist bekannt dafür, dass er talentierten, unbekannten Schriftstellern unter die Arme greift.«

»Woher weißt du, dass ich talentiert bin?«

»Bitte?«

»Du hast gesagt, Sebastian unterstützt Autoren mit Talent.« Er grinste. »Dein Vertrauen in allen Ehren, Liebling … aber woher nimmst du die Gewissheit, dass ich gut bin? Hast du bereits ein Buch von mir gelesen?«

Ein Anflug von Verlegenheit überkam mich. »Ich habe im Internet keines gefunden«, gestand ich ihm. »Am besten nennst du mir den Titel einer deiner Krimis, dann kann ich ihn im Buchladen bestellen.«

Aarons Grinsen wurde breiter. Er amüsierte sich, auch wenn ich keine Idee hatte, warum. Offenbar schien ihn der Gedanke, dass sein Werk nicht auffindbar war, in keiner Weise zu belasten. Aber wenn er keine Bücher verkaufte, wovon lebte er dann?

»Das mache ich sehr gerne«, unterbrach Aaron meine Überlegungen. »Nur schreibe ich Thriller und keine Krimis.«

»Ha!«, rief ich triumphierend. »Den Unterschied kenne ich!« Stolz gab ich wieder, was ich von Amelies Ausführungen in der *Büchertruhe* behalten hatte. »Und jetzt nenn mir einen Titel«, schloss ich. »Wie heißt das letzte Buch, das du geschrieben hast?«

»Dark Secrets«, antwortete Aaron, ohne mit der Wimper zu zucken. Er löste seine Hände von meinem Bauch und strich mit den Fingerspitzen meinen Nacken entlang. Ein wohliger Schauer überlief mich.

»Schön wär's«, seufzte ich. »Aber jetzt sag ehrlich.«

»Glaubst du mir nicht?«, flüsterte er mit diesem rauen Ton in der Stimme, bei dem mein Verstand sich jedes Mal verabschiedete.

In seinen Armen drehte ich mich langsam zu ihm um. »Dass du *Dark Secrets* geschrieben hast? Nein.« Ich lächelte an seinem Mund. »Und wenn es so wäre, müsste ich dich leider verlassen.«

Aaron küsste mich. »Du würdest mich verlassen, wenn ich Henry Miles wäre? Warum? Der Mann ist steinreich. Andere Frauen würden alles dafür geben, um ihn vor den Traualtar zu bekommen.«

»Genau deswegen«, erwiderte ich leichthin. »Zu viel

Konkurrenz. Außerdem mache ich mir nicht so viel aus goldenen Schlössern an der Loire. Ich mag mein Edelmetall lieber, wenn es tief unter der Erde liegt und ich im Schweiße meines Angesichts danach graben muss.«

Aaron schwieg. »Du bist ein komisches Huhn«, sagte er schließlich.

Ich lachte laut auf. So hatte mich noch nie jemand genannt. »Du verstehst es, einer Frau Komplimente zu machen.«

Jetzt musste Aaron ebenfalls lachen. Er legte eine Hand an meine Wange, und ich schmiegte mich hinein. »Dann ist dir ein mittelloser Autor lieber als ein Schriftsteller, der über dreißig Millionen Bücher verkauft hat?«

»Unbedingt.« Ich nickte. »Aber jetzt lass uns von etwas anderem sprechen. Sonst bekomme ich nämlich noch den Eindruck, dass du von diesem Henry Miles besessen bist. So oft, wie du von ihm redest.«

Aarons Züge wurden unendlich weich. »Ich liebe dich, Hannah«, sagte er.

Überwältigt starrte ich ihn an, ohne zu wissen, was ich darauf entgegnen sollte.

Aaron zog mich an sich. »Du musst nichts sagen, Liebling«, flüsterte er an meinem Ohr. »Ich wollte nur, dass du es weißt.«

30

Amelie »Sieht ganz so aus, als würde es heute regnen. Endlich.«

Ich drehte mich um und entdeckte meinen Großvater, der soeben auf die Terrasse getreten war. Er sah zum Himmel, an dem schwere, dunkle Wolken hingen. Vereinzelt waren auch blaue Teilstücke zu sehen.

»Die Wahrscheinlichkeit dafür liegt bei sechzig Prozent«, gab ich die Information wieder, die ich in meiner Wetter-App gelesen hatte. Es war erst halb sieben an diesem Samstagmorgen, doch ich war so angespannt, dass ich es nicht länger im Bett ausgehalten hatte. Nachdem ich gestern die Kommentare auf Henry Miles' Fanseiten hinterlassen hatte, wartete ich nun mit bangem Gefühl, was als Nächstes passieren würde. Das Netz reagierte schnell … aber kamen die Menschen schnell genug, um die Grabung zu behindern, die heute auf der Lichtung beginnen sollte?

Beim Frühstück konnte ich meinem Großvater kaum in die Augen sehen, geschweige denn, mich konzentrieren. Nachdem er ein paar Versuche unternommen hatte, eine Unterhaltung mit mir zu beginnen, gab er schließlich auf. Um neun Uhr brachen wir zur *Büchertruhe* auf. Unterwegs kamen uns nur vertraute Gesichter entgegen. Unruhig sah ich mich nach allen Seiten um. Wo blieben Henrys Fans? Beim letzten Mal hatten die Menschen unser Geschäft beinahe gestürmt. Sollte es diesmal anders sein? Hatten sie meiner Nachricht keinen Glauben geschenkt, nachdem sie beim letzten Mal unverrichteter Dinge wieder abreisen mussten? Oder machten sie sich auf direktem Weg zur kleinen Lichtung, wo der vermeintliche Heiratsantrag stattfinden sollte?

»Schau mal, da drüben vor dem Hotel sind Hannah und Kai«, sagte mein Großvater, als wir den Marktplatz erreicht hatten.

Erschrocken zuckte ich zusammen. Ich wandte meinen Kopf in die genannte Richtung und sah, wie sich die beiden Archäologen angeregt miteinander unterhielten. Bei Kais Anblick überkam mich heftige Wehmut. Wie gerne hätte ich ihn näher kennengelernt, doch es sollte nicht sein. Die Umstände verhinderten es.

In diesem Moment trat Aaron aus dem Hotel und gesellte sich zu ihnen. Bei dem Gedanken, dass ich sein Geheimnis gelüftet und sein Vertrauen auf schändlichste Weise missbraucht hatte, fingen meine Wangen vor Scham an zu brennen. Am liebsten hätte ich mir selbst eine Ohrfeige verpasst, und nur mit Mühe gelang es mir, mich zusammenzureißen.

Plötzlich bemerkte ich, dass mein Großvater mich beobachtete. Unsere Blicke trafen sich. »Was hast du, Amelie?«, fragte er sanft. »Du benimmst dich den ganzen Morgen schon so seltsam.«

Wenn du wüsstest, dachte ich. Ich spürte, dass ich kurz davor war, in hysterisches Lachen auszubrechen.

Gewaltsam biss ich mir auf die Lippen. »Mir ist ein wenig übel«, murmelte ich, weil mir auf die Schnelle nichts anderes einfiel. »Vielleicht habe ich gestern Abend etwas Schlechtes gegessen.«

Mein Großvater runzelte leicht die Stirn. Ich konnte ihm ansehen, dass er mir meine Ausrede nicht abnahm.

»Wenn ich ehrlich bin, benimmst du dich nicht erst seit gestern so«, sagte er. Er fasste mich an den Schultern. »Ist es wegen des erneuten Jobangebots aus Hamburg? Überlegst du, ob du es diesmal annehmen sollst?«

Entgeistert starrte ich ihn an. »Woher weißt du davon?«, stammelte ich.

Großvaters Mundwinkel hoben sich. »Ich bin schon ein paar Jährchen in der Buchbranche und habe so meine Kontakte«, erwiderte er.

Aus den Augenwinkeln sah ich, wie Bewegung in die kleine Gruppe vor dem Hotel kam.

»Können wir später darüber sprechen?«, fragte ich beklommen.

Mein Großvater nickte. »Natürlich. Nur so viel, Amelie: Ich werde deinem Glück niemals im Weg stehen. Das weißt du, oder?«

Ich nickte mechanisch. Wie oft hatte ich mir insgeheim gewünscht, dieses Gespräch mit meinem Großvater zu führen, doch jetzt war die Gelegenheit denkbar ungeeignet. Ich sah ihn ernst an. »Mir geht es wirklich nicht so gut. Ich glaube, ich gehe nach Hause und lege mich noch mal ein Stündchen hin. Kommst du heute Vormittag ohne mich in der *Büchertruhe* zurecht?«

Großvater musterte mich einen Moment lang nachdenklich, dann nickte er. »Ruh dich aus, meine Kleine.«

Wir verabschiedeten uns, und ich sah ihm hinterher, wie er die Tür zu unserem Geschäft aufschloss. Aus der Ferne ertönte ein Donnergrollen.

31

Hannah Als Kai und ich die Lichtung erreichten, war unser Grabungsteam schon mitten in den Vorbereitungen. Der Direktor der Archäologie in Münster hatte uns drei seiner erfahrensten Mitarbeiter geschickt. Es waren zwei Frauen und ein Mann, alle zwischen vierzig und fünfzig, die sich bei unserer telefonischen Vorbesprechung gestern als Dunja, Nicole und Bernd vorgestellt hatten. Letzterer stammte aus einem Nachbarort, weswegen er sich im Herzbacher Wald bestens auskannte.

Wir begrüßten einander mit einem Lächeln. Spannung und Vorfreude lagen in der Luft. Gefühle, die ich von früheren Ausgrabungen nur zu gut kannte. Nachdem wir unser Vorgehen besprochen und die Aufgaben verteilt hatten, spendierte Dunja eine Runde Kaffee aus ihrer pinken Thermoskanne und verteilte dazu selbst gebackene Plätzchen, aus denen reichlich Mandelsplitter hervorlugten. Auch wenn ich es vor Tatendrang kaum noch aushielt und mein Blick immer wieder sehnsüchtig zu dem abgesteckten Bereich wanderte, den wir näher untersuchen wollten, trank ich brav meinen Kaffee und lobte das Gebäck, das auch wirklich hervorragend schmeckte.

Viele Archäologen hatten ihre Rituale, bevor eine neue Grabung anfing. Ich kannte welche, die meditierten, andere gingen laufen oder steckten in der Kirche eine Kerze an. Glücksbringer waren ebenfalls beliebt. Ich selbst trug einen flachen Stein in der Hosentasche, den ich von meiner allerersten Exkursion, die in Wales stattfand, mitgebracht hatte. Und bei Dunja schienen es eben Kaffee und Kekse zu sein.

Ein tiefes Donnergrollen ertönte. Wie auf Kommando hoben wir alle fünf unseren Blick. Die Wolken waren noch dichter geworden und hingen dunkel und bedrohlich am Himmel. Vereinzelt war noch das Blau zu sehen, doch der Horizont wirkte beinahe schwarz. Ein plötzlicher Wind kam auf, der durch die Baumkronen fuhr und an den Ästen rüttelte. Vom trockenen Boden wirbelte Staub auf und drang mir in die Augen. Bitte zieh vorbei, flehte ich inständig.

Plötzlich hörte ich hinter meinem Rücken laute Stimmen. Biene!, war mein erster Gedanke. Hatte sie denn immer noch nicht genug? Ich wirbelte herum und sah eine Gruppe von sechs jungen Frauen durch die Bäume treten. Sie waren geschminkt und herausgeputzt wie für einen Besuch im Club. Kai und ich wechselten einen erstaunten Blick, dann gingen wir ihnen entgegen.

»Können wir Ihnen helfen?«, erkundigte sich Kai freundlich. Im Hintergrund starteten Bernd, Dunja und Nicole einen heldenhaften, wenn auch nicht besonders effektiven Versuch, die Ausgrabungsstelle und die bereitliegenden Gerätschaften mit ihren Körpern vor den neugierigen Augen der Besucherinnen zu schützen.

»Wir suchen Henry Miles«, verkündete eine Blondine im hellblauen Sommerkleid, offenbar die Wortführerin der Gruppe. »Ist er hier?« Suchend schaute sie sich um.

»Äh, nein ...«, antwortete ich perplex. Was hatten die Menschen nur alle mit diesem Schriftsteller? Und warum um alles in der Welt sollte er im Herzbacher Wald sein? Misstrauisch kniff ich die Augen zusammen. War das Ganze ein Ablenkungsmanöver? Vielleicht hatten die Frauen von dem Münzenfund erfahren und gehörten zur Fraktion der Schwarzsammler. Ich betrachtete ihre schicken Kleider und die farblich abgestimmten Handtaschen und Fingernägel und verwarf die Theorie sofort wieder. Diese Frauen würden sich eher ein Büschel Haare ausreißen, als im Dreck zu wühlen. Aber warum waren sie dann hier?

Zwischen den Bäumen erschienen weitere Menschen. Mit offenem Mund sah ich zu, wie sie auf die Lichtung strömten. Die jungen Frauen waren nur die Vorhut gewesen! Dunja, Nicole und Bernd gaben ihren Versuch auf, sich schützend vor die Absperrung zu stellen, und kamen zu uns.

»Was soll das?«, fragte Dunja ratlos. »Was machen all diese Leute hier?«

»Sind Sie Henrys Verlobte?«, erkundigte sich eine dickliche Frau um die sechzig und musterte mich abschätzig von oben bis unten. »An Ihnen ist doch gar nichts dran«, fügte sie kopfschüttelnd hinzu. »Und warum sind Sie so groß?«, ergänzte sie mit zusammengekniffenen Augen. »Mag Henry keine kleinen Frauen?«

Nun mischte sich die Blondine im Sommerkleid ein. »Ich hätte Sie mir eleganter vorgestellt.« Ihr Blick streifte meine Jogginghose und die Gummistiefel.

»Jetzt ist es aber mal gut!«, rief ich entnervt. Inzwischen wimmelte es auf der Lichtung vor Menschen. Sie liefen wie Ameisen hin und her und redeten dabei wild durcheinander.

»Was zum Teufel …?«, murmelte Kai. Entschlossen stellte er sich auf einen Baumstamm und rief mit lauter Stimme: »Ruhe!«

Und das Wunder geschah. Nach und nach verstummten die Menschen und sahen mit großen Augen zu ihm auf.

»Ob das Henry ist?«, flüsterte die Blondine ihren Freundinnen zu, worauf diese anfingen, wie die Backfische zu kichern.

Die Situation wurde immer absurder. Als Stille eingekehrt war, richtete Kai das Wort an die Menge.

»Henry Miles ist nicht hier«, sagte er ernst. »Wir sind nur Wissenschaftler, die hier ihrer Arbeit nachgehen. Sie behindern uns darin, deshalb bitte ich Sie nun zu gehen.«

Die dickliche Frau, die sich vorhin über meine Körpergröße und mein Gewicht mokiert hatte, verschränkte die Arme vor der Brust.

»Wir gehen nirgendwohin. Erst wenn wir Henry gesehen haben.«

Kai fuhr sich mit einer Hand übers Gesicht. »Wie kommen Sie denn darauf, dass er hier ist?«, fragte er. »Wer behauptet so etwas?«

»Instagram«, rief ein Mädchen aus der Menge. Wie zum Beweis hielt sie ihr Smartphone in die Höhe. »Er soll seiner Freundin heute hier einen Heiratsantrag machen.«

Kai wirkte aufrichtig verblüfft. »Selbst wenn das stimmen würde, glauben Sie im Ernst, Henry Miles wollte Sie in diesem privaten Moment alle dabeihaben?«

Das Mädchen mit dem Smartphone hatte den Anstand zu erröten, und ich musste mir ein Schmunzeln verbeißen. Auch wenn die Situation lästig war, entbehrte sie nicht einer gewissen Komik. Plötzlich wünschte ich mir, Aaron wäre hier. Und, würde ich zu ihm sagen, willst du immer noch Henry Miles sein?

Mein Blick fiel auf einen schwarz gekleideten Jungen am Rand der Menge, der höchstens achtzehn sein konnte. Er zog an einer Zigarette, wobei er versuchte, wie James Dean auszusehen. Wusste er nicht, dass Rauchen im Wald um diese Jahreszeit verboten war? Das Ende glühte blutrot auf. Um ihn herum nur trockene Büsche und Sträucher. Von einer düsteren Vorahnung getrieben, verließ ich meinen Platz und bahnte mir den Weg zu dem Jungen. Ich hatte ihn fast erreicht, als sich mir das Mädchen von eben in den Weg stellte.

»Ich möchte Henry nur einmal sehen«, bettelte sie, »bitte, haben Sie ein Foto von ihm?«

Über ihre Schulter beobachtete ich, wie der Junge einen letzten Zug tat und sich dabei suchend umblickte. Er würde doch nicht wirklich …?

»Nicht!«, rief ich entsetzt und schob das Mädchen unsanft zur Seite, wobei es über seine eigenen Füße stolperte und hinfiel. Verflucht! Das hatte ich nicht gewollt. Ich hielt dem Mädchen meine Hand hin, um ihm aufzuhelfen.

»Geht's?«, fragte ich, und als es nickte, wandte ich mich erneut nach dem Jungen um. Doch er war in der Menge verschwunden.

32

Amelie Daheim lief ich ruhelos wie ein Tiger im Käfig auf und ab. Irgendwann kam ich auf die Idee nachzuschauen, wie viele Reaktionen es auf Instagram gab. Das Ergebnis war überwältigend. Mein Kommentar zu Henry Miles war tausendfach aufgegriffen worden und hatte eine aufgeregte Diskussion in Gang gesetzt. Nur warum war dann niemand hier? Im selben Augenblick schüttelte ich über mich selbst den Kopf. Woher wollte ich wissen, ob Henrys Bewunderer meinem Aufruf nachgekommen waren, wenn ich hier zu Hause durch die Zimmer streifte?

Kurz entschlossen machte ich mich auf den Weg zum großen Parkplatz am Ortseingang. Doch so sehr ich meine Augen auch anstrengte, ich konnte keine Autos mit fremden Nummernschildern entdecken. Vielleicht war es noch zu früh. Oder die Besucher hatten an der Landstraße geparkt, um von dort aus in den Wald zu gelangen.

Als ich gerade davonschleichen wollte, bog ein Kleinbus ein. Das Fahrzeug hielt, die Schiebetür ging auf, und mehrere junge Frauen in bunten Sommerkleidern sprangen heraus. Ihre aufgeregten Stimmen schallten zu mir herüber. Der Name Henry Miles fiel. Wie angewurzelt stand ich da. Es war geschehen, die ersten Fans waren gekommen. Und ich entdeckte weitere Autos, die sich über die Straße dem Parkplatz näherten.

Doch die Genugtuung darüber, dass mein Plan funktionierte, blieb aus. Stattdessen fühlte ich mich hundeelend. Mit hängendem Kopf trat ich den Rückzug in Richtung *Büchertruhe* an. Ich hatte getan, was ich tun musste. Aber das verhinderte nicht, dass ich mich in Grund und Boden schämte.

Etwa eine Stunde lang passierte nichts. Kunden besuchten die *Büchertruhe* und verließen das Geschäft wieder, ohne von plötzlichen Menschenmassen zu berichten, die die Ausgrabung störten. Das Glöckchen über dem Eingang ertönte erneut. Diesmal war es Aaron, der hereinkam. Bei seinem Anblick überwältigte mich das schlechte Gewissen. Meine Wangen brannten. Schnell senkte ich den Kopf und fuhr fort, die Neuerscheinungen auf dem Tisch vor mir zu ordnen. Dabei zitterten meine Finger so stark, dass mir ein Buch aus der Hand glitt und mit einem lauten Knall auf dem Fußboden landete. Bevor ich mich danach bücken konnte, war Aaron zur Stelle.

»Hallo Amelie«, begrüßte er mich und reichte mir den Roman.

»Hallo«, erwiderte ich mit piepsiger Stimme.

Aaron vergewisserte sich mit einem Seitenblick, dass uns niemand zuhörte, dann meinte er in verschwörerischem Tonfall: »Ich brauche deine Hilfe, Amelie, ich bin mit meinem Latein am Ende. Hannah glaubt mir nicht, dass ich Henry Miles bin.« Er verzog sein Gesicht zu einer komischen Grimasse. »Du kennst sie doch. Könntest du ihr bitte mitteilen, dass ich die Wahrheit sage?«

In diesem Moment wurde die Tür zum Laden aufgerissen und Nadine stürmte herein. »Es brennt!«, schrie sie. »Der Wald brennt!«

Aaron wurde aschfahl. »Hannah«, flüsterte er, dann stürzte er zur Tür hinaus.

Kai!, schoss es mir durch den Kopf, und mir wurde eiskalt. Ohne nachzudenken, lief ich ihm hinterher.

Auf dem Marktplatz hatten sich bereits Dutzende Herzbacher versammelt, die mit sorgenvollen Gesichtern zum Wald hinüberschauten. In Höhe des Sees stieg Rauch in den violettschwarzen Himmel. Die Lichtung … sie war bestimmt voller Menschen. Menschen, die ich dort hingelotst hatte. Ich rannte los.

»Amelie!«, hörte ich meinen Großvater rufen. »Du kannst da nicht hin. Bleib stehen!«

Doch ich ignorierte ihn. Panik engte mein Sichtfeld ein, während ich über den Marktplatz zur alten Mühle hetzte. Vor meinem inneren Auge spielten sich entsetzliche Szenen ab. Hannah und Kai, eingeschlossen von Flammen, Menschen, die hustend um ihr Leben rannten. Ich beschleunigte meine Schritte, ohne auf das Stechen in meinen Seiten zu achten. Lauter Donner ließ mich zusammenfahren, gebückt rannte ich weiter. Aus der Ferne hörte ich Sirenen.

Als ich die Brücke an der alten Mühle beinahe erreicht hatte, wurde ich plötzlich zurückgerissen. Starke Arme hielten mich wie in einem Schraubstock gefangen. Es war Jascha.

»Lass mich!«, keuchte ich. Ich wehrte mich heftig, doch Jascha hielt mich unbeirrt fest.

»Pscht«, sagte er sanft, »du hilfst niemandem, wenn du da jetzt reingehst.«

Die Sirenen wurden lauter.

»Hörst du, die Feuerwehr ist schon unterwegs.« Schluchzend rang ich um Atem. »Du verstehst das nicht, Jascha«, wimmerte ich, während mir die Tränen über das Gesicht liefen. »Ich muss da hin. Es ist alles meine Schuld!« Statt mich loszulassen, schlossen sich Jaschas Arme nur noch fester um mich. Plötzlich spürte ich, wie eine Hand über meinen Arm strich. Es war Nadine, die mir gefolgt war.

»Hör auf das, was Jascha sagt«, flüsterte sie beruhigend. »Du wärst nur eine mehr, um die die Feuerwehrleute sich kümmern müssten.«

Mit plötzlicher Klarheit erkannte ich, dass sie recht hatte. Jede Kraft wich aus meinem Körper, und ich sackte an Jaschas Brust zusammen. »Es ist alles meine Schuld«, wiederholte ich schluchzend, während ich am ganzen Körper zitterte.

»Ach, Süße.« Nadine öffnete die Arme, und nun, endlich, ließ Jascha mich los, damit meine beste Freundin es übernehmen konnte, mich zu trösten. Sie konnte schließlich nicht wissen, dass es für mich keinen Trost gab. Keinen Trost und keine Absolution.

Tiefe Hoffnungslosigkeit überkam mich. Während Nadine gleichmäßig über meinen Rücken strich, registrierte ich die anderen Herzbacher, die sich inzwischen vor der alten Mühle eingefunden hatten. Ellie war da, ebenso Biene und Siggi. Neben ihnen stand Johanna Schulze-Zumkley zusammen mit ihren Schwestern. Auch

Alexander Hoven und Sara waren gekommen. Alle starrten zum Waldrand am gegenüberliegenden Ufer.

Mit einem bangen Gefühl sah ich mich nach Aaron um, konnte ihn aber nirgendwo entdecken. Ich krümmte mich innerlich zusammen. Offenbar war er über die Brücke in den Wald gelangt, mitten hinein in die Gefahrenzone.

»Amelie!«, hörte ich die Stimme meines Großvaters. Ich machte mich von Nadine los und drehte mich um. Großvaters Gesicht war verzerrt vor Furcht.

Er fasste mich an den Schultern. »Was machst du denn?«, fragte er fassungslos.

Ich konnte ihm nicht in die Augen schauen. »Es tut mir so leid«, murmelte ich.

»Lass sie, Sebastian«, sagte Ava, die neben ihm stand. »Wir können später reden.«

Ein greller Blitz durchzuckte den Himmel, und lauter Donner ertönte. In der nächsten Sekunde kam ein heftiger Wind auf, der die Luft mit rotbraunem Staub erfüllte. Regen!, schoss es mir durch den Kopf. Warum regnete es nicht? Wieder sah ich zum Waldrand, wo sich die Baumwipfel bedrohlich bogen. Weiter hinten stieg unablässig Rauch auf.

Der Gedanke, dass Kai sich dort befand, schnürte mir die Kehle zu, bis ich das Gefühl hatte zu ersticken. Ich fasste mir an den Hals. Was hatte ich nur getan? Verzweifelt senkte ich den Kopf und schloss die Augen.

»Schaut nur«, schrie da eine aufgeregte Stimme.

Ich riss die Augen auf und erblickte eine junge Frau im blauen Sommerkleid, die über die Brücke auf uns zukam. Sie hielt die Hand einer anderen Frau, über deren Gesicht schwarze Kajalspuren verliefen. Als die beiden Frauen die

Stever überquert hatten, wurden sie von Ellie in Empfang genommen, die sie vor lauter Erleichterung jubelnd umarmte. Im nächsten Moment waren die beiden Frauen von Herzbachern umringt. Mit wild klopfendem Herzen trat ich näher, um zu hören, was gesagt wurde.

»Wir waren auf der Lichtung, um Henry Miles zu sehen«, sprudelte die Frau im blauen Kleid hervor. »Doch er war nicht da. Stattdessen war da plötzlich Rauch. Ein Mann hat uns aufgefordert, ihm zu folgen. Und dann sind wir gelaufen, so schnell wir konnten.«

Weitere Menschen kamen aus dem Wald und liefen über die Brücke. Hektisch glitt mein Blick über ihre Gesichter. Wo war Kai? Wo blieben Hannah und Aaron?

Ich fasste einen vorbeieilenden Mann am Arm. »Was ist mit den Archäologen?«, stieß ich hervor.

Der Mann schaute mich verständnislos an, dann zuckte er mit den Schultern. Hektisch wandte ich mich an die Frau im blauen Sommerkleid und stellte meine Frage erneut.

Sie legte den Kopf schief. »Die Wissenschaftler, meinen Sie?«, fragte sie.

Ich nickte, während mein Herz zum Zerspringen klopfte.

Die Frau legte die Stirn in Falten, als ob sie angestrengt nachdächte. »Ich weiß nicht genau«, sagte sie dann. »Es war alles so durcheinander.« Plötzlich hielt sie inne. »Doch«, rief sie, »ich erinnere mich! Die Frau, die ich für Henrys Verlobte gehalten habe, hat nach einer Schaufel gegriffen. Ebenso wie der Mann bei ihr.« Ihre Augen weiteten sich vor Bewunderung. »Sie haben versucht, die Flammen zu ersticken!«

Ich schlug mir eine Hand vor den Mund. Anstatt sich

in Sicherheit zu bringen, hatten sich Hannah und Kai mitten in die Gefahr hineinbegeben.

»Eines war seltsam«, drang die Stimme der Frau zu mir hindurch. »Auf unserer Flucht ist uns ein Mann entgegengekommen. Wir haben ihn noch gewarnt, doch er ist einfach weitergerannt.«

Aaron, dachte ich und biss mir auf die Lippe, bis ich Blut schmeckte.

Der Strom von Menschen, der über die Brücke kam und von den Herzbachern stürmisch begrüßt wurde, ebbte ab. Inzwischen waren auch Sanitäter eingetroffen, die sich um die Besucher kümmerten. Wie es aussah, war niemand verletzt. Alle waren noch einmal mit dem Schrecken davongekommen. Doch die Tatsache löste keinerlei Erleichterung in mir aus. Denn von Hannah, Kai und Aaron fehlte weiter jede Spur.

Ich ließ meinen Blick über die Leute wandern, die sich hier, vor der alten Mühle, in kleinen Grüppchen zusammengefunden hatten. Überall war die Geschichte zu hören, wie mit einem Mal Rauch aus dem Unterholz aufstieg, der schnell dichter wurde. Eine achtlos weggeworfene Zigarette, mutmaßte die Frau im blauen Sommerkleid.

»Das war diese blonde Wissenschaftlerin«, ließ sich eine dickliche Frau vernehmen.

Mein Großvater wies sie streng zurecht. »Wissen Sie, was Sie da reden? Sie können doch nicht einfach so etwas behaupten.«

Trotzig verschränkte die Frau die Arme vor der Brust. »Ich weiß, was ich gesehen habe. Sie stand da … und eine Minute später brannte es. Genau dort. Und das werde ich auch den Feuerwehrleuten sagen.«

Ava wollte etwas entgegnen, doch Biene kam ihr zuvor. Mit blitzenden Augen ging sie auf die Frau los. »Sie verschwinden jetzt besser, und zwar *pronto*«, sagte sie schneidend. »Hannah ist Herzbacherin, sie würde niemals etwas tun, was unserem Dorf schadet!«

Johanna und Ellie traten an Bienes Seite. Wild entschlossen, der unangenehmen Person die Stirn zu bieten.

»Gehen Sie«, wiederholte Biene, worauf die Frau einen Schritt zurückwich. Der überhebliche Ausdruck war von ihrem Gesicht verschwunden, stattdessen wirkte sie verunsichert und auch ein wenig ängstlich.

Hilfe suchend sah sie sich um. »Sie haben es doch bestimmt auch gesehen«, rief sie einer Frau zu. Die schüttelte den Kopf. »Aber Sie! Sie haben es beobachtet«, sagte die Frau zu einem Mann mit Vollbart und Brille.

»In der Tat«, erwiderte der Mann, worauf Triumph in den Zügen der Frau aufblitzte. »Ich habe beobachtet«, fuhr er fort, »wie diese mutige Frau nach der Schaufel griff, um uns alle zu retten.«

Der Mund der Frau klappte zu. Alle Farbe war aus ihrem Gesicht gewichen.

Anklagend streckte Biene ihren rechten Zeigefinger nach ihr aus. »Jetzt gehen Sie schon. Wir brauchen hier niemanden, der böswillig Gerüchte verbreitet.«

Neben mir spürte ich eine Bewegung. »Hat Biene das gerade wirklich gesagt?«, fragte eine vertraute Stimme.

Ich schrak zusammen, drehte verwirrt den Kopf und erblickte … Hannah.

33

Hannah »Hat Biene das gerade wirklich gesagt?«, erkundigte ich mich staunend bei Amelie. Mit weit aufgerissenen Augen wandte die junge Buchhändlerin den Kopf und schaute mich an, als sei ich ein Gespenst. Bestimmt sah ich auch so aus. Es kam mir vor, als seien Ewigkeiten vergangen, seit ich den Jungen mit der Zigarette beobachtet hatte. Dabei war es bestimmt nicht länger als eine Stunde her. Ich war nicht schnell genug gewesen, um zu verhindern, dass der Junge die noch glühende Kippe ins Unterholz schnippte. Doch als ich den ersten Rauch sah, wusste ich, dass er es getan hatte. Noch hatte niemand etwas bemerkt. Jetzt ging es darum, eine Panik zu verhindern. Schnell sah ich mich um und bemerkte, dass Bernd aus unserem Grabungsteam nur zwei Meter entfernt stand. Mit wenigen Worten schilderte ich ihm die Situation und bat ihn, die Menschen aus dem Wald zu führen. Er kannte sich aus und würde die Leute sicher ins Dorf bringen. Dunja und Nicole sollten ihm helfen.

Bernd erfasste den Ernst der Lage sofort. Er nickte und eilte davon. Ich lief zu der Stelle, wo unsere Geräte lagerten. Während Bernd, Dunja und Nicole die Besucher, die den Rauch inzwischen bemerkt hatten, ruhig, aber bestimmt aufforderten, ihnen zu folgen, griff ich nach einer Schaufel. Plötzlich war Kai an meiner Seite. Wir tauschten einen raschen Blick, dann nahm er sich ebenfalls eine Schaufel. Der Wind wurde stärker, jetzt zählte jede Sekunde. Mit einem Mal war ich so klar und fokussiert wie nie zuvor in meinem Leben. Ich blendete alles um mich herum aus. Bernd, Dunja und Nicole würden sich um die Menschen kümmern, Kai und ich um den Brandherd. Noch war er klein, mit ein wenig Glück ließ er sich unter Kontrolle bringen. Wenn wir nichts taten, würde das Feuer auf das umliegende Unterholz übergreifen, und das durfte unter keinen Umständen passieren.

Über uns zerriss ein Blitz den Himmel. Wenige Sekunden später folgte der Donner. Nie hatte ich mich so nach Regen gesehnt wie in diesem Moment. Der Waldboden war durch die lange Trockenheit so hart, dass er sich nur schwer ausheben ließ. Abwechselnd schlugen Kai und ich mit den Schaufeln nach den Flammen oder schippten Erde darüber. Immer, wenn wir dachten, wir hätten es geschafft, stob erneut ein Funke hoch, und eine weitere Flamme loderte auf.

»Schneller!«, schrie Kai. »Wir müssen schneller schaufeln.« Sein Gesicht war schweißnass.

Vor Anstrengung fingen meine Arme an zu zittern. Wir müssen hier weg, rief eine Stimme in meinem Kopf. Und dann war plötzlich Aaron da. Wortlos nahm er mir die Schaufel aus der Hand und setzte meine Arbeit mit kraftvollen Bewegungen fort. Ich gönnte mir keine Verschnaufpause. Als ich mir gerade eine neue Schaufel holen wollte, erschien ein Trupp Feuerwehrleute auf der Lichtung.

Nachdem sich der Einsatzleiter vergewissert hatte, dass es uns gut ging, sagte er: »Es war unglaublich tapfer, was Sie getan haben. Ab jetzt übernehmen wir.« Er lächelte. »Auch wenn Sie uns nicht viel Arbeit übrig gelassen haben.«

Erschöpft fielen Kai, Aaron und ich uns in die Arme. Wir lachten und weinten gleichzeitig. Auf dem Weg zurück ins Dorf lief Kai vor uns, während Aaron und ich nebeneinandergingen. Er hielt meine Hand, an der sich vom Schaufeln Blasen gebildet hatten. Als ich gegen das Feuer ankämpfte, hatte ich nichts davon bemerkt, doch jetzt schmerzten sie.

Aaron sah mich von der Seite an. »Ich hatte solche Angst um dich«, sagte er leise. Er blieb stehen und sah mir in die Augen. »Ich liebe dich, Hannah.«

Ich schluckte. »Ich liebe dich«, erwiderte ich, und in dem Moment, in dem ich die Worte aussprach, erkannte ich, dass es die Wahrheit war. Glück durchflutete meinen Körper, bis ich das Gefühl hatte zu schweben. Plötzlich landete ein einzelner Wassertropfen auf meinem Gesicht. Ich hob den Kopf und sah zum Himmel. »Es regnet«, sagte ich ungläubig.

Aaron lächelte. »Das wurde aber auch langsam Zeit.«

Als wir die kleine Brücke erreichten, die über die Stever führte, bemerkte ich die vielen Menschen, die sich auf der anderen Seite vor der alten Mühle versammelt hatten. Bernd, Dunja und Nicole hatten sie sicher ins Dorf gebracht.

Da unterbrach eine laute Stimme meine Gedanken. »Das war diese blonde Wissenschaftlerin«, rief die Frau, die sich an meiner Figur gestört hatte. Ungläubig starrte ich zu ihr hinüber. Wollte sie etwa behaupten, ich hätte den Brand verursacht?

Doch ehe ich zu ihr gehen und die Dinge richtigstellen konnte, ergriff Biene für mich Partei. Als sie sagte, ich sei eine Herzbacherin, glaubte ich meinen Ohren nicht zu trauen. Gleichzeitig spürte ich, wie meine Brust vor Rührung eng wurde.

Während Biene der Frau Paroli bot, entdeckte ich Amelie in der Menge und gesellte mich zu ihr. »Hannah …«, stotterte sie, als sie mich erkannte. Ihr Blick fiel auf Aaron neben mir. »Aaron …«, flüsterte sie.

Wenn sie jetzt noch »Kai« sagt, stimmt wirklich etwas nicht mit ihr, dachte ich.

»Kai!«, rief Amelie in diesem Augenblick. »Oh, Kai!«

Im nächsten Moment fiel sie meinem verdutzten Freund um den Hals und küsste ihn auf den Mund.

Kai brauchte nur eine Sekunde, um seine Überraschung zu verarbeiten, dann erwiderte er ihren Kuss voller Leidenschaft.

»Wenn er Kai heißt, dann ist er wohl nicht Henry Miles«, murmelte die Frau im blauen Sommerkleid enttäuscht.

Ich wandte mich ihr zu. »Ich habe es Ihnen doch gesagt: Hier gibt es keinen Henry Miles.«

Aaron räusperte sich. »Das kann man so nicht sagen«, meinte er.

»Jetzt fang nicht schon wieder damit an«, sagte ich. Wir waren gerade einem Feuer entkommen. Das war nun wirklich nicht der richtige Zeitpunkt für Scherze.

Gespielt verzweifelt sah Aaron zu Amelie. »Bitte, sag du es ihr«, meinte er nur.

Für einen Moment wirkte Amelie überrascht, dann

ging ein Lächeln über ihr Gesicht. »Aaron sagt die Wahrheit, Hannah. Er ist Henry Miles.«

Mir blieb die Luft weg. »Du veräppelst mich.«

»Glaubst du *mir,* wenn ich dir sage, dass Aaron und Henry Miles ein und dieselbe Person sind?«, fragte Sebastian.

Ich starrte ihn an. Wie in Zeitlupe sickerte die Erkenntnis in mein Gehirn. Fassungslos suchte ich Aarons Blick. »*Du* bist tatsächlich Henry Miles?«

Er nickte.

»Warum hast du nichts gesagt?«, fragte ich, musste aber im selben Moment über mich selbst lachen. »Entschuldige, du hast es gesagt. Mehrmals sogar. Ich habe es nur nicht geglaubt.«

Die Neuigkeit, dass Henry Miles unter den Anwesenden war, verbreitete sich rasend schnell. Mit einem Mal waren wir von Dutzenden von Menschen umringt, die alle durcheinanderredeten.

»Jetzt macht er ihr den Antrag«, rief eine Frau aufgeregt.

Aaron lächelte und legte einen Finger an seine Lippen. Augenblicklich verstummte das Gemurmel.

»Heute nicht«, sagte er, »denn vorher muss ich dringend duschen.«

Gelächter ertönte. »Wenn du sie nicht heiratest, dann nimm mich!«, rief eine Frau, die vom Alter her seine Mutter hätte sein können.

»Tut mir leid«, meinte Aaron mit einem Lächeln. »Mein Herz ist vergeben. Für immer.« Er sah mich an. Dann senkte er seine Lippen auf meine und küsste mich, bis sich die Welt um mich herum zu drehen begann.

34

Amelie Eineinhalb Stunden später saß ich mit Großvater und Ava zu Hause im Wohnzimmer. Draußen regnete es unterdessen in Strömen. Das Wasser floss in dichten Schlieren die Fenster herunter.

»Und dann habe ich die Nachricht auf Instagram eingestellt, und die Leute sind in Scharen zur Lichtung geströmt«, beendete ich meine Beichte. Mit gesenktem Kopf wartete ich darauf, dass einer von beiden das Wort ergriff. Ich hatte nichts ausgelassen. Hatte im Detail von Großvaters Fiebertraum erzählt, von dem Verdacht, der sich in mir geregt hatte, von der Intrige, die ich daraufhin gesponnen hatte.

Eine Zeit lang war es still. Dann sagte mein Großvater: »Ich glaube, Ava und ich müssen dir etwas erklären.«

Ich sah ihm ins Gesicht und entdeckte Schuldbewusstsein. Innerlich wappnete ich mich für das, was nun kam und was die Welt, die ich kannte, für immer verändern würde.

»Zunächst einmal«, fuhr mein Großvater fort, »habe ich nichts mit Hans' Verschwinden zu tun, und ich weiß auch nichts darüber.« Vollkommen perplex öffnete ich den Mund, doch Großvater bedeutete mir zu schweigen. »Lass mich ausreden, Liebes.« Er holte tief Luft. »Das, was ich im Traum gesagt habe, stimmt. Es hat einen Unfall gegeben. Doch es war nicht Irenes Verlobter, der dabei ums Leben gekommen ist.«

Sprachlos blickte ich ihn an. Großvater schwieg einen Moment.

»Soll ich es ihr erzählen?«, fragte Ava, und mit einem dankbaren Nicken nahm Großvater ihr Angebot an. »Hans war schon einige Zeit fort«, nahm sie den Faden auf, »und Irene ging es von Tag zu Tag schlechter. Sie nahm Tabletten, doch die halfen nicht. Sie machten sie nur müde und unkonzentriert. Eigentlich durfte Irene aufgrund der Medikamente kein Auto fahren, doch sie tat es trotzdem. Sie machte eine Therapie, die in Sternbeck stattfand.« Gedankenverloren wanderte Avas Blick zum Fenster. »Eines Nachmittags, als Irene aus Sternbeck zurückkehrte und den Wagen in der Garage parken wollte – damals gab es noch Autos in Herzbach – übersah sie das Kätzchen deiner Mutter, das auf der Auffahrt in der Sonne döste. Sie überfuhr das Tier.« Ava wandte den Kopf und sah mich an. »Ich hatte gerade bei Sebastian geklingelt, als es passierte. Wir standen in der Tür und wurden Zeugen. Irene war benebelt, sie bekam von alledem nichts mit, und Sebastian und ich beschlossen, dass es dabei bleiben sollte. Irene wusste, wie viel das Kätzchen Marlene bedeutete. Es auf dem Gewissen zu haben hätte ihr den Rest gegeben.«

Ich schluckte hart. »Aber Großvater hat im Traum von Hans gesprochen«, stammelte ich.

»Hansi«, sagte Großvater, wobei er das »i« betonte. »Das Kätzchen hieß Hansi. Marlene hat so geweint, als es fort war. Um sie zu trösten, habe ich ihr erzählt, Hansi sei auf eine große Reise gegangen, das konnte sie schließlich akzeptieren. Sie selbst war ja auch immer schon ziemlich abenteuerlustig.«

Ich fuhr mir durch das Gesicht. Dann hatte ich also alles falsch verstanden. Tiefe Erleichterung strömte durch mich hindurch und machte mich ganz benommen.

»Was habt ihr dann gemacht?«, erkundigte ich mich mit schwacher Stimme. »Nachdem es passiert war?«

Es war erneut Ava, die antwortete. »Wir haben gewartet, bis die Dunkelheit einsetzte. Dann haben wir Hansi auf der Lichtung begraben. Dabei haben wir Johanna getroffen, sie kennt die Wahrheit ebenfalls.«

Also doch! Meine Ahnung hatte mich nicht getrogen. Johanna wusste Bescheid und hatte aus diesem Grund bei unserem Plan mitgespielt.

Ich schüttelte den Kopf. »Deshalb wart ihr so nervös, als Alexander Hoven den Fundort der Münze erwähnte. Ihr hattet Angst, dass die Archäologen Hansi finden.«

Großvater und Ava nickten. »Im ersten Schreckmoment ja«, gab Ava unumwunden zu. »Aber dann wurde uns klar, dass nach so vielen Jahren wohl kaum noch Gefahr besteht, dass jemand die Wahrheit herausfindet. Selbst wenn sie das Grab ausheben … wer würde auf die Idee kommen, dass es sich dabei ausgerechnet um Hansi handelt oder dass Irene das Kätzchen überfahren haben könnte.«

Fassungslos sah ich von ihr zu meinem Großvater. »Ich weiß nicht, was ich sagen soll«, meinte ich und schluckte erneut. »Bitte verzeiht mir, dass ich euch verdächtigt habe.«

Statt einer Antwort nahm Großvater mich in die Arme.

»Es gibt nichts zu verzeihen. Mir tut es leid. Wenn ich daran denke, was du seitdem ausgestanden hast …«

Kläglich schüttelte ich den Kopf. »Ich habe euch nicht nur verdächtigt, ich habe auch Johanna, Biene und Ellie angelogen, Hannah und Kai übel mitgespielt und Aarons Vertrauen missbraucht. Es wäre meine Schuld gewesen, wenn heute Menschen gestorben wären.«

Großvater streichelte meine Wange. »Johanna hat dich von der ersten Sekunde an durchschaut. Biene und Ellie müssen dir auch nicht leidtun, ich wette, der Schabernack hat ihnen großen Spaß gemacht. Und was Aaron, Hannah und Kai angeht, so wirkten alle drei gerade überaus glücklich auf mich.« Großvater zwinkerte mir zu, dann wurde er wieder ernst. »Und dass es gebrannt hat, ist nicht deine Schuld, Amelie, sondern die eines unbedachten Teenagers, der sich vermutlich in diesem Moment die allergrößten Vorwürfe deswegen macht. Und glaub mir, die sind schlimmer als jede Strafe, die er erhalten mag.«

Ich seufzte schwer. »Das mag alles stimmen, dennoch, ich fühle mich furchtbar.«

Ava drückte meine Schulter. »Das musst du nicht. Du hast das alles nur getan, um deinen Großvater zu beschützen.«

»Ja«, sagte mein Großvater. »Du hast das alles für mich getan, und dafür danke ich dir von Herzen.«

Epilog

Sieben Wochen später

Amelie – Die Maschine aus Tunis war vor zwanzig Minuten gelandet. Mit klopfendem Herzen wartete ich in der Ankunftshalle des Düsseldorfer Flughafens. In diesem Moment öffneten sich die Glastüren, und die ersten Passagiere strömten mit ihren Koffern heraus. Vor Nervosität trat ich von einem Fuß auf den anderen. Wieder öffnete sich die Tür, und diesmal war es Kai, der in den Gang trat. Ich spürte, wie sich ein strahlendes Lächeln auf meinem Gesicht ausbreitete. Kai sah sich suchend um, und als unsere Blicke sich begegneten, schien es mir, als würde die Zeit stillstehen. Nach jenem Tag, an dem das Feuer ausgebrochen war, hatte ich Kai unter dem Siegel der Verschwiegenheit alles gebeichtet. Während wir auf dem Rand des Brunnens in der Sonne saßen, die nun wieder sommerlich vom Himmel strahlte, hatte er mir nicht nur verziehen, er hatte mir auch gestanden, dass er sich in mich verliebt hatte. So hatte mir die Münze, die ich hineingeworfen hatte, am Ende doch Glück gebracht. Auch als die Grabung abgesagt wurde, weil sich das Versteck unter der Erde – übrigens nicht Hansis Grab – als leer entpuppte und es keine Spur auf weitere Bodenschätze gab, blieb Kai in Herzbach. Wir verbrachten wunderschöne Tage miteinander, bis der Anruf aus Tunis kam und er aufbrechen musste.

Nachdem Kai fort war, führte ich das Gespräch mit meinem Großvater, vor dem ich mich so lange gefürchtet hatte. Doch als Großvater mich aufforderte, den Job in Hamburg anzunehmen, merkte ich plötzlich, dass ich mich gar nicht mehr danach sehnte. Ich liebte mein Leben, es war perfekt, und ich wollte nichts daran ändern. Oder fast nichts, dachte ich jetzt, während ich zu Kai herüberblickte. Er beschleunigte seine Schritte. Im nächsten Moment lagen wir uns in den Armen und küssten uns mit der Leidenschaft zweier Liebender, die sich wochenlang nicht gesehen hatten.

»Hallo, Fremder«, flüsterte ich.

»Hallo, Fremde«, lächelte Kai.

»Schau dir die beiden Turteltauben an«, meinte Hannah grinsend zu Aaron, die hinter Kai den Gang heruntergekommen waren.

Aaron hatte sich kurzerhand entschieden, Hannah zu ihrer Ausgrabung zu begleiten, was die Organisatoren dem berühmten Schriftsteller gerne gestattet hatten. Und als ich den blitzenden Ring an Hannahs Finger entdeckte, staunte ich nicht schlecht. In Tunis war es also tatsächlich zu dem Heiratsantrag gekommen, den ich schon vor Wochen auf Instagram angekündigt hatte. Ich freute mich sehr für die beiden. Sie wirkten geradezu unverschämt glücklich. Ebenso wie Nadine und Jascha, die sich daheim ebenfalls verlobt hatten.

Wie es mit Kai und mir weiterging, wusste ich nicht. Seine Firma war in Köln, die *Büchertruhe* in Herzbach.

Doch wo Liebe war, war auch ein Weg. Davon war ich nun felsenfest überzeugt.

Kai zog mich enger an sich, und ich schlang meine Hände um seinen Nacken und küsste sein Lächeln.

Danksagung

Es hat mir ein solches Vergnügen bereitet, wieder nach Herzbach zu reisen, und ich bedanke mich bei allen Leserinnen und Lesern sowie den Buchhändlerinnen und Buchhändlern, die mich – vielleicht jetzt schon zum dritten Mal – ins wunderschöne Münsterland begleitet haben. Besonders bedanken möchte ich mich an dieser Stelle bei dem Team von *Bücher Sievert* in Dülmen, die meine Bücher in ihrem Geschäft so liebevoll präsentieren und zudem ganz großartige Lesungen organisieren.

Darüber hinaus geht ein großes Dankeschön an den Piper Verlag, der die Willkommen-in-Herzbach-Reihe überhaupt erst möglich macht. Danke meiner wunderbaren Lektorin Isabelle Toppe, ohne die das Schreiben nur halb so viel Spaß machen würde.

Ebenso gilt mein Dank dem Team der Literarischen Agentur Silke Weniger und insbesondere meiner Agentin Gerlinde Moorkamp, die mich immer mit tollen, inspirierenden Buchtipps versorgt.

In »Der kleine Brunnen der guten Wünsche« sorgen Archäologen für allerlei Aufregung im Dorf. In diesem Zusammenhang ein herzliches Dankeschön an Daniel

Nösler, der mir nicht nur erklärt hat, was ein Goldmultiplum ist und wie es nach Herzbach gelangt sein könnte, sondern den ich auch gefragt habe, was das Schönste an seinem Beruf ist. Vielen Dank, lieber Herr Nösler, dass ich Ihre Antwort in meinem Buch verwenden durfte. Im Roman haben Hannah und Kai für ihre Suche nach der Münze nicht viel Zeit, weswegen ich die archäologischen Vorgänge stark vereinfacht und komprimiert dargestellt habe. Sollten mir dabei Fehler unterlaufen sein, gehen diese ganz allein auf mich zurück.

Da Schreiben eine sehr einsame Beschäftigung ist, braucht man Menschen, die einem Kraft und emotionalen Rückhalt geben. Deshalb von Herzen Danke an Anne, Meike und meinen Sohn Leo. Was täte ich ohne euch.

Last but not least danke ich meiner Mutter, die so stolz auf mich ist, dass es mich ganz verlegen macht, und die meinen Büchern nicht nur einen Ehrenplatz im Wohnzimmer einräumt, sondern sie auch an all ihre Freundinnen verschenkt. Und das sind nicht wenige. ☺

Düsseldorf, 1. November 2020
Janina Lorenz

Manchmal muss man vom Weg abkommen, um zu sich selbst zu finden.

*Cover- und Preisänderungen vorbehalten

Colleen Coleman

Die Liebe kommt selten allein

Roman

Aus dem Englischen von
Sina Hoffmann
Piper Taschenbuch, 304 Seiten
€ 10,00 [D], € 10,30 [A]*
ISBN 978-3-492-31330-8

Mit achtundzwanzig Jahren muss Evelyn erkennen, dass ihre Ehe mit James in eine Sackgasse geraten ist. In Dublin will sie ihr Leben neu ordnen. Sie nimmt einen Job in einem charmanten Pub an und ist endlich mal wieder glücklich. Und sie verliebt sich in den Musiker Danny. Gemeinsam schmieden sie schon Zukunftspläne, als eine Reihe unvorhergesehener Ereignisse ihre Welt noch einmal gehörig durcheinander bringt. Ist Evelyn bereit, all ihren Mut zusammenzunehmen und für ihre Träume zu kämpfen?

PIPER

Leseproben, E-Books und mehr unter **www.piper.de**